滅ぼす

下

anéantir

michel houellebecq

ミシェル・ウエルベック

野崎 歓
齋藤可津子
木内 尭
訳

河出書房新社

滅ぼす　下巻　目次

滅ぼす　下

第4部

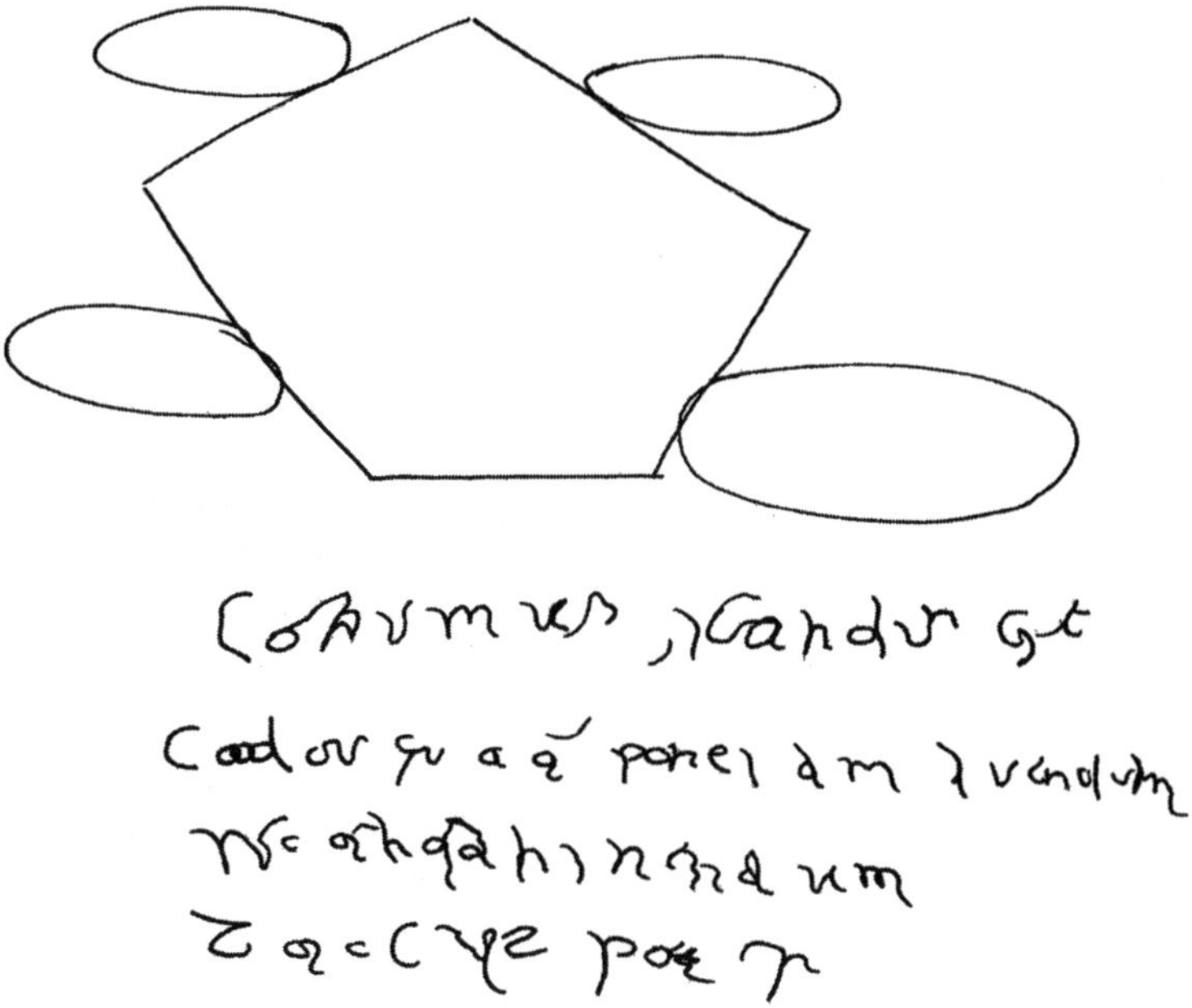

SOLVE
COAGULA
ELIPHAS
LEVI DEL

```
(t.bidState=e.bidState,e.bidState===i.b.rendered?
t.timing.renderTime=e.ts:e.bidState===i.b.set&amp;&amp;t.timing.setAtTimes.push(e.ts)),t}))))
;case"UPDATE_BID_INFO_PROP":return void 0===t[e.slotID]||t[e.slotID].filter((function(t)
{return t.matchesBidCacheId(e.iid)})).length&lt;1?s({},t):s(s({},t),
{},u({},e.slotID,t[e.slotID].map((function(t){return t.matchesBidCacheId(e.iid)&amp;&amp;
(t[e.key]=e.value),t})))));case"UPDATE_SLOT_BIDS":return
s(s({},t),e.bids.reduce((function(e,n){return Object(c.m)(e,n.slotID)?e[n.slotID]=
[].concat(d(e[n.slotID]),[n]):Object(c.m)(t,n.slotID)?e[n.slotID]=[].concat(d(t[n.slotID]),
[n]):e[n.slotID]=[n],e}),{}));default:return s({},t)}}(t.slotBids,e),slotIdMap:function(t,e)
{switch(e.type){case"ADD_SLOT_ID":return-1===t.indexOf(e.slotID)?[].concat(d(t),
[e.slotID]):t;default:return t}}(t.slotIdMap,e),sync917:function(t,e){switch(e.type)
{case"SET_SYNC_917":return e.value;default:return t}}
(t.sync917,e),targetingKeys:function(t,e){switch(e.type){case"UPDATE_SLOT_BIDS":return
s(s({},t),e.bids.reduce((function(e,n){return Object(c.m)(t,n.slotID)?e[n.slotID]=
[].concat(d(t[n.slotID]),d((n.bidConfig.targeting?
n.bidConfig.targeting:i.g).filter((function(e){return-
1===t[n.slotID].indexOf(e)})))):e[n.slotID]=n.bidConfig.targeting?
n.bidConfig.targeting:i.g,e}),{}));default:return s({},t)}}(t.targetingKeys,e)}}var b=
{getState:function(){return r},dispatch:function(t){r=l(r,t)}};Object(o.d)
("redux")&amp;&amp;Object(c.i)()&amp;&amp;Object(c.m)
(window,"__REDUX_DEVTOOLS_EXTENSION__")&amp;&amp;
(b=window.__REDUX_DEVTOOLS_EXTENSION__(l)),b.dispatch({type:"NOOP"})},function(t,e,n){"use
strict";n.d(e,"g",(function(){return c})),n.d(e,"v",(function(){return o})),n.d(e,"b",
(function(){return r})),n.d(e,"f",(function(){return d})),n.d(e,"u",(function(){return
f})),n.d(e,"d",(function(){return l})),n.d(e,"e",(function(){return b})),n.d(e,"c",
(function(){return p})),n.d(e,"n",(function(){return m})),n.d(e,"l",(function(){return
g})),n.d(e,"m",(function(){return a})),n.d(e,"k",(function(){return u})),n.d(e,"t",
(function(){return v})),n.d(e,"h",(function(){return h})),n.d(e,"s",(function(){return
O})),n.d(e,"r",(function(){return S})),n.d(e,"j",(function(){return _})),n.d(e,"q",
(function(){return w})),n.d(e,"i",(function(){return E})),n.d(e,"a",(function(){return
D})),n.d(e,"p",(function(){return T})),n.d(e,"o",(function(){return I}));var r,i,c=
["amznbid","amzniid","amznsz","amznp"],o=
["amznbid","amzniid","amznp","r_amznbid","r_amzniid","r_amznp"];(i=r=r||
{}).new="NEW",i.exposed="EXPOSED",i.set="SET",i.rendered="RENDERED";var
a,s,u,d="apstagDebug",f=
["redux","fake_bids","verbose","console","console_v2","errors"],l="apstagDebugHeight",b="apst
agDEBUG",p="apstagCfg",m=0,g=0;(s=a=a||
{}).amznbid="testBid",s.amzniid="testImpression",s.amznp="testP",s.crid="testCrid",(u||(u=
{})).video="v";var h,y,O,j,v=["amznbid","amznp"];(y=h=h||
{}).__apsid="ck",y.__aps_id_p="ckp",y.aps_ext_917="st",(j=O=O||
{}).noRequest="0",j.bidInFlight="1",j.noBid="2";var
S="600",_="7.57.00",w="https://",E="function"==typeof XMLHttpRequest&amp;&amp;void 0!==(new
XMLHttpRequest).withCredentials,D="apstagLOADED",T=13,I=1e4},function(t,e,n){"use
strict";n.d(e,"d",(function(){return l})),n.d(e,"c",(function(){return O})),n.d(e,"b",
(function(){return v})),n.d(e,"a",(function(){return S})),n.d(e,"e",(function(){return
_}));var r=n(3),i=n(2),c=n(5),o=n(0),a=n(1),s=n(7),u=[],d=!1,f=[];function l(t){var e=new
Image;return e.src=t,f.push(e),e}!0===Object(c.c)("exposePixels")&amp;&amp;
(window.apstagPixelQueue=u,window.apstagPixelsSent=f);var b,p={"blockedBidders-fetchBids":
[],"blockedBidders-init":[],adServer:[],appended:[],bidRender:[],bidRenderState:[],bidType:
[],ccpa:[],creativeSize:[],deals:[],fetchBids:[],fifFlow:[],gdpr:[],idRemap:[],iframe:
[],renderFootprint:[],schain:[],simplerGpt:[],slots:[],slotType:[],targeting:[],unusedDeal:
[],useSafeFrames:[]},m=[],g=!1;function h(){g&amp;&amp;(clearTimeout(b),g=!1),Object(o.c)
(m,5).forEach((function(t){v({_type:"featureUsage",p:t,u:Object(s.f)(window)})})),m=
[]}function y(){g||(g=!0,b=setTimeout(h,2e3))}function O(t,e)
{try{return!!i.a.getState().experiments.shouldSampleFeatures&amp;&amp;(void
0!==p[t]&amp;&amp;!Object(o.j)(p[t],e)&amp;&amp;
(p[t].push(e),m.push({cat:t,feat:e}),d&amp;&amp;y(),!0))}catch(t){return Object(a.b)
(t,"sendFeaturePixel"),!1}}function j(t){try{if(d){var e=function(){try{var
t=i.a.getState(),e=t.cfg.PIXEL_PATH,n=t.hosts.DEFAULT_AAX_PIXEL_HOST,o=Object(c.c)
("pixelHost",n);return"".concat(r.q).concat(o).concat(e)}catch(t){return Object(a.b)
(t,"buildPixelBaseUrl"),""}}();return void 0===t.bidId?
e+="p/PH/":e+="".concat(t.bidId,"/"),l(e+=function(t){try{t._tl="aps-tag";var
e=i.a.getState(),n=null,c="";Object(o.m)(e,"config")&amp;&amp;Object(o.m)
(e.config,"pubID")&amp;&amp;""!==e.config.pubID&amp;&amp;
(n=e.config.isSelfServePub,c=e.config.pubID),null!==n&amp;&amp;(n?
(t.src=r.r,t.pubid=c):t.src=c),t.lv=r.j;var s=JSON.stringify(t);return s=function(t)
{try{return t.replace(/\\.{1}/g,"")}catch(t){return Object(a.b)(t,"escapeJsonForAax"),""}}
(s),s=encodeURIComponent(s)}catch(t){return Object(a.b)(t,"objectToUrlPath"),""}}
(t.payload))return u.push(t),!1}catch(t){return Object(a.b)(t,"sendPixel"),!1}}function v(t)
```

1

二つ目の資料はかなり不気味ではあれ、目新しさはなく、昔からよくある悪魔の絵のようだった。台座に刻まれたエリファス・レヴィの名にも、ポールは心当たりがあり、たしか十九世紀のオカルト術者で、なぜか、ゴーガンの祖母にあたる社会主義活動家フローラ・トリスタンの知己《ちき》でもあった。だが、それで何がわかるわけでもない。三つ目の資料については皆目わからなかった。父はこれらの資料になんらかの関連を嗅ぎとったのかもしれないが、ポールには、十分ばかりもためつすがめつ眺めたあげく、何も見出せなかった。その関連が、いまやアクセスできない父の頭脳の闇に埋もれているなら、当面出てくることはない。できるのは、マルタン＝ルノーに知らせることくらいだった。ポールは、父の書類のなかに妙なものを発見した、とだけメッセージを残した。十分後、マルタン＝ルノーから電話が来て、ポールは事情を説明した。

「資料をメールで送りましょうか？」と申し出た。

「いや、いけません。いま、マコンの近くにおられるのでしたね？」

「正確には、ベルヴィル＝アン＝ボージョレです」

「取りに伺います。夕方前には着くでしょう」

そして、ポールが当惑しているうちに電話は切られた。


マドレーヌがエドゥアールの車椅子を押しながら戻って来たのは、ルルー医師の言ったとおり正午ちょっと過ぎだった。セシルはこしらえて来たブルギニョン（牛肉の赤ワイン煮込み）とナヴァラン（羊肉と根菜の煮込み）、そして数種類のポタージュスープを出して見せていた。電子レンジで温めれば、すぐに食べられる。セシルはデザートもいくらか作って来ていた。マドレーヌは料理をすぐに共有スペースの冷蔵庫にしまいに行った。このスペースは食事の場、少なくとも特別な食餌《しょくじ》療法を必要としない患者が食事をする場所で、そんな患者が施設内に十人ほどいた。ポールは父の様子に驚いた。格段に元気そうで、顔はほとんど日焼けし色つやがよく、目つきもずっと生き生きしているようだった。ポールは父の両頬にキスをしてから耳もとにささやいた。「昼食のあとで話がある。パパの仕事に関係したことなんだ。パパの同僚だった人が午後、会いに来ることになっている」エドゥアールがはっきりとまばたきをした。ポールには力がこもっているように見えたが、思いすごしかもしれなかった。

食後、父の病室で二人きりになって、ポールはファイルを取り出した。

「この資料のことは覚えてる？」父は肯定のまばたきをした。

「誰かから入手したの？」父は動かなかった。

「じゃ、インターネットからプリントアウトした？　四つとも？」父はいぜんとして動かなかった。

「だけどパパの印象、というか勘では、この四つには関連があるんでしょ？」すばやく二度、目がしばたたかれた。

「同僚が訪ねて来たら、その勘を説明してやれる？」ポールは、父がためらい、まぶたをかすかにふるわせているような、奇妙な印象を受けた。だが結局、父はじっとしたままだった。

　マルタン＝ルノーは十五時少し過ぎに到着した。軍人が操縦するＤＳの後部座席に乗っていた。

「迅速な対応で、驚きました……」とポールは言った。

「アンベリウ＝アン＝ビュジェの空軍基地からここまでは遠くないんです。それにヴィラクブレイ（パリ近郊の空軍基地）には常時、航空機の用意がありますから」

「いや、わざわざご本人がおいでになるほど、緊急事態だとは思っていなかったもので」

　相手は微笑んだ。「おっしゃるとおり。国家財産の濫用《らんよう》と言われても致し方ない……。たしかに国の緊急事態ではありませんが、この件にはみなピリピリしてきておりまして、しかもフランスにかぎったことではありません。それに、漠然とした得体の知れないものもある。まだまだ序の口のような気がします。もう半年も、我々はいいようにあしらわれ、連中は目的を達成しているんです。思うに、これで終わりではないでしょう」

　根拠はもっと薄弱だが、ポールもまったく同じことを考えていた。二人はエントランスの肘掛け椅子に坐った。のどかでひっそりしていた。マルタン＝ルノーはポールの話に注意深く耳を傾けたあと、信じられない、という顔で首を振った。「こんどは悪魔崇拝か……。正直、ドゥトルモンには同情しますよ。このままいったら、寝込まれてしまう」

「しかし現時点では、そこまで深刻ではないでしょう。不思議と大惨事には至っていませんし」

「ことによりけりです。情報セキュリティの観点から言えば、コンピュータの登場以来、おそらく未曾《みぞう》有の大惨事です。誰も大騒ぎしていないのは、単に死傷者が出ていないからで」

ポールには相手が「いまのところ」と言いそうになった気がした。やはり根拠はないが、ポールも同じことを考えたからだ。二人はしばらく無言でこの点に思いをめぐらせた。

「そうだ、お見舞いに来たんでしたね」とマルタン＝ルノーが口をひらいた。

「尋問なさるんですか？　まあ、そんな言い方ができればの話ですが」

「いえ、そのつもりはありません。ただ挨拶に伺うだけですよ。いずれにせよ尋問なら、あなたがやってくださったでしょ。じつに的確な質問をしてくださった。あなたも、うちの部署で働いてくれればよかったのに」

「父は喜んだでしょうね」

「うむ……」マルタン＝ルノーはまた微笑むと、腰を上げた。「言われていることは全部わかっても、返答ができないんでしたね？」ポールはうなずいた。「質問されて、イエスと答える代わりに、まばたきができるだけなんですね？」ポールはまた肯定した。マルタン＝ルノーは廊下へ出て行った。

二時間後、マルタン＝ルノーはふたたび車上の人となり、アンベリウの空軍基地へ去って行った。

「あの人、パパの同僚、っていうか元同僚？」とセシルが訊いた。ポールは、そうだよと答えた。

「まさに、ああいうのを想像してたの」とセシルは感想を述べた。エルヴェが「ああ、テレビドラマも、ときにはけっこうよく出来てる……」と結論した。

夕食はにぎやかだった。情報部員がやって来たことで、みんなが興奮してはしゃいでいた。父の職業生活は血湧き肉躍るものだったのかもしれない、とポールは思った。自分のぱっとしない公務員生活とは似ても似つかない。とはいえ、そう悪く言ったものでもない。ブリュノが政治ゲームに参戦してから、生活にちょっと面白みが出てきたではないか。だが、経済は陰気な分野で、役所は落ち込むにもってこいの場所であることに、変わりはなかった。

その日の出来事はオーレリアンにも知らされた。彼のほうは、運送業者との作業が無事にすんだと報告した。彫刻はすべて梱包され、明日には納品、週明けにも売りに出される。

みんなが顔をそろえている、とポールは思った。兄弟姉妹が顔を合わせるのは、いったい何年ぶりのことだろう? それぞれが寝室に引き上げたのは夜遅く、みなほろ酔いで、オーレリアンまでが酔っているようだった。弟が飲むのを見るのは初めてだった。ところが、ポールはベッドに入ってまもなく、激しい不安に襲われた。この家族のつどいは幻想にすぎないという確信、みんなが顔を合わせるのはこれが最後か、ほぼ最後で、物事はまたもとの状態に逆戻りし、ふたたびバラバラに崩壊していくという確信に襲われた。そして唐突にプリュダンスが、その体のぬくもりが切実に必要に感じられ、居ても立ってもいられなくなって起き上がり、パジャマのまま母屋へ続くガラス張りの渡り廊下に出た。温室まで来て、ふいに足をとめた。呼吸が少しずつ落ち着いてきた。満月で、ブドウ畑と丘がくっきりと見えた。いや、やめておこう、とポールは思った。押しかけてはいけない。妻のほうから来てもらわなければ。しかし、そこまで確信がもてるのか? ウィッカ教の男神には征服者らしい雄々しさがあるようにも見えた。だが、わからない。ポールには、まったくもってわからなかった。相手がラクサネーなら、ためらわなかったろう、と唐突に思った。むろん、あのエチオピア人が相手だってためらわない。しくじった、とポールは思った。集団的に、どこかでしくじったのだ。5G設置がなんになる？　ただ人とつながることもできないのに。本質的な行為、子孫を殖やせて、ときには幸せにもなれる行為すら満足にできないのに。ポールの頭はまた回転しはじめた。思考がどうも哲学じみている、と気づき嫌気がさした。もっとも、すべては生物学上の問題なのか、なんの問題でもないのかもしれない。いい加減、ベッドに戻ろう。ほかにやることはない。いくら考えても堂々めぐりだった。自分がまるで、英国人フーリガンに踏まれてひしゃげたビールの空き缶になったような、安物の冷蔵庫内の野菜室に忘れられたビフテキ用の肉になったような気分、要するに、いい気分ではなかった。おまけに歯痛がぶり返してきた。これは心身症なのか？　結局、すべては気の病なのか？

　頭の混乱とずきずきする歯痛にもかかわらず、なぜかポールはベッドに入ると、あっけなく眠りに落ちた。同じように、物音が聞こえるとたちどころに目が覚めた。とはいえそれは、寝室のドアのかすかな音だった。妻は昨夜より早く来た。まだ真夜中のはずで、ポールは十分間しか眠っていないような気がした。今回は寝たふりをせず、そくざに体を向け、口を妻のそれに近づけた。神ならこうふるまうのか、反応がよく、ふたたび二人の舌が交じわった。それでも尻に触れると、妻が身を硬くするのを感じ、ポールはすぐさま手の動きをとめた。焦ってはいけない、とポールは自分に言いきかせた。気長にやらなければ。だがじつのところ、気長にやるのは心地よくて目がくらむほどだった。というのも、二人がまた結ばれるのは露ほども疑いがなく、二人の人生はいままさに、甘美で果てしのないスローモーションの落下へと変容しているのだから。彼女の尻に触れた、ただそれだけで十分だった。恐れていたように痩せこけても骨ばってもいなかった。ポールは勃起しているような気がした。ともかく、そのあたりに何かが起きていた。しかし、それも少し忘れていた。

正確に何年ぶりだろう？　八年？　十年？　途方もないようだが、たぶん実際、そのくらいだろう。ときに年月はあっという間に過ぎるものだ。やり方を変えて、手始めにセックスワーカーのところで感覚と反射神経を取り戻したほうがいいかもしれない。セックスワーカーとはそのためにいる。人を人生に連れ戻してくれるために。いまのところ、ポールはただ、妻のパジャマの下に手を滑らせ、乳房を撫でた。反応はよかった。彼女は昔から乳房を愛撫されるのが好きだった。もっと下へ行くのは、やはり、難しかった。

　日曜の昼食後、車のまわりに家族が嘆願者団体よろしく集合し、オーレリアンを見送った。これから彼が苦難の道へのりだして行くかのようだったが、実際、そんな側面がなきにしもあらずだった。オーレリアンは翌朝、ロマンヴィルの美術商と会う予定だったから、今日発って、モントルイユの自宅で寝たほうがよかった。そうするのが最善の策、理にかなったことだった。概して、人は己の運命に従うもの。セシル自身、昔からそうしてきて、結局それで満足のはずだった。それでもなお、セシルはおそらく人生で初めて、反逆したほうがいいこともある、と思っていた。自分がオーレリアンならよそに泊まるのに。モントルイユに帰るくらいなら、バニョレ（モントルイユに隣接するパリ外縁の町）のホテル・イビスだってどこだってかまわない。オーレリアンにそう言おうとして、ためらい、黙っていた。だが、言えばよかった。弟の車がヴィリエ＝モルゴン方面のカーブに消えてから、セシルはずっと後悔していた。

　オーレリアンはセシルに何も告げていなかった。それでなくとも悩みをさんざん聞かせてしまったと思っていた。だがその夜にも、インディーに離婚の意思を伝えるつもりだった。翌日は弁護士と会うことになっていた。美術商のところへ行ったその足で。もうこれ以上、引き延ばせなかった。それに彫刻の価格のこともある。これについても話さねばならず、要するに、どう考えても、おぞましい晩になることは必定だった。どうせ渋滞にはまって、じっくり考える時間がもてると思っていたが、高速道路は不思議と空いていた。学校のバカンスの終わりだというのに。そうではないのだろうか。よく覚えていなかった。たとえば、いまゴドフロワの学校は休みなのか？　オーレリアンにはまるでわからなかった。

モントルイユに着いたのは二十時少し前、駐車スペースがなかなか見当たらず、ようやく自宅から五百メートル離れたところに車をとめた。家の鍵は持っていた。インディーはリビングのソファで「Cポリティック（政治討論番組）」の終わりを観ていて、出迎えに腰も上げなかった。数か月前なら、まだ見せかけくらいはしていたが、その段階は過ぎていた。オーレリアンはテレビ全般が好きではなく、とりわけ妻が仕事の一部と考えてか、熱心に観ている政治番組は好きになれなかった。なかでも「Cポリティック」にはなんともいえない嫌悪感をもよおし、いつ観てもゾッとさせられた。スタジオに顔をそろえた、こざかしい司会者、はげ頭の歴史家、色っぽい世論調査員らが、一様にわざとらしく不気味だった。彼らが自分と同じように呼吸をし、生活し、同じ世界、同じ現実に属しているとは、どうしても思えなかった。この忌まわしい集団にはインタビュー係の女もいて、インディーはどうも、この女に自分を重ねようとしていた。というより、ライバル視することもかなわぬ相手のテレビ出演ぶりを、毎週欠かさず視聴しては屈辱感に身もだえしているのだろう。自分には到底、手の届かないメディア業界を浮遊するこの女を観るにつけ、インディーは負け犬のジャーナリストであることを自覚させられる。しかも紙媒体のジャーナリストときた。このインタビュー係はかなり最悪の部類で、当事者ぶって自己満足に浸り、自分が正しい側にいると信じて疑わず、同じ陣営の偉い人には節操なく媚《こ》びへつらう。インディーもこのような特徴をすべてもち合わせていた――ただ、自己満足はできようもなかったが。

オーレリアンは台所でしばらくごそごそして、なるべく大きな音を立てたものの、飲む物がなかった。だいたい食べる物もなかった。腹は空いていなかったが、ワインがあれば、たしかに、どんなに助かったか。リビングに戻った。番組のゲストは、名前は忘れたが頭の悪い作家もどきの女だった。インディーは音量をほとんど我慢の限界まで上げていた。「飲む物がない！」とオーレリアンは叫んだ。「わたしゃ、あんたの女中じゃない！」と叫び声が返ってきた。「妻でもないし……」とオーレリアンはやや声を落として言い足した。よくわからないという顔で妻が振り返った。もういちど言っても無駄な気がした。どうせ今夜は、これ以上話したって仕方がない。話は明日すればいい。アルコールがないのが、のりこえがたいことに思えた。やはり、まずは弁護士に相談したほうがいいのかもしれない。

オーレリアンは服を脱ぎながら、ジーンズのポケットにマリーズの携帯番号を見つけた。その日の朝、医療センターを出る間際に訊いたのだ。相手はよけいなことを言わず、すぐにくれた。誰にも見られていない、とオーレリアンは考えていた。

2

マルタン＝ルノーがエドゥアールのまとめていた資料を見せると、ドゥトルモンは期待以上の反応を示した。ドゥトルモンには、最後の資料が何かおおよそ見当がついた。おそらくゾンビマシーンを制御するプログラムの一部だろう。完全なプログラムにするには似たような指示が、あと十ページほど必要だとしても、重要な手がかりだった。ドゥトルモン自身は使用されているプログラム言語に詳しくなかったが、調べるのはわけもない。電話を一、二本かければすむことだ。コードの書かれたこの紙片を、ポールの父親はどこで手に入れたのか？　それがわかれば大助かりなのだが、マルタン＝ルノーの話では、どうも尋問は難しい健康状態のようだった。

一方、悪魔のようなものが描かれた銅版画はドゥトルモンにはぴんとこなかった。彼は精子バンクへのテロ攻撃で調子を狂わされ、お決まりの極左活動家から、ずっとありそうにないカトリック原理主義者へ疑いの目を向けざるを得なかったが、この図像で悪魔崇拝者にも目を配るはめになりそうだった。現時点でさほどの支障はない。捜査はほとんど進展していなかった。

ドゥトルモンはデンマークのテロが起きたとき、イデオロギー監視担当者シトボン＝ノジエールに助言を求めていた。そういえば、あれから彼と話していなかった。ドゥトルモンは、自分とかなり年齢が近く、つねにダークブルーのスーツで極《き》めたシトボン＝ノジエールを前にすると、どういうわけか気おくれがした。礼儀正しく非の打ちどころのない態度で対応されるものの、まさにその礼儀正しさに、どこかこれ見よがしでやりすぎの感があった。じつはドゥトルモンは、彼の前で階級的劣等感をおぼえるのだが、何が原因かわからなかった。シトボン＝ノジエールは評判の秀才で高等師範学校《ノルマル》卒、歴史の教授資格をもち、ロシアのニヒリストについての博士論文をものしていたが、引け目を感じるのは学歴のせいではない。ドゥトルモンはポールのような国立行政学院出身者が相手でも、なんの気づまりもなかった。たしかに高等師範学校出《ノルマリアン》の知り合いはほかにいないが、いても別にビビるとは思えなかった。シトボン＝ノジエールに威圧される理由をよくよく考えたすえ、たどりついた遺憾な結論は、あのスーツだった。ファッションにうといドゥトルモンの目にも、彼のスーツが非常に高価なことは一目瞭然だった。おそらく数千ユーロはする。前々回の大統領選挙では大方、こうした印象を与えたことが仇《あだ》となって右派候補が敗退し、現大統領が政権に就いたのだ[*1]。大統領はいかに独善的ではあれ、田舎貴族めいたところはいっさいなく、めざましい出世はひとえに彼の資質に負っていると感じられた。それこそ有権者が何より重視することだった。

マルタン＝ルノーは二年前、ネット上のさまざまなサイトにはびこる過激思想の宣伝や暴動の呼びかけを監視させるため、歴史の教授資格をもつシトボン＝ノジエールを採用した。彼のオフィスは広々として、同局のほかのオフィスとは別フロアーにあり、例外的にインターネットに接続できた。ほかの職員は接続できない――それが各コンピュータのセキュリティ保全のため、数々の不幸な試みを経て導き出された、唯一の安全策だった。だから職員は、専用に設けられた部屋の共有コンピュータでネットを検索していた。同僚たちと違って、シトボン＝ノジエールのコンピュータに知られて困ることは何も入っていなかった。彼の任務はそもそも、誰でもアクセスできるコンテンツを閲覧することで、それらは最大限の拡散を企図して作成されていた。

　シトボン＝ノジエールは悪魔の銅版画を数秒間、見つめたあと、これが何かの手がかりになるとは思えないと片づけた。彼は悪魔崇拝者に関する案件は、まったく扱っていなかった。シトボン＝ノジエールの知るかぎり、悪魔崇拝者は筋金入りの個人主義者。テロ行為や政治活動に関わるなど、彼らにとっては愚の骨頂、選挙で投票先を呼びかけるのと同じくらいバカらしいことだった。

　シトボン＝ノジエールには、まだ確証がないものの、独自の調査で別の方向性が見えてきていた。反自由主義グローバリゼーションと反人工生殖の運動は普通、連帯することがないが、この二つをあわせもつ運動が唯一、アナルコ・プリミティブ主義だった。おもにアメリカで発達し、遠くさかのぼればラッダイト運動の影響を受けているが、ずっと過激だ。最も有名で、極端でもある理論家がジョン・ザーザンである。ザーザンが破壊を望んでいるのは工業、商業、近代科学技術だけではない。農業、宗教、芸術、おまけに言語の廃止すら望んでいる。つまり、人類を旧石器時代みたいなものに回帰させることをめざしていた。シトボン＝ノジエールは書架からザーザンの書いた小冊子を引き抜くと、声に出して一節を読んだ。

＊1　二〇一七年の大統領選挙戦期間中、右派共和党の有力候補フランソワ・フィヨン元首相に関するスキャンダルが複数発覚、なかでも高級服飾品収受問題は大きな話題となった。

「農業は分業化を大いに促進し、社会的ヒエラルキーの物質的基盤をつくり、さらに環境破壊を引き起こす。その直接的な結果として、司祭、王、賦役、性差別、戦争があげられる」

「あまりに単純で極端すぎる。そんなのが影響力をもつなんて、にわかには信じがたい……」と、ドゥトルモンは異議を唱えた。

「そこは同意しかねますね。もっと極端な思想もありますよ。〈ディープ・エコロジー〉の理論家は人類の絶滅を説いています。人類は地球と共存できず、地球の存続にとって危険ですらあると考えているんです。〈安楽死教会〉、〈ガイア解放戦線〉、〈自発的人類絶滅運動〉のような団体がこれに該当します。ザーザンは人類を滅亡させるのではなく、再教育すべきだと言ってるんです。彼の言説から読みとれる人間観は、純朴でお人好しだが新石器時代以降、道を誤った類人猿のようなものです。おなじみのルソー主義にかなり近い——人間は生まれながらにして善良である。社会がこれを堕落させるのだ、などの説です。そして、ルソーのような人物は途方もない影響力をもつことがある。フランス革命の起源を一人ルソーに帰す考え方もあるくらいです。原始共産制とか黄金時代とかの神話には、いまでも人を動かす驚くべき力があります。しかも昨今、特にその傾向が強いでしょう。昔ながらの文明の知恵についての番組が流行っていて。イヌイットのカリブー狩りとかね。おまけに、ザーザンについて興味深いのは、彼に近い人物が実際、行動に移していることです。ユナボマーのことは覚えていますか？」

「いや、まったく」

「もう三十年になりますからね。ユナボマーはメディアがつけたあだ名です。実の名はセオドア・カジンスキー。才能ある数学者でした。代数で発見、というかウェダーバーンの小定理を新たに証明したんじゃなかったかな。記憶違いでなければ、ですが。はじめはカリフォルニア大学バークレー校で教えていましたが、やがてモンタナの人里離れた小屋に引きこもるんです。カジンスキーは、ザーザンの最初の著書『原始的未来』の冒頭を地で行こうとする――『彼は灰色熊《グリズリー》か豹《クーガー》のように、厚い雪の層に身をひそめて生き延びた。春には穴ぐらを出て、森を駆けめぐり、川づたいを歩いた。獣を狩り、魚を捕り、草や果実を摘んだ。いつも一人で。孤独だが、自由だった』失笑を買いかねないものですが、でも真面目な話、この手の詩情にはまる人たちが一定数いるんです。実際ザーザンには、ルソーに通ずるものがあります――凡庸な知性、しかしフレーズがもつ真の音楽性。このミックスはきわめて危険なものになりえます。カジンスキーは違う。彼の思想はずっと厳密に構築されている。むしろマルクスを思わせると言えます」

シトボン＝ノジエールは書架から本を二冊取り出した。『マニフェスト――産業社会の将来』はロシェ社、『産業社会とその将来』は公害百科《アンシクロペディ・デ・ニュイザンス》から出版されていた。

「ほら、たとえば、カジンスキーが自然について語っている一節……」シトボン＝ノジエールは、ページをすばやくくって該当箇所を探しあてた。「第一八四節です。自然について彼が述べているのはこれだけ――『大部分の人間は口をそろえて自然は美しいと言うが、たしかに自然には強力な魅力がある』どうです。まったく違うスタイルでしょ。そもそもカジンスキーは、よくザーザンを批判しています。たとえば、ザーザンはフェミニストの立場を擁護します。家父長制は新石器時代にあらわれたもので、旧石器時代、両性は一貫して平等だったと主張する――きわめて疑わしい説ですがね。ザーザンは菜食主義者でもあって、彼の言う『血なまぐさい慣習』は人類史上、だいぶあとになってあらわれたものだと主張している――これもまた、考古学者は同意しかねるでしょう。

カジンスキーは自然な不平等や、弱肉強食を受け入れているし、だいたい左派に共感を示すどころか、その正反対。ある意味、現実にそくしたエコロジストです。そうは言っても、モンタナの小屋で自家製爆弾を作り、近代科学技術を体現していると目される人物らに送りつけ、死者三名、負傷者約二十名を出して、ＦＢＩに逮捕されます」

「それから、どうなったの？」とドゥトルモンは尋ねた。

「わたしの知るかぎり、コロラドの刑務所で終身刑に服しています。でも、もう死んでるかもしれない。生きていれば、八十を超えているはずですから。一九九六年に〈ディープ・エコロジー〉のとりわけ挑発的な一派〈安楽死教会〉――運動の四大柱に自殺、堕胎、人肉食、そして肛門性交を掲げているような連中です――が、アメリカ大統領選挙で〈ユナボマーを大統領に〉というキャンペーンを打っています。もちろん本人に相談なしで。ただ、これを見ても、彼のオーラがどれほどのものだったかがわかります。いささかチャールズ・マンソン[*1]を思わせます。フランスへのひそかな影響も否めません。カジンスキーの書いたものは、ほかの言語にまったく翻訳されていない時期に、二つフランス語に訳されています。しかも地下出版というわけでもない。根強い説によれば、フランスの若い民族生物学者の女性が、モンタナの小屋に逮捕前のカジンスキーを訪れています。この民族生物学者の足どりを追ってみましたが、牝牛の母音発声に関する大部の研究論文をものしています。ただ、カジンスキーとの接点は見当たりません。それでもオルタナ系の同人誌では噂が出まわっていたんです。どれも手がかりとしては弱く、互いに関連もありませんが、わたしははじめから、あのテロとフランスには関係があると確信しています。なぜ、あの断頭動画にフランスの経済相が選ばれたのか？　たしかにブリュノ・ジュージュは近代科学技術、工業による経済振興、進歩を誰よりも体現しています。しかし、そんなふうに考えるのはフランス人テロリストくらいなものでしょう」

「ウェダーバーンの小定理というのは、すべての有限域は必然的に可換体であるっていう、あれかい？」

「はい、そんな感じのものです」


オフィスを出たドゥトルモンは物思いにふけっていたが、納得していたわけではなかった。高等師範出《ノルマリアン》の推論には、悪魔の絵の入る余地がまったくなかった。それは、身体不随の先輩の勘と合わないし、是非はともかく、マルタン＝ルノーはその勘を重視していた。ドゥトルモンは、さらに検証するまでマルタン＝ルノーの見立てを斥《しりぞ》けたくなかった。シトボン＝ノジエールの調査対象は合理的な人々、信念にもとづいて、これと決めた政治目標に向かって行動する人々だった。彼にはほかの推論はできず、それは受けてきた教育のせいだった。だが、一連のテロがもっと非合理的なものに起因しており、集団的狂気のようなものが発動している可能性もある。少なくとも、ドゥトルモンにはそんな感触があった。そこで、最近採用した新人のことを、はたと思い出した。昔の知り合いから推薦されたその男は、元ハッカーだった。というか、元であればよいが、じつのところなんの確証もなく、いつ捜査対象の軽犯罪者として遭遇してもおかしくなかった。その男が入って二週間になっていた。職場に慣れてきたところだろう。初出勤の日以来、会っていなかった。非

＊1　一九三四－二〇一七年。ヒッピー・コミューンの指導者、のちにカルト犯罪者。

常に若く、せいぜい二十歳ということしか覚えていなかった。あの男には別の考えがあるかもしれない。訊いてみて損はないだろう。

　社会の周縁分野についての特殊な知識を買われてＤＧＳＩに臨時採用される若者は、新しい職場のドレスコードに合わせる努力は、たいがい最低限するものだ。数年前のドゥトルモンもそうだった。ドゥラノ・デュランの場合、そうではなく、オフィスに入ったドゥトルモンは動揺した。垢じみたジョギングパンツはだぼだぼでスリーサイズは大きく、ビール腹に、脂っぽく汚い長髪のドゥラノ・デュランは、世界に向けてメタル・ファンの正確な雛型《ひながた》を示していた。この社会になぜか五十年も前からあるそれが、この男のうちに固守されているかのようだった。彼は上司から差し出された資料を無言で受け取った。奇妙な文字の並ぶ第一の資料は、もちろんすでに見ており、たいしたことがわからないのは、ほかの同僚と同じで、すでにそう申告もしていた。ドゥトルモンの予想どおり、第三の資料はそっけないコメント――「わかんねえ……」とともに突き返された。だが、第二の資料はぐずぐずと手にしているので、しまいにドゥトルモンはこう訊いた。

「この資料には、心当たりがある？」

「ああ、もちろん。バフォメットの兄貴っすよ」

「バフォメット？」

「ああ、バフォメット」

「もうちょっと、説明してくれないか？」

「了解っす、ボス。知ったふうに言うなら名前の起源は中世で、おそらくマホメットから来ています。最初に記録に登場するのは、ゴドフロワ・ド＝ブイヨンの盟友、アンセルム・ド＝リブモンの一〇九八年の手紙です。このなかにアンティオキア包囲のことが詳しく書かれてます。キリスト教徒である中世の騎士にとって、イスラム教徒は悪魔崇拝者以外の何者でもなかった。だいたい、そんなに間違ってないし……」新人は騒々しく笑い、相手が笑っていないのに気づくと笑いやめ、説明を再開した。「ま、ともかく、バフォメットはその後、テンプル騎士団員に崇められるようになります。そもそも、それがおもな原因で、テンプル騎士団は崩壊する。それから、フリーメイソンのスコティッシュライトに受け継がれて、いまじゃ、メタル・バンドの人気者。特にノルウェー系のエクストリーム・メタルとデス・メタルなんだけど、この業界では、めっちゃスターっすよ。けっこうあやしいキャラで、頭は山羊でひげがあるけど、女の乳房がついている。かなり不思議です」

「それで、二つの図像に、関連はあるのかな？」

「あ、そうか、一目瞭然じゃん。五っていう数字です。メッセージには五角形があるでしょ。最初からメッセージには必ずこれがついている。正確には凸型正五角形です。バフォメットの額についてるのは別の五角形――星型正五角形、つまり五芒星《ペンタグラム》です。で、これは無視できないっすよ。いまだに現代の魔術でよく使われてるから」

　ドゥトルモンは現代の魔術という言葉にはっとして、しばし黙考した――この男、そこまで無能でもないかもしれない。たぶん採用したのは悪くなかった。ドゥトルモンは口をひらいた。「それで何が導き出せる？　具体的に」

「それはさっぱり、わかりませんよ、ボス。調べたり、電話かけたりしないと。要するに、時間をもらえないとダメです」

〈ボス〉という語の使用には明らかに皮肉がこめられていたが、ドゥトルモンはほうっておいた。年をとってきた、ということだろうか。自分もこの男の年齢のとき、こんなに生意気だっただろうか？　よく思い出せなかった。そんなことはなかったのではないか。当時の自分は間違いなく、コンピュータオタク特有の傲慢さで素人に接していた。だが、それが普通で、そういうキャラで、そう期待されていたし、逆ならむしろ、相手をがっかりさせただろう。ドゥトルモンは近ごろ、上司《ボス》であることの意味を理解しはじめており、心静かにドゥラノ・デュランのオフィスを出た。

3

　ポールは昔から、月初めが月曜になるのが好きだった。概して、物事が符合するのが好きだった。人生が心地よい偶然の一致の連続であればいいと考えていた。それが理想的なのに。この三月一日月曜日は、本格的な晴天がパリ地方のみならず、フランス全土に腰をすえたようだった。十七時ごろ、ポールは仕事を切り上げることにした。テラスで一杯飲みたかった。そんなことは久しくしていなかった、というか、じつはしたことがなかった。ひょっとして、プリュダンスがつきあってくれるかもしれない。ありそうにないことだが、不可能ではない。先週末以来、不可能なことなど、あまりないように思えていた。

　十回ほど呼び出し音が鳴って、ようやく電話に出たプリュダンスが、「ポール……」と、ほっとしたように小声で言うのを聞いた瞬間、ポールは何か深刻なことが起きたと悟った。

「いま、家にいるの。なるべく早く帰って来て。うちの両親のことなの」

「どうした？」

「母が死んだ」

　プリュダンスはソファにかけ、両手を膝において縮こまっていた。泣いたようだが、いまは落ち着いていた。ポールは妻の隣に坐って肩に腕をまわした。妻は力なく胸に頭をあずけてきた。驚くほど軽かった。

「何があったの？」

「交通事故。運転中のミスよ。運転はずっと前からやめるべきだったのに。ヴァンヌの病院に搬送されて手術を受けたけど、ダメだった。土曜から日曜にかけての夜に亡くなったの。週末中、連絡を取ろうとしてたらしいけど、わたし、携帯を切ってたでしょ……」

　たしかに、妻は携帯の電源を切っていた。ポールも週末のあいだは切っていた。二人にも生きる権利がある。

「結局、実家のお隣さんから今朝、電話があったの」

「で、お父さんは？」

「父もヴァンヌの病院で経過観察中。全然よくないみたい。誰とも口をきかないんですって。どんな状態か想像もできない……」彼女は声を立てずに静かに泣き出した。「父は十歳年上なんだもの……。まさか、先立たれるなんて、思ってもみなかったはず」

　ポールの脳裏に自分の父親の姿がよみがえった。母の死後、父は実家のダイニングルームの肘掛け椅子で呆然とし、その後マコンの精神科病院で向精神薬のため朦朧《もうろう》とし、またサン＝ジョゼフに帰宅したのだった。あの状態を抜け出すまでに何か月もかかった。マドレーヌがいなかったら、一生立ち直れなかったかもしれない。不思議なものだ。母はとりたてて素晴らしい伴侶ではなかった。特に優しくもなければ愛情深くもなく、家庭を大事にしていたわけでもない。考えてみると、プリュダンスの母親とかなり似ていた。自分の母はプチブル階級出身だった点が違うだけ。どちらの場合も、夫婦愛が年月とともに色褪せていく印象は否めなかった。それでも、ともに暮らし、子供を育て、リタイヤしたあと、夫は妻に先立たれ、どうやって生きていけばいいかわからず途方に暮れていた。プリュダンスの父親の場合、より深刻だった。たしか八十を少し超え、パーキンソン病の初期症状もあらわれていた。つまり義父にとっては、まさにゲームオーバーだった。

「会いに行くんでしょ？」

「ええ、あしたTGVで、オーレーに行く」

ポールは一度しか行っていないが、ラルモール＝バーデンの家、テラスからのモルビアン湾とモワンヌ島の見事な眺めはよく覚えていた。

「妹さんと連絡とれた？」

「ええ、プリシラは少しあとで、また電話をくれることになってる。ヴァンクーヴァーはまだ早いの。なるべく早く帰国するって。あの子、パパっ子だったでしょ、昔からパパのお気に入りだったし……」妻の微笑にはあきらめがあり、深刻な悲しみはなかった。これもまた、ポールには理解できた。

「妹さんは、カナダで元気にやってる？」軽い話題のきっかけをとらえて、ポールは尋ねた。

「じつはそうでもないの。離婚調停中。意外でもなんでもない。最初からうまくいくわけないって、わかってたもの」

ポールの脳裏にこんどは結婚式の光景がよみがえった。ブーローニュでの盛大な式、披露宴がもよおされた庭園を思い出した。義妹の夫の顔はすっかり忘れていたが、なぜか職業は覚えていた。石油産業に従事する英語圏のカナダ人だった。プリュダンスは「最初からうまくいくわけないって、わかってた」のか。最初からわかっていながら、何も言わなかった。姉妹間のコミュニケーションが兄弟間のそれより円滑とはかぎらないらしい。たいてい円滑でも、いつもそうとはかぎらない。

翌朝、ポールは妻につき添ってモンパルナス駅まで行った。二人でベルシー公園を通り抜けた。汗ばむほどの陽気で、ポールはコートを脱いだ。「ほんと、びっくりね」と、目ざとくプリュダンスが言った。「わたし、荷物に水着まで入れちゃった。期待しすぎかもしれないけど……」気候温暖化は否定しようのない災いである。そこにポールはいささかの疑いもなかった。これを嘆き、場合によっては行動を起こす用意もあった。けれども、おかげで生活に、これまではなかった思いがけなさ、変化がもたらされていた。

発車時刻までだいぶ間があったので、二人は駅構内のバーでコーヒーを飲んだ。「プリシラはあさって着くから、お葬式にぎりぎり間に合う。あなたはあんまり来たくないんでしょ。昔から母が苦手だったし?」ポールは気まずくなった。「責めてないわ。母がつらく当たってたんだもの。だいたい、あなたの話になると、わたしにもつらく当たって、嫉妬《しっと》してるのかと思ったこともある」

嫉妬? おかしなことを言うものだ。ポールはそんなことを考えたこともなかった。だが、妻の言うとおりかもしれない。きっと妻が正しいのだ。ポールは母娘の関係について、ほとんど何も知らなかったが、それは知らないでいるに越したことはない多くの問題のひとつのような気がした。

「つまり」とプリュダンスが口をひらいた。「お察しのとおり、悲しくて気が狂いそうと言ったら嘘になる。なんだか、昔の小説を思い出すの。性懲《しょうこ》りもなく浮気してた男が『子供たちの母親』とか言って、曲がりなりにも妻を立てるでしょ。言わんとするところがわかるの。そんな感情を嘘っぽいと思ったことはない。いまのわたしならこう言える『何はさておき、父の妻だった人』ってね。問題は、プリシラに助けてもらえるといいんだけど、父を看《み》てくれる人を探さなきゃならないの。父が回復しても、あの家で一人では暮らせない。そんなの考えられない。それに正直、父を要介護高齢者施設に入れるなんて、わたしにはできない」

「まったくだ！」ポールは自分でも驚くほど激しく応じた。一瞬、脳裏にあの家、張り出し窓のある部屋、モルビアン湾の日の出が鮮やかによみがえった。サン゠ジョゼフとはだいぶ趣が異なるが、やはり、よりよく暮らすため、余生を送るための場所だった。要介護高齢者施設は違う。けっして、そうはいかなかった。

発車時刻まで、あと数分しかなかった。「そのうち来れるね……」と妻は言った。「来れたらいいのに。あの地方は気に入ってたでしょ？　それにわたしたち、取り戻さなきゃならないことがたくさんあるし」

本当にたくさんある、とポールは思った。妻は勢いよく立ち上がった。持ち物は小ぶりのバッグだけで、それをたすき掛けにしていた。「そろそろ行かなきゃ、電車が来てる」現に、カンペール行きTGVが七番ホームからの出発で、途中の停車駅はヴァンヌとオーレーであるとのアナウンスが流れていた。

「わたしが悪いの。っていうか大部分はわたしのせい」と妻は蒸し返した。いや、僕のせいでもある。というか、どっちもどっちで、いずれにせよ、もうたいした問題じゃないし、とポールはらちもないことを話し出した。二人は見つめあったまま、なかなか視線をそらせなかった。だが、そうしなければ、プリュダンスは電車に乗り遅れてしまう。「全部わかってるから」と妻はささやき、ポールの口にキスをした。一瞬のキス。そして妻はまわれ右をし、ホームへ向かう人ごみのなかへ消えて行った。

4

〈商品の特徴。1．本商品を着て、恋人に愛されるようにふるまいましょう。2．セクシーな魅力を発揮して男たちを魅了しましょう。3．貴女《あなた》のくびれたウエストとほそい脚を誇示しましょう。4．貴女の恋人への最高の贈り物。5．夫婦関係を促進させるツール。6．素材、ポリエステル35％、綿65％。7．本ボディ・ランジェリーが着る女《ひと》を幸せに美しくするでしょう〉

（GDOFKH社製衣料品の紹介）

バルザックは『金色の眼の娘』の有名な冒頭で、人間を快楽と金の欲求に駆り立てられるものとして描いている。意外なことに、バルザックは野心に言及していないが、まったく異質なこの第三の情熱に、自身が特に翻弄されていたのだった。たとえばブリュノは快楽にも、金儲けにはもっと、食指を動かされる気配を見せたことがないが、野心となると話は別だった。たしかに、ブリュノには野心があった。そもそも野心という情熱は、利他的なのか利己的なのか判然としなかった。野心とは歴史に功績を遺したいという欲望なのか、そんな功績を遺した偉人に肩を並べたいという、ただの虚栄心なのか。つまり、バルザックはやや単純化しすぎていた。

プリュダンスから電話があったのは、三日後の金曜の夜になってからだった。妹が帰国してくれて本当に助かった、プリシラのほうが断然、要領がいい。葬式があって、こう言ってはなんだけど、うまくいった――つまり、近隣住民がそこそこ参列し、司祭がミスなく儀式を執りおこなったということだろう、とポールは推察した。もちろんプリュダンスの父は欠席した。そもそも葬式のことを知らされてもいなかった。父の意識は不分明な地帯をさまよい続けていた。幸い、よく眠っており、薬はその役には立っていた。起きているときは頑《かたく》なに口を閉ざし、病室に誰か入って来ると、それが看護師でも娘でも、苦虫《にがむし》を嚙みつぶしたように顔を背けた。プリシラの到着にすら、まったく喜びを呼び覚まされなかった。退院の時期について、精神科医は明言を避けていた。容体が安定するまで数週間、へたをすれば数か月かかるかもしれない。いずれにしても、自宅では介護者が不可欠だった。

耳新しいニュースもあった。プリュダンスの妹はカナダからの本帰国を検討していた。夫は二人の娘の養育権をすんなり譲った。娘たちに面会したいという意思も見せず、実際、完全にどうでもいいようだった。プリシラは、だいたいどこでも仕事ができた。ほぼすべてをインターネット上でこなしていた。だから、ラルモール＝バーデンでもまったく問題ない。家は昔から好きだったし、娘たちも気に入るはずだと思っていた。

プリシラがどういう仕事をしているのか、ポールはいまだにわからなかったし、それはプリュダンスも同じだったが、ともかくロゴやエモジ、さまざまなアジア系の文字に関する仕事だった。素人には定義しがたい仕事だからといって、大金を稼ぎ出さないわけではなかった。たとえば、ナイキの新しいロゴをデザインしたのは義妹だった。前のロゴの評判からすれば、そのリニューアルはなまやさしいことではなかったはずだ。それに、アップルのTシャツにプリントされたスローガンの文字やタイポグラフィーを決めたのも彼女だった。たまに出張する必要もあったが、ごく短期、せいぜい一日で片がつき、アメリカ合衆国と日本をはじめ、世界中どこへでも行っていた。だが実際、出張は減っていて、たいていのことはオンライン会議でできるようになっていた。ラルモール＝バーデンでもヴァンクーヴァーと同じく、不都合はなかった。

　プリシラが引っ越して来たら、介護人探しも格段にやりやすくなる。プリュダンスは最初の二日間にさんざん苦労した（人を探すのは容易ではなかった。ただの家政婦ならいても、介護やリスクの話が出ると、とたんに難航した）あとで、すっかり楽観的になっていた。おまけにブルターニュの天気は素晴らしかった。三月初旬としては異例の陽気。午後は浜にも行った、と妻はポールに話した。さすがに海水浴はしなかったけれど、水着になった。「わたし、けっこう、いいお尻してるの」と唐突に言った。なぜ妻はこんなことを言うのだろう？　以前なら、ありえないことだった。ポールはこう返すべきだった——「そうだよ、きみのお尻は天下一品」あるいはむしろ「そうだよ、昔からきみのお尻にぞっこんなんだ」けれど、そんなことは言えなかった。妻の尻を久しく見ていなかった。だが完璧に記憶していた。そしてたしかに、サン＝ジョゼフであの晩、妻に触れ、それほど変わっていないと感じた。手の感触に狂いはなかった。ポールは勃起しそうだった。これについても、何か言えたのに。たとえば、アメリカのいまどきのスリラー映画みたいに「おい、勃起させんなよ！」とバカっぽくも親密な笑いをまじえて言えたのに。現実には、控えめにくすくす笑っただけで電話を切った。ポールにも進歩の余地があった。

　バルザックが忘れていた情熱がもうひとつある、と電話を切ってすぐにポールは思った。母性愛だ。その代わりバルザックは、なぜか父性愛を描いている。こちらのほうがありふれていないのは、あのカナダ人だって否定するまい。父とセシルも、プリシラと父も、その例と言えたが、さすがにゴリオの親父《おやじ》ほどハードコアではなかった。

　そのあとの夜の時間、ポールは読書をして過ごしたが、バルザックではなく、書架から哲学書を見つくろった。そのほうが適当に思えた。あいにく哲学書はたいしてなく、せいぜい十五冊程度、どれも妥協的で毒にも薬にもならないものに見えた。ポール自身は、先ほどから羅列している情熱、過去の哲学者が口をそろえて非難する情熱とは、あまり関係なく生きている気がしていた。昔から世界を、自分がいるべきではない場所、しかし急いで立ち去ることもない場所としてとらえていた。それは、ほかの世界を知らないからにすぎなかった。ポールは木か、それが無理なら亀であるべきだったのかもしれない。とにかく人間のようにせわしないものではなく、変化にあまり翻弄されない存在。どうやら、そんな解決法を提案する哲学者はおらず、むしろ人間の条件を己の限界と偉大さをもって受け入れるべきであると考えているようだった。似たようなことは、人道主義を標榜《ひょうぼう》する雑誌でも読んだことがある。そこに一種の尊厳を見出すべきだなどと、むかつくことを言う者すらいた。若い者に倣って返してやる、笑。

　残念な哲学者らを奈落に打ちやり、ポールがようやく眠りに落ちたとき、ベルシー公園には日が昇りつつあった。夢のなかでは、オランダ人の男女がコルシカ島の路上でヒッチハイクをしていた。おそらくバヴェラ峠に続く道で、プリュダンスとコルシカ島でバカンスを過ごしたときに訪れた場所だった。そもそも二人のヒッチハイカーは二十歳にもならず、色素のごく薄い金髪という似ても似つかぬ外見ながら、プリュダンスとポールを体現しているようだった。だからポールは、若い男女が自分たちの姿になってエロチックな場面が展開し、あの旅のひとときを追体験できれば、と期待した。コルシカ島でのバカンスは素晴らしくエロチックで、もしかしたら、人生で最もエロチックなひとときだった。残念ながら、そんなことは起こらなかった。やはり夢の内容を思いどおりにするのは不可能で、少なくともポールには無理だった。

その代わり、赤いスポーツカーがポールの前、というか彼を体現するオランダ人青年の前にとまった。プリュダンスはちょうど、近くの泉へ水を汲みに行っていた。車に乗っていたのは四十がらみの双子のイタリア人で、漆黒の髪がほとんど青みがかっていた。彼らは幻惑的な薄笑いを浮かべ、左右対称の動きでポールを振り返って曖昧な誘いの目を向けてきた。ポールは抵抗できずに後部座席に乗り込んだ（車はおそらくフェラーリのオープンカータイプのモデルで、後部座席は幼児向けかというほど窮屈だった）。車はすぐ発進した。このときプリュダンスを体現する娘が、水筒を満たして泉から戻って来た。彼女はあわてふためいて、ポールに大きな身ぶりをした。双子は不快で神経質な笑い声を上げた。

すかさず別の車が娘の前にとまり、娘は乗り込んだ。この車はほぼ間違いなくベントレー・ミュルザンヌだった。真夏でうだるような暑さにもかかわらず、車内は凍えるほど寒く、ロシア産の毛皮が張られていた。運転手は武器の扱いに慣れたゲリラ兵の風体である一方、後部座席で娘を迎えた男はほとんどよぼよぼの老人で、その外見からは疲弊と退廃的なまでの洗練がにじみ出ていた。贋《にせ》プリュダンスは、老人に一部始終を語った。退廃的老人は懸念の色を浮かべ、何か手を打つべきだと確信したようだった。老人は「やつらは危険であろう?」と運転手に訊いた。「とびっきり危険です」と返事があった。

数キロ先へ行くと、赤いフェラーリが山頂へ続くつづら折りの道端にとめてあるのが目に入った。すぐさま運転手が近くに車をとめた。贋プリュダンスが驚いたことに、リムジンから降りた老人は体に密着した黒いゴム製の、近接格闘術向きのような服を着ていた。ダイビング用のボディスーツなのかもしれなかった。腰のベルトには、カミソリのように研ぎすまされた長さ三十センチほどの短刀をさげていた。

贋プリュダンスは登攀《とうはん》中、道が切り立って険しいことに驚いた。数メートルわきの道は明らかに同じ地点へ続くのに、坂はなだらかでカーブも緩やかだった。現に学童の集団が歌いながら降りて来るところだった。「困難を求める者は困難に遭う」と、老人がミステリアスに応じた。少し先へ行くと、あまりの急勾配に、贋プリュダンスは左手にひらけた淵に転落しそうになった。足もとの坂がほとんど垂直だった。老人に、その年齢からは想像もつかない敏捷さで摑まれ、百メートル下への墜落を危機一髪で免れた。

とうとう登りついたのは草の茂る広大な台地で、小石が散らばり、ぐるりを絶壁にかこまれていた。中央には同種の小石で造られた山小屋があった。なかでは家族連れの観光客らが、能天気に騒々しくしゃべりながら飲み食いし、そのあいだを縫うように、愚鈍そうな地元民がどこかしら恨みがましげに黙々と立ち働いていた。双子の姿は影もかたちもなかった。すると老人は、到着が遅すぎ、もはや手遅れで、娘は二度と恋人に会えないと悟った。老人は節度ある言葉でみずからの敗北を認めた。娘、つまり贋プリュダンスもまた、一生にいちどの愛が永遠に失われたのだと悟った。

ポールは昼ごろ目覚め、コーヒーを淹れてからエスコートガールのサイトに接続し、十件ほど女の子たちに電話をかけ、そのつどメッセージを残してから、坐って待機した。十五時ごろ、やる気が低下するのを感じたポールは、思い立ってインターネットのポルノを観たが、結果は期待はずれで逆効果ですらあった。バイアグラか何かを買っておくべきだったが、きっと処方箋が必要なのだった。

ポールのメッセージに反応した最初――で、たぶん最後――の女の子は二十一時ごろ電話をくれた。二十二時なら大丈夫。そして、年齢と民族的帰属を訊いてきた――四十代後半の白人。完璧、まさに求めている客層。どうやらエスコートガールの基準は、中道左派メディアがもてはやす価値観とは対極にあるようだった。最後に料金を確認された。一時間四百ユーロ。アナルはやってないし、当然コンドームは必須。フェラチオするときは別だけど。彼女は十六区のスポンティーニ通りで客をとっていた。エスコートガールの多くがこの富裕地区、というかサン＝ジェルマン＝デ＝プレほどではない月並みな富裕地区で営業しているらしく、それは安心なことではあった。通話を終える際「じゃあね」と言われ、やや意表を衝かれた。

タクシーのなかで、ポールはサイトからプリントアウトした情報を読み返した。メロディーはフランス人、自称二十三歳の女子学生だった。写真を見るかぎり――顔は写っていないが体についての情報は十分に提供してくれる――年齢だけは嘘でもなさそうだった。しかも〈誇張でなく、おしゃぶりのエキスパート〉と宣伝していた。じつに心強い。うまくいかなければ、フェラチオという次善の策に頼ることができる。それは曲がりなりにも勃起にこぎつけられる状況だ、と少なくともポールは記憶していた。

スポンティーニ通り四番地に着くと、ポールはあらかじめ言われていたように電話をした。五分後、携帯メールの返事が届いた――〈道路を渡って、スポンティーニ通り七番地〉。ポールは指示された地点へ行き、またメッセージを入れた。十五分後に届いた手短なメール、〈五分〉に、いささか気分が冷めた。まだ客がいるのだろうか？ ポールは前の客と出くわしたら、そのあと勃起できるか、まったく心もとなかった。十分間待ち、携帯メールを送った。これが女の連絡手段のようだった。まず、若者口調らしく〈もうオッケー？〉と書き、少し考えて〈じゃあね〉と加えたが、ますます場違いになっていった。こんどは間を置かずに返信が届いた――〈Ｂ１９８４．Ｃドア〉指示に従って進むと、また別のドアとコードの前に来た。まるでカフカの小説だったが近代的で、門衛は自動化されていた。そこでポールは、ほとんど感動的ですらある、と一抹の自己憐憫をおぼえながら〈着きました〉と送信した。さらに待つこと数分、届いたメール〈１１Ｂ２３．六階〉は、おそらくやりとりを締めくくるものだった。

六階廊下のつきあたりのドアは半びらきになっていた。アパルトマン内部はほの暗く、あちこちに小さなランプが置かれ、そこだけぽつぽつと光っていた。戸口で迎えた女の顔ははっきり見えなかったが、黒いミニスカートを穿《は》き、ガーターに網タイツ、上は体のラインを強調する透ける素材の服で、やはり黒――立派な乳房だ、とポールは機械的に心にとめた。照明はうっとりするようなエロチックなムードを演出するためだろう。実際、かなりうまくいっていて、強い香のかおりで、いっそう効果が上がっていた。ローテーブルで棒状の香が燻《くゆ》っていた。ポールが四百ユーロを手渡すと、女はすばやく札を数えてハンドバッグにしまった。「何か、お飲みになりますか？」と訊かれた。この敬語がよかった。気まずさがうすまり、はっきりと客の立場になった気がした。おそらく現金の授受で状況が明確になった。とはいえ、ポールは飲み物を断った。飲むなら何がいいか言わなければならないし、何があるか知らないし、要するに面倒だった。なるべく話さずにすませたかった。

「じゃあ、始めましょうか？」と女が続けた。

「お名前は……メロディー、でいいのかな？」

「ええ、まあ……」そんなこまかいことはどうでもいい、とばかりに女は手を振った。どうせ偽名だ。

「サイトを読みましたが……」とポールはためらいつつ言った。「『おしゃぶりのエキスパート』って書いてましたね？」

「わ、ちゃんと読む人がいるんですね。すごい……！」と女は朗《ほが》らかに言った。結局、悪い人でもなさそうだった。「まあ、坐ってください」と、いぜん突っ立っていたポールは言われた。言われるままソファに坐った。声になじみがあるような気がした。

一分後、じっとしたままのポールは「服を脱いでも、いいですよ」と言われた。言われるまま、とりあえず下を脱いだ。いまのところ、それで十分に思えた。「慣れてないんですね？」ポールはうなずいた。「心配しないで、大丈夫ですから」と女は言って、ポールの両膝のあいだにひざまずいた。

驚いたことに勃起した。女がペニスをくわえ、唇を閉じたとたん非常に硬くなった。彼女は上手だった。片手でポールの睾丸を撫でながら、もう一方の手で、口に含んだものを緩急をつけてしごいた。ときおり、ポールの目をまっすぐ見つめた。それはとりわけ深々とくわえ込むときだった。また反対に、目をつぶって全神経を集中し、舌を亀頭に這わせることもあった。ポールはどんどん気持ちがよくなって、二、三分後に厚かましくも言った。「すごく暗いんだけど、電気をつけてもいいかな？」

　女は中断した。「あ、見たいのね……」とにっこりした。くだけた物言いになっていたが、もうこの時点では気にならなかった。女は左手でしごき続けながら、右手でランプを引き寄せた。女の顔に光が当たった瞬間、ポールは激しいショックに襲われ、恐怖に身をすくめた――メロディーはセシルの娘、アンヌ＝リーズだった。たしかに姪だ。間違いない。はじめ、ぼんやりと誰かのおもかげを感じたのだが、いま、はっきり姪だと確認した。相手は驚いて、しばしポールを見つめたが、やがて気がつき、「げげ……」と洩らした。数秒間、愕然としていたあとで、こう訊いてきた。「パパに言わないよね？」

　なぜ、パパなのか？　とポールは思った。特にエルヴェと親しいわけではない。ただの義兄だ。セシルとなら、何かあってもおかしくなかった。

「ママは、なんだかんだ言って、わかってくれると思う」とアンヌ＝リーズは、ポールの考えを読んだように続けた。「だけどパパは、死んじゃう」

　なるほどセシルなら、不思議とわかってくれるだろう。ポールは根拠もなく、姪の言うとおりだと思った。もちろん口外しないと請け合った、口外するなんて思いもよらない。そう言いながら、ポールは一瞬パニックに襲われた。自分も絶対に知られたくなかった。

「そっちも黙っててくれる？」

「うん、心配しないで、これは二人だけの秘密にしとこう」ちょっと考えてから彼女は続けた。「なんて呼べばいいのかな。昔は『おじちゃん』って呼んでたけど、最後に会ったの十二かそこらで、さすがにいまは、やばいでしょ。まあ、なんか飲もう」

アンヌ＝リーズは立ち上がった。「強いのにするでしょ？」ポールはうなずき、彼女が台所へ立った隙に、身なりを整えた。

彼女はジャックダニエルのボトルを持って戻り、大きなグラス二つになみなみと注いだ。うん、ときたまエスコートガールをやるようになって数年になる。大学入学とほぼ同時に始めた。出版社のバイトは、はなっからでたらめ。どうせ出版なんて、ちんけな仕事だし。将来は大学でキャリアを積むつもり。大学の先生は立派な職業。ポストにつけたら、すぐにでもやめる。ここは自宅じゃない。住んでるのは五区にあるワンルーム。ここは別の女の子二人と借りてる。二人ともちょっとバカだけど、善良なロシア人。これをやって、毎月一万ユーロ貯金してる。非課税。週に数時間、働いてる。「そうだ、四百ユーロ返そうか？」ポールは断った。まったくそれには及ばなかった。「それに、フェラチオよかったし」と、つい率直に口にして恥じ入ったが、アンヌ＝リーズの微笑を誘った。

「ママは、いけ好かない人たちのために料理を作って生活費を稼いでる」と彼女は話した。「ママは大の料理好きなのにね、人生でいちばん情熱傾けてることなのに、それって、わたしがやってることよりマシ？」

どうも、正当化を試みているようだったが、ポールが説教をたれる立場にないことを脇においても、それは微妙な問題だった。たしかに、セシルにとって料理を作ってあげることは普通、愛情表現というか親密な何事かだった。だが一方で、料理人という職業があり、一般に立派な職業と見なされている。ポールはただ「お母さん、客とうまくいってないの？」と訊いた。そんなことは、セシルの口から聞いていなかった。

「最悪。リヨンのスカした金持ちに、ママの我慢もいよいよ限界、そのうち料理に毒を入れるわ、ってのは冗談だけど……。わたしの場合、お客さんは親切。ま、クズもいるけど、電話でちょっと話せば察しがつく。客は金持ちばかりじゃない。かかる料金からすると信じられないけど、貧しい階層の人たちがけっこういて、おっかなびっくり十六区に来るの。すごい金持ちが住んでる地区だと思ってるから。要するに、たいがいは実直な人たち。さすがに、挿入はつらいときもある。男の体とか臭気とか、もろに感じるし、別のこと考えてやり過ごすしかない。だけど、フェラチオ一回で満足しちゃう客がけっこういるの。しかも一時間分の料金払ってくれてんのに、十五分で終わっちゃう。もっと短いときもあって、いいのかなってくらい。だから会話をして、三十分くらい間をもたせるとね、サイトにコメントがたくさんつくの。『気さくで知的な女の子』『最高の懇親タイム』『得がたい人、大切にしてあげて』とか、もう何年も、こんな幸せを味わってなかったのかなって感じ。みんな孤独なのよ、かわいそうなくらい」

やがて、アンヌ＝リーズは「けど、そっちはどうして来たの？」とポールに話を向けた。「たしか、ママが言ってたけど、あんまり奥さんとうまくいってないんだっけ」

ポールはごくりとひと口バーボンを飲んでから答えた。たしかに、うまくいっていなかった。大きな問題をかかえていたとすら言える。だけど、しばらく前から、よくなっている。だからこそ、来たんだ。

アンヌ＝リーズはやや怪訝《けげん》な顔で考えにふけりながら首を振り、やはりバーボンをひと口飲んだ。

「お客さんがたくさん話してくれるの。ほとんどみんな、釈明せずにはいられない。まったく同じ話は聞いたことないけど、わかる気がする。なんていうか、うまくできるか確かめるのに、女の子が必要だった、みたいな？　普通のセックスに復帰するための橋渡しみたいなもの？」ポールはうなずいた。彼女はまた首を振り、バーボンをひと口飲んで、こう結んだ――「人生って、いろいろめんど臭いね」。

5

ちょうどこのころオーレリアンは、マリーズの腕のなかで眠り込んでいた。前日電話すると、彼女は仕事が休みで、週末も非番だった。土曜に遠出しないかと誘うと、二つ返事で同意した。マリーズには車がなく、三か月前に、この地方に引っ越して来てから、観光する機会がなかったのだ。

オーレリアンは姉夫婦が医療センターへ出かけるのを見計らって、数分後にベルヴィルへ向かった。マリーズの住まいは街はずれの、見るからにイスラーム主義的な界隈だった。オーレリアンはそんな界隈の話をメディアで聞いてはいたが、実際に見たことがなかった。というか、モントルイユの自宅近辺で似たようなものを見聞きしても、はっきりしなかった。どっちつかずのような区域があって、そんな場所では心の準備ができている。ベルヴィル＝アン＝ボージョレとなると意表を衝かれる。オーレリアンの頭のなかで、イスラーム主義はむしろ大都市近郊の問題だったが、じつはろくに知らないのだった。地方の中小都市に広がっていてもおかしくない。オーレリアンはフランス社会の事情にうとかった。いずれにせよ、すれ違う女はことごとくニカブ（目の部分だけ露出させたベール）をつけ、目の部分が網状になったベールの女もいた。男の大半は典型的な原理主義者《サラフィスト》のいでたちだった。その代わりゴロツキはいなかった。原理主義者が界隈のゴロツキを一掃したのだろうか？　そうと決まったわけではない。まだ午前十時で、ゴロツキはたいがいの肉食獣と同じく、日暮れにならないと出て来ないものだ。

　マリーズはアパルトマンの建物の前で待っていた。それは三階建てのかなり醜悪なコンクリートの塊だった。「部屋には上げないよ」と彼女は言った。「見せられたものじゃないから。赴任して来たとき、最初の物件で手を打ったの。少なくとも家賃は安いし。しばらくいるなら、住み心地よく整えるつもり」マリーズは短いタイトなスカートにファンキーなTシャツ姿で、オーレリアンが来て、見るからにほっとしていた。建物の外に出てから向けられる視線に、落ち着かない気持ちになっていたのだ。マリーズは化粧もして、金色の大きなピアスをつけていた。

　オーレリアンが目的地に選んだのは、ソリュトレの岩山だった。定番の観光スポットだ。人気があるし、彼自身、久しく訪れていなかった。はたして、地平線に石灰質の山容があらわれ、山頂の片側がなだらかで、もう片側が急峻な稜線が見えると、マリーズは心底感嘆したそぶりを見せた。このときオーレリアンは、このあとどうなったって、彼女を遠出に誘ってよかったと思った。

「ほんとにきれい……」とマリーズは言った。「でもここ、テレビで観たことある。昔の大統領、年とった人が来ていたの、ここじゃない？」

「そう、フランソワ・ミッテラン」オーレリアンはフランソワ・ミッテランのことはおぼろげにしか覚えていなかった。「星座の騎士《セイント・セイヤ》」とか「コラルゴル」[＊1]の熊のほうがまだ覚えている。彼の子供時代から、娯楽産業は往年のヒット作を使いまわすようになっており、はっきり区別せずに新作も提供していたため、歴史的一貫性も継承関係も、徐々に判然としなくなっていた。オーレリアンにもさすがに、フランソワ・ミッテランがシャルル・ド＝ゴールのあとの時代の人だとわかったが、たまにおぼつかなくなった。

ソリュトレ山頂までの登山道は整備され、急な坂には階段や手すりが設置されていた。三十分ほどの軽いハイキングだった。頭上には澄んだ青空が広がり、かわいい雲がちょこちょこ浮かんでいた。ほぼ中間地点で、オーレリアンはマリーズと腕を組んだ。それ以降、一歩進むごとに互いに惹かれ合うように感じながら山頂へ近づいて行った。これが、愛というものなのか？　もしそうなら、奇妙で、意外と簡単――いずれにせよ、未知のものだった。

岩山の頂上に着き、二人は眼下に広がる丘や草原、森やブドウ畑を眺めた。「これが、フランスなのね……」とマリーズは長い沈黙のあとに言った。オーレリアンが「うん……まあ、だいたいこんな感じ」と応じた。マリーズは黙ってうなずいた。彼女はベナン出身で、それは車中で話していた。オーレリアンの反応がないので、マリーズは「フランス人に支配される前は、ダホメと呼ばれていた国」と説明した。だが、ダホメと言われても彼にはぴんとこなかった。「やっぱり地理より、歴史が好きだったのね」とマリーズは結論した。「特に古い歴史」とオーレリアンはつけ加えた。「古い歴史……」とマリーズは音節を区切りながら、ささやくように言って、じつに優しげな目を向けた。欲望より優しさのまさった不思議なまなざしで、それはひょっとしたら後年、二人が年老

＊1　一九七〇－七四年にフランスでテレビ放送された、仔熊が主人公のパペットアニメ。

いたときに投げかけられるであろうまなざしを、先どりしているようだった。

　岩山の崖下で馬の骨が大量に発見されている、とオーレリアンは語った。先史時代の人々がおこなっていた狩猟法のためだと長く信じられていた。馬を崖に追いつめて転落させ、崖下で解体するのだ。「やだ、残酷」とマリーズは憤慨して言った。よくある反応だ。女はいつも、こんな反応をすると、観光ガイドから聞いたことがある。女は馬が殺されるのに耐えられない。「それでも賢いやり方ではある」とマリーズは少しあとで認めた。だけど、これはただの伝説なんだ、とオーレリアンは説明した。実際、先史時代の人たちにそんなアイデアはなかった。この話はずっとあと、おそらく十九世紀の創作だ。二人はあらためて、丘とブドウ畑の広がる風景を眺め、オーレリアンはマリーズの腰に腕をまわした。自分を男だと感じた。胸が騒ぐ、新鮮な感覚だった。


　次にオーレリアンが予定していたのは、アヴナスのノートル＝ダム教会だった。こちらはマイナーな観光地、マイナーすぎて観光地とは言えないくらいだった。地方のこのロマネスク教会を訪れる観光客は年間十人くらいなものだろう。だから、マリーズの熱心な反応は予期していなかったが、彼女は教会に入ると、すかさず聖水をたたえた水盤に指を浸し、十字を切ってから見学を始めた。オーレリアンは彼女がキリスト教徒であることすら知らなかった。考えてもみないことだった。

　この教会の至宝は祭壇で、十二使徒にかこまれた栄光のキリストの白い石灰岩の彫刻があった。これについて、オーレリアンには何も話すことがなく、ただ数分間、マリーズが鑑賞するのに必要なだけ佇んでいた。

　外に出ると、オーレリアンは「この教会にまつわる伝説もあるんだ」と言った。「はじめは、異教徒に破壊されたペラージュの修道院跡に建設されることになっていた。だけど工事が始まると、毎朝、工具が散乱していて、これを見た工夫たちが悪魔の仕業に違いないと噂したんだ。建築主は神がこの場所をお望みではないのだと結論した。そこで、教会を建てる別の場所を決めるために、ハンマーを投げることにした。落ちたのは千二百メートル離れたサンザシの茂みだった」

「千二百メートルって、すごいね。その建築主は力持ちだったんだ……」とマリーズ。なるほど、言われてみればたしかにそうだ。オーレリアンが考えてもみない側面だった。

「フランスには、たくさん伝説があるね……」とマリーズは夢見るような、ちょっとからかうような口調で言った。本当にフランスは伝説の国だったのに、あまりそうは見えなくなっていた。ただ、オーレリアンといるときは、その職業柄、違っていた。オーレリアンは自覚のないままマリーズを誘惑していた。単に彼女を、文化への感受性が強い知的な人間として扱い、みじめなアフリカ人看護助手と見なさなかったからだ――実際はそうだったのだが。マリーズはベナンから単身渡仏していた。フランスに身寄りはなく、少しうんざりしていた。フランスに来てから寝た男はいても、誰一人こんなふうには扱ってくれなかった。オーレリアンは誰とも似ていなかった。じつのところマリーズには、フランスの漠然としたイメージしかなく、ベルヴィルで暮らしているのは、生理的に嫌悪し恐れているアラブ人街だった。

　それから二人はボージューへ行って休むことにした。たくさんのカフェが営業中で、いままでになく〈ボージョレ地方の古都〉の名にふさわしい雰囲気だった。オーレリアンはこの村がどんなに魅力的かを、すっかり忘れていた。まるでマリーズを口説き落とすため、周到に段取りを組んでいたかのようだったが、そうではなかった。彼にそんな技量はなく、つかえたり、とちったりしたあげく、サン＝ジョゼフの家に寄って行かないかと誘った。マリーズは一瞬もためらわず同意した。

「男にしては恥ずかしがり屋だね……」と指摘された。

「ま……そうだね。でも家には姉もいるし。ちょっと堅いかも。かなり敬虔なカトリックなんだ」

「お姉さんって、わたしが会ってる人？」マリーズは意外そうだった。「もう一人、前に来たことがある、もっと年配の人はお兄さんなの？」

「ポール？　うん、兄だけど、すごく年が離れてて、そんなによく知らないんだ」

「あの人は、ちょっと堅そう」

「ポールが？」こんどはオーレリアンが意外な顔をした。「いや、ポールは全然、堅くないよ。ただ、真面目な人なんだ」

「暗い感じがした」

「そうだね。かなり暗い人ではある」


　フランス人はたいがい暗い。マリーズはフランスに来てすぐに、そう悟った。それはオーレリアンも知るところで、熟知しているとすら言えたが、時宜《じぎ》を得た話題ではなかった。二人がサン＝ジョゼフに着いたのは五時半ごろ。ほかのみんなは八時か、八時前に帰って来る。それまで二時間はあった。

「二時間なら、時間はたっぷりある」とマリーズはきっぱりと言った。「わたしだってカトリックなんだし」とつけ加えた。なるほどそれは本当のことで、問題は解消した。

二時間はたしかにたっぷりかもしれない、とオーレリアンはベッドに並んで横たわって、すぐに気づいた。インディーと出会う前の彼は、性体験がほぼ皆無だった。十三歳のころ、同じ建物に住む年とった同性愛者に口説かれて、ちょっとだけ触らせてやったことがある。そいつは歓喜しつつも、人に知られるのを恐れ、他言しないでほしいと懇願した。むろん、オーレリアンは約束した。だが、同性愛体験はそこまでだった。女の子とつきあったことはなかった。もちろん高校に女子はいたが、彼女たちが住むのは、フェイスブックでのステータスや洋服のブランド名が幅を利かせる、自己陶酔的で騒々しい世界のようで、要するにオーレリアンが入り込む余地はなかった。マリーズとは全然違うだろう。彼女がほっとしたように、そそくさとTシャツとスカートを脱いだ瞬間、オーレリアンはそう悟った。彼自身は服を脱ぎそびれ、ただ相手を見つめるばかりだった。深く温みのある茶色の肌は小麦色とも言え、枕元のランプに照らされてつやつやと輝いていた。

「黒人っぽくないね。まあ黒人だけど、色が薄い」と彼は言った。

「そうね、おばあちゃんが植民者の白人と間違いを犯したのかも。さあ、服を脱いで……」オーレリアンはどぎまぎして従った。

「赤くなった！」と、マリーズが叫んだ。「男が赤くなるなんて初めて見た。かわいい。ほんとに恥ずかしがり屋だね。でも、すごく白い。先祖が間違いを犯してなさそうね」

「そんな機会、なかったんだよ……」とオーレリアンは応じた。家系を調べたことがある。ポールもセシルもまったく興味を示さなかったが、彼らの先祖はおもにローヌ県とソーヌ＝エ＝ロワール県、そして一部はニヴェルネ地方の農民で、ブドウ生産者、そして大半は畜産業者、つまりどっぷり土地に根ざした人たちだった。植民地で一旗揚げようとするタイプとはほど遠く、フランスに植民地があることすら知らなかったかもしれない。

　オーレリアンは裸になると、マリーズの隣に横になった。素晴らしくいい匂いもした。乳房のあいだに顔をうずめた。マリーズは一、二分後、自分がリードすることにし、相手の胸、腹に口づけし、彼のものを口に含んだ。その後の展開はあっけないほどで、オーレリアンはこんなにシンプルで優しい性愛があるとは思ってもみなかった。かつてのインディーとの関係とは似ても似つかず、インターネットで観たポルノのようでもなく、本で読んだ描写に似ているかもしれないが、そうとも言えず、やはりまったく別の世界だった。彼は没頭し、いろいろなことを忘れ、実際、何もかも忘れかけたとき、ドアを叩く音がして、夕食を告げるセシルの声がした。オーレリアンは急いで服を着た。おどおどする気持ちがぶり返した。セシルの声にふだんと違う、よそよそしく冷たいものを感じた。気まずいのは、この家でセックスしたことがないからかもしれない。冒瀆《ぼうとく》的なことをした気持ちになり、バカげている、と自分に言いきかせた。家はとても古く、多くの人がここで愛しあってきたはずだ。とはいえ、セシルの声は変だった。

6

二人は階下に下りて台所の戸口で立ちつくした。台所の真ん中でマドレーヌが突っ立って髪をふり乱し、目を怒りに輝かせていたが、マリーズを見るなり、わっと泣き出し、その胸に飛び込んだ。セシルは微動だにせず押し黙り、二人が来たのにも気づいていないようだった。姉が無言なので、オーレリアンは近寄って、何があったのか尋ねた。

「マドレーヌが病院から出て行けって言われたの。パパの世話を焼いちゃいけないって」

組合代表たち、というか、そのうちの一人が特に強硬なのだが、マドレーヌが無資格で看護助手の仕事をしていることを所長に訴え出て、やめさせてくれと迫ったのだ。所長は組合代表たちの言い分を認めた。

「所長？　ドクター・ルルーのこと……？」

「違う。ドクター・ルルーはＥＶＣ－ＥＰＲ病棟の医長なの。でも、別の経営責任者がいて、入所者がもっとたくさんいる要介護高齢者施設と、もうひとつ、外来病院だったと思うけど、それ全部を牛耳《ぎゅうじ》ってるの。わたしたちは会ったことのない人よ。それで、マドレーヌにパパの世話を焼かれては困るって言うの。体を洗ったり、散歩させたり、車椅子の操作をしちゃダメだって。病室で寝泊まりするのもやめてくれって」

「衛生と安全の基準に反するって言うの」とマドレーヌが横から口を出した。オーレリアンは唖然としてその顔を見つめた。まず、マドレーヌがしゃべるのを聞くのが初めてだった。

「ご飯を食べさせるのは、いままでどおり続けていいって。許可されたのは、それだけ」とセシルが締めくくった。


一分たってようやくオーレリアンは気を取り直し、マリーズに訊いた。

「どう思う?」

「こうなるんじゃないかって、うすうす感じてた。前からくすぶってたの。その組合代表の強硬な人ってのも見当つくけど、うちの職場じゃなくて、要介護高齢者施設で働いてる人よ。問題の核心は、こっちの職場は四十人の患者さんに対して看護師と看護助手が合わせて十五人いる。あっち、高齢者施設のほうは二十五人で二百十人の入所者のお世話をしてる。だから、組合代表が嫌がらせするなんて、あべこべみたいだけど、あっちが全国の平均水準で、わたしたちが恵まれすぎなの。ドクター・ルルーがどうやって、こんなにいい条件を獲得できたのか、さっぱりわからない。それだけが謎ね。だけど、新しく着任した所長がドクター・ルルーを目の敵《かたき》にしてた。それは確か」

「ねえ、その所長のこと知ってるの?」とセシルが訊いた。姉がマリーズに親しげな口をきき、ここでいったい何をしているのか、不審がってすらいないことにオーレリアンは気づいた。セシルはそんなことを考えてもいないようだった。

「いちど会ったことがある。三十代で、要介護高齢者施設の所長ってみんなそうだけど、レンヌの保健行政の学校を出てる。公共施設の管理職を養成する学校で、医学部っていうより国立行政学院みたいなものよ。とりたてて意地悪そうじゃないけど、頭にあるのは施設の利益、っていうか、いまはどこでもそうなんだけど。国家基準どおりにやってる人」

「所長がドクター・ルルーを目の敵にしてるって言ったけど、クビにするかもってこと？」

マリーズは考え込み、かなりためらったあと口をひらいた。

「そこまでは、わたしのレベルではわからない。だけど、クビはないんじゃないかな……。でも、転勤ならある。ＥＶＣ－ＥＰＲ施設は全国に百五十あるから、転勤先には困らない。それに組合からの苦情は侮れない。ドクター・ルルーがとばされたら、わたしたちはほかの病棟に振り分けられる。これまでどおり、お父さんのお世話ができるか、全然わからない。やだ……」マリーズは目を伏せた。「正直言って、最悪の展開になりそう」


オーレリアンにとって、翌日みんなと別れてパリに発つのは、いつにもましてつらいことだった。ようやく腰を上げたのが二十時過ぎ、モントルイユに着いたのは午前三時近くになっていた。インディーは眠っていた。翌朝オーレリアンは、妻の顔を見ることなくシャンティイに出勤した。夕方は帰る気力が起こらず、パリ東駅近くのカフェにぐずぐずと居続け、マリーズに電話した。病院は混乱しているとのことだった。もちろんみんな噂してたけど、誰も何もわからない。午後ドクター・ルルーに会ったけど、すごく機嫌が悪そうで、問いただせなかった。

オーレリアンがようやく腹をくって帰宅したのは、二十三時ちょっと過ぎ。妻と鉢合わせし、当然、連絡もせずに遅く帰ったことを責められた。外で約束があったのに行けなくなるところだったじゃないの。なんだ、結局、外出したんじゃないか、と彼は思い、落ち着き払って応じた——「うっせえ」。それから二階に寝に行った。妻は虚を衝かれ、口をあんぐり開けていた。おそらく言葉遣いより、口調のせいだった。夫のこんな落ち着き払った冷たさに慣れていなかった。オーレリアンはもはや妻を恐れておらず、それは不穏なことだった。

マリーズから電話があったのは翌日の夕方、オーレリアンがシャンティイを退勤する矢先だった。悪い知らせだとすぐ感づいた。マリーズは所長室で事務をしている女の子と話したという。午前中、ルルー医師が所長に呼び出され、話し合いは明らかに紛糾《ふんきゅう》していた。仕切り越しにルルー医師の怒鳴り声が聞こえ、出て来た彼は、バタンと力いっぱいドアを閉めた。お昼過ぎ、マリーズはたまらずルルー医師のオフィスを訪ねた。彼は坐って目の前の書類をぼんやり眺めていた。そばに段ボール箱が口を開けていたが、まだ空っぽだった。「マリーズ、案の定、クビになったよ……」と言われた。「というか、転勤だ。来週明けからトゥーロンで勤務する。あいつ、どうやって、こんなに早く片をつけられたんだか」

「ドクター・ルルーは大っぴらに文句は言わない。上役には盾突かない」とマリーズは続けた。

「地元に帰るために自分から希望したって言うかも——実際、転勤先は出身地なの。ラ・セーヌ＝シュル＝メールだったかな。どっちにしても、完全にうんざりしてるみたいだった。こうなったら、あとは早い。木曜には保健部門の管理職もまじえて組織編成の会議がある。職員が目いっぱい要介護高齢者施設のほうにまわされて、うちの職場に残れるのはせいぜい五人。わたしがその五人に含まれるとは思えない。マドレーヌと仲がいいのは知られているから、つけを払わされる」

　マリーズは黙り込んだ。泣き出しそうだった。なのにオーレリアンには、力づける言葉はおろか、妥当な言葉すら何ひとつ思い浮かばなかった。「あしたの夜には、行くから」とだけやっと言った。

「遅くなるけど、行くから」

「あしたは夜勤で、木曜じゃなきゃ会えないの。でも木曜は、一日お休み」

「よかったら、僕の仕事場に行こうか。タペストリーの……」その場で浮かんだアイデアだった。

「うわ、いいね。すごく行きたい……!」マリーズの声が明るくなった。二人はしばらく、たわいもないことを話した。恋人同士か、幼い子をもつ両親がするように。そして電話を切る前にマリーズは、ほとんど落ち着いた口調で言った――「じゃ、木曜にね」。

7

プリュダンスは父親が退院するか、せめてプリシラがあとを引き継いでくれるまでブルターニュにいるだろう、とポールは踏んでいた。仕事の面で急を要することは何もない。フランスのあらゆる行政機構が、いくぶん減速するなか、とりわけ経済省は速度を落とし、いわゆる有権者の審判が下るのを待っていた。ブリュノはますます頻繁にテレビに出演していた。ポールはあちこちのチャンネルでブリュノを観たが、見事だった。あの年で頭角をあらわした弁論の才には驚くべきものがあった。ラクサネーはじつにいい仕事をしたものだ。サルファティも健闘していた。おふざけは大幅に控え、老賢人と言うにはやや若いが、老賢人のようにふるまっていた。キャリアの終わりにさしかかり、しかもちっとも面白くなくなったお笑い芸人としては、当然の変化だった。問題は、国民連合の候補者も悪くないということだった。具体的事案を語らせてもパンチがあって隙を見せず、討論ではたいがい相手を論破し、とろけるような微笑みでフィニッシュを飾った。目下、フランスの政治家で最強のとろける微笑みをもつ男だった。ソレーヌ・シニャルによれば、現代政治史上、あれに匹敵するとろける微笑みのもち主は、ロナルド・レーガンまでさかのぼらねばならなかった。そんなわけで、国民連合の候補者が第一回投票予測では首位に躍り出ており、決選投票予測ではあいかわらず、五割五分対四割五分で停滞していた。まずまずではあれ、それ以上ではなかった。ソレーヌ・シニャルはぼやいていたが、ブリュノはまったく意に介していないようだった。ポールがこの時期たまに会うと、どうもブリュノは心ここにあらず——ついにラクサネーと一線を越えたか、と勘ぐりたくなるものがあった。

プリュダンスの帰宅を待ちながら、ポールはウィッカ信徒の思想的傾向を調べてみた。ウィッカ信徒の多くが自然保護のために奉仕する、つまりエコな人たちだった。ちょっと神秘がかったエコな人は珍しくもないが、やはりそこには〈ニューエイジ〉、〈母なる大地〉、〈ガイアの皮層〉といったものにはなかった新機軸があり、それは男神と女神、両性の重要性だった。プリュダンスがこの新興宗教に惹かれたのは、そのせいかもしれない。肉体を覚醒させようとしているのだ、と思ってポールは胸が熱くなった。彼の肉体はむしろあっけなく覚醒していた。アンヌ＝リーズの口で事足りた、と回想してはほのかな羞恥心にかられ、胸がざわつきもした。この先どうすればいいのか？　セシルとその娘と一緒に会うとき、どんな顔をしたらいいのか？　だが、すぐに気を取り直した——アンヌ＝リーズは賢くて肝がすわった娘だ。そつなくふるまうだろう。

意外なことに、ウィッカ信徒は輪廻を信じているようだった。プリュダンスも信じているのだろうか？　もしそうなら初耳だ。とはいえ、辻褄《つじつま》は合う。エコロジーや、あらゆる生命体の本質的類縁性、生まれ変わりなどといった概念は相性がよいものだった。

次の土曜にプリュダンスから電話があり、翌日にも帰宅すると告げられたのは、ポールにとって嬉しい驚きだった。妹が娘二人とラルモール＝バーデンの家に落ち着いた。妹はカナダからの転居——と離婚——の手続きをいつもの要領よさでさばいた。ポールは駅で出迎えたかったが、思いとどまらされた。びっくりさせたいから家で会うほうがいい、という。

びっくりさせるものとはプリュダンス自身だった——こんがり日焼けし、元気はつらつで、何よりスカートを穿いていた。白いプリーツスカートは膝頭がのぞく丈で、きれいに日焼けした脚を引き立てていた。

「しょっちゅう浜に行ってたの？」とポールは訊いた。

「プリシラが来てからは、毎日」と妻は答え、彼に近寄って腕をまわしてきた。二人の舌が接し、ポールが両手を尻にあてると妻は硬くならず、それどころか、いっそう身をすり寄せ、彼の尻に手をあてがってきた。

十分後、二人はベッドにいて、ポールに貫かれたとき妻は涙を数滴こぼしたが、喜びのあえぎ声を何度も上げ、しまいには叫びのようになった。そのあと二人は長く、じつに長いこと見つめあっていた。

8

二人がようやくベッドを出たときは、日が暮れていた。二人は生活空間に移動した。ポールはジャックダニエルを注ぎ、プリュダンスはマルティーニにした。妻は、二人が二十五歳のころポールが出会ったあの女と同じなのだろうか？　本質的には同じだ。聖パウロなら言うかもしれないように、ふたたび一体になるのはあっけないほど簡単だった。十年を無駄にしたが、たいしたことではなかった。過ぎたことを考えても仕方がないし、将来をくよくよ考えても意味がない。ただ、いまを生きればいい。ポールはもっと軽めの話題を振った。しかし、それは数週間前から気になっていたことでもあった――妻は本当にウィッカを信じているのか？　ポールはそれを真摯《しんし》に受けとめるべきなのか？

　プリュダンスによれば、集会や祭礼自体は重要でなく、単に年の節目に信者が集まってお祝いするだけのこと。ほかの宗教と変わらない。一方、男神と女神は教義の根幹に関わるものだった。雌雄両性があってこそ世界がかたちづくられる。だが、教義はそれにとどまらない。男神と女神の上に別の統一体があり、これが宇宙の摂理、究極的根源となっていた。この点に言及する祭礼もあったが、やはり、たいがいは男神と女神が前面に押し出され、大半の信者の信仰もそこでとまっていた。

　妻が躊躇なく信じていることがもうひとつ、それは輪廻転生だった。ポールの目には奇異に映った。それはどこか進行中の生を放棄し、別の生を求め、やり直したがるようなもの。人生について考えをまとめるのに一回生きれば十分なのに、とポールは思った。しかし輪廻信仰は世界中に見られ、ほぼ半数に近い人類文明の基盤となっているのも、また事実だった。西洋でも、人生が一変し、まったく別の道がひらけるという幻想を死ぬまであたためている者は多い。宗教の枠組みをはずしてみれば、輪廻とはこの種の幻想の極端なかたちにすぎなかった。その代わりポールにとって奇異で、ありえないとすら思えるのは動物への転生だった。それはめったにないことなの、とプリュダンスは言った。たいがい人間は人間に、動物は同種の動物に生まれ変わる。生物種の階梯《かいてい》を上昇あるいは下降するのは、特別な運命にかぎられる。

　まずポールが思ったのは、よくできたものだ、ということ。次に、輪廻とか、生物種間に序列をつけるような古いヒンドゥー的世界観は、多くの現代人の目には種差別的に映るのではないか、ということ。第三に、多くの現代人はかなりバカになったものだということで、これは現代に見られる議論の余地のない驚くべき現象と言えた。

　少ししてからポールは「お腹空いてない?」と訊いた。たしかにプリュダンスは空腹だったし、外出し、どこか近場のレストランで、何かおいしい物を食べたい気分だった。リヨン駅の〈ル・トラン・ブルー〉なんて、昔ながらの落ち着いた店でいいかもしれない。二人はまだ脆《もろ》かった。

珍しく〈ル・トラン・ブルー〉は空いていて、二人はぽつんと離れたテーブルについた。注文をすませるとすぐに、プリュダンスはポールの父の様子を尋ねた。ポールは近況を知らなかったが、万事うまくいっているものと思っていた。

　事実、セシルは状況の変化を兄に知らせていなかった。なんとなく、兄夫婦の関係が微妙な局面にあると察し、よけいな話をしないようにと自分の胸にしまっておいたのだ。だが、事態は悪くなる一方だった。マリーズの不吉な予感は早くも現実のものとなり、本人は組織編成会議の翌日から要介護高齢者施設に異動となって、これまでの恵まれた労働環境にはもう戻れないのだと、同僚たちに思い知らされていた。

　翌週末、見舞いに行ったオーレリアンは、病室でめっきり衰弱した父を見て驚いた。マドレーヌはいつもうなだれ、見舞いのときだけ元気になった。病室を出るとき、父がマドレーヌの手を放すまいとして、強く握るのがオーレリアンの目に入った。つまり、父は指を動かせたのか。まったく気づかなかった。だが、どうやらマドレーヌにしかやらないようだった。

　みんなは暗い気分でサン゠ジョゼフに帰宅した。マリーズの話では、むこう数週間で状況はさらに悪化しそうだった。人員整理によって、エドゥアールは毎日ベッドから出してもらえなくなる。車椅子での外出も難しくなるだろう。入浴の頻度も少なくなるし、運動療法や言語障害治療の回数も減るだろう。所長に直談判しても無駄なこと。フランスの全施設に共通の、国家基準と倹約策を適用しているだけだと一蹴されるのがおちだ、とマリーズはセシルに話した。

　マドレーヌがふいに沈黙を破って「脱出させなきゃ」と言った。「あそこから脱出させなきゃ、あの人は殺される」セシルは口をつぐんだ。反論できず、別の返答も思い浮かばなかった。

翌朝、オーレリアンはマリーズをジェルモル城へ連れて行った。マリーズはタペストリーにいたく感心した。特に縦糸と横糸をどう織り合わせるか、オーレリアンが仕事について説明してくれたのに感心した。それは日常を離れた軽やかで思いがけなく、ちょっとおとぎ話めいたひとときでもあった。だが、サン＝ジョゼフに帰ると雰囲気は前日よりいっそう暗く、気の滅入るものだった。

夕食後もみんなはしばらくテーブルにいた。エルヴェはコニャック入りのコーヒーを飲んでいた――飲むのはエルヴェだけだった。彼は手にしたカップをまわしながら、ひとしきり逡巡したあげく、セシルに切り出した。

「あそこから脱出させる手が、あるかもしれない」

「どんな手よ？」セシルがはっと振り向いた。

「助けを借りる……こういう状況で手を貸してくれる人たちがいるんだ」セシルが怪訝な顔で見つめるので、エルヴェは「つまり活動家みたいな」と説明し、すぐに「怒らないでよ」と言った。

「僕は関わってない。違法なことはしていない。知り合いですらない。ただ、知り合いの知り合いなんだ。ニコラを覚えてる？」もちろん、セシルはニコラのことをよく覚えていたが、なお不審げに黙っていた。「ニコラの知り合いなんだよ」とエルヴェは続けた。「昨日、ニコラに電話したんだ。連中はベルギーを本拠地にしてる。ベルギーではここ数年、安楽死がえらく発達してて、それを標的にしてるんだ。だけどフランスにも支部があるんじゃないかな。まあ、詳しいことは教えてくれなかったけど。手っ取り早いのは、僕がアラスに行って連中に会うことだ。ニコラに仲介してもらう。じかに接触したほうが信頼してもらえる」セシルは機械的にうなずいたが、いぜん疑わしげだった。じつのところ、数年前からエルヴェがいかがわしい、裏社会にいるような人たちと、またつきあい出したのではないかとあやしんでいたのだ。だが黙っていた。触れたくなかった。昔気質《かたぎ》の男――エルヴェはその典型だ――とは、この手のことに立ち返らずにはいられず、完全に飼い慣らすのは無理だし、それは望ましいことでもないと、セシルにはわかっていた。

エルヴェは翌日、オーレリアンの車に同乗して出発した。九時ごろ〈クルトパイユ〉（レストランチェーン。高速道路のサービスエリアによくある）で車をとめ、夕食にした。エルヴェには話したいことがあるようだった。自分は社会に骨抜きにされたと思っていて、政治活動に励んだ往年をたまに懐かしんでいた。どうせ、セシルと娘らがいては無理な話だ。エルヴェは石膏《せっこう》みたいなカマンベールチーズを皿の上で機械的に転がしていた。そばのゴーダチーズの薄切りには脂が浮いていた。「反吐が出るぜ。ここのチーズ盛り合わせ……」と最後に洩らした。明らかに、話したいことが別にあるのに切り出せずにいた。オーレリアンは無言で、義兄を注意深く見つめた。

「あんたは、あのかわいいマリーズが好きなのか？」と結局、エルヴェは尋ねた。

「うん……、たぶん。というか、けっこう本気みたい」

エルヴェはうなずいた。それは思ったとおりの返答で、静かに応じた――「放すんじゃないぞ。あれはきっと、いい子だ」。

9

オーレリアンとエルヴェがパリに着いたのは、午前二時近くで、アラス行き最終電車は、とうに出たあとだった。オーレリアンは北駅そばのホテル・イビスでエルヴェを降ろした。自分も部屋を取りたかったが思いとどまり、妻はもう寝ているはずだから大丈夫、と自分に言いきかせた。

翌朝、オーレリアンが新たなタペストリーの修復――狩猟への出発の場面が描かれ、興奮にわく猟犬の群れが生き生きと表現されていた――に取りかかる矢先、ジャン＝ミシェル・ドラピエから電話があった。近いうちに、できれば明日にでも、会いたいとのことだった。ふだんにまして生気のない陰気な声だった。「何か問題でも？」とオーレリアンは尋ねた。まあ、ある意味、問題があるとも言えるのだが、詳しいことは、あした話します。十四時ではどうだろう？　十四時で大丈夫です、とオーレリアンは答えた。

今回はオーレリアンを待たせずオフィスに通した上司は、打ちひしがれているようだった。オーレリアンに入るよう促しながら、ジャン＝ミシェル・ドラピエは一瞬だが苦い確信にとらわれた。

出世などするのではなかった。人事が嫌いだった。人事の本質とは、職員に不満を抱かせることにあり、そのつど嫌な気分になった。因果《カルマ》応報という考えが頭をよぎってから、ドラピエはオーレリアンに椅子を勧めた。

「じつは……」と、ドラピエはさっそく本題に入った。「心苦しいのですが、ジェルモル城での仕事を続けてもらえなくなりそうです。別の優先事案が出てきまして」

懸念していたよりも、オーレリアンは激しく抵抗した。身の破滅だ。ほかに打つ手はないものか？ 目下、問題をかかえていて、私事で恐縮だが、じつは離婚調停中なのだ、とまで言い出した。こうなっては、想定していた面接の枠を大きくはみだしていた。ドラピエはいたたまれなくなって、壊れたロボットよろしく四方八方に首を振ってから、どうにか反応した。

「残念ですが、どうにもなりません……」と、やっと言葉にした。「新しい任地はロワール川流域の城でして、最近、火災があったのです。どの城だったか……」彼はデスクに堆積する書類に目をさまよわせた。「ご存じでしょう。ロワールの城が財政的にどれほど重要か？ 毎年、どれだけの中国人観光客がロワールの城にやって来るか？」ロワール川流域の城の門に、中国人団体観光客が押し寄せる恐ろしい光景が、ドラピエの脳裏に浮かんだ。「駄目なんです。レゾンさん。ご希望にそえず残念です。特にあなたは優秀な修復師ですし。でも今回は、やむを得ません。最優先の事案ですから」と陰気に結んだ。

「でも、ジェルモル城の仕事をすぐやめなくてもいいですよね。少し時間をもらえますよね？」とオーレリアンは泣きついた。

「もちろんです」ドラピエはほっとして椅子に身を沈めた――よし、なぶられ者が運命を受け入れ、ちょっとした手加減しか望まない段階までこぎつけた。「新しい任務の開始は、早くても一か月先です。それまでは引き続き、ジェルモル城で修復箇所の保護とか、シートをかぶせるとか、修復再開までの現場保護をしてもらえます。いつか、再開されればの話ですが」と消え入るような声で締めくくると、またがっくりと肩を落とした。

それでもドラピエはやや気を取り直し、新しい任務の実務的問題を説明した。シャンティイ城での任務は予定どおり続けてもらい、新しい任地では、城の近くのホテルに週二泊してもらう。城の名前が出てこないのだが、ちょっと書類を調べればわかることで、ともかくロワール川流域の城である。今回の宿泊代は経費で落とせるし、ガソリン代も請求してもらってかまわない。大臣はこの修復を大変重視しておられる。国際観光事業における戦略的な観光地で、シャンボール城でもアゼ＝ル＝リドー城でもないが、それに次ぐレベル。シュノンソー城でもない。ど忘れしてしまったが、じきに思い出せるだろう。

十四時四十五分になり、面接は終わった。庁舎を出たオーレリアンはいちばん近い、前回と同じカフェに入り、ミュスカデのボトルを注文した。前回同様、店内の誰一人として、自分の境遇などわかってくれないし、親身に話を聞いてくれそうにもないと思えた。そもそも昼下がりのこの時刻、カフェはさらに閑散としていた。三杯目を干すと、状況はそこまで破滅的でもなさそうに思えてきた。サン＝ジョゼフには毎週末、行けばいい。難しいことではない。それにしても、人生、愛、人間とは不思議なものだ、とオーレリアンは考えた。つい十日ほど前まではマリーズに触れたこともなく、実際その肌に触れるなど、想定外のことだった。それがいまや、あの肌なしに生きていけないとは、どういうわけだろう？

　インディーとの関係は、新しい任務でことさら変わることはないだろう。オーレリアンが週二回、ロワール川流域のホテルに外泊するだけのこと。わざわざ知らせるまでもない。この瞬間、パリのどこかのワンルームに引っ越す手もある、と思いついた。こんなことは考えたこともなく、急に嬉しさが込み上げてきた。一方的に別居しても、過失にはあたらない。家族事件裁判官の心証を悪くすることはないだろう。一応、弁護士に相談してみたほうがいいかもしれないが、オーレリアンはほとんど安心しきっていた。

　インターネットでちょっと検索し、オーレリアンの興奮は一気に冷めた——パリの不動産相場は目の玉が飛び出るほど高騰していた。いまやワンルームを借りることすら、おぼつかない。不動産による打開の見込みは、無に等しかった。インディーからは養育費として、給料のまるまる半分を要求されていた。バカげた要求だ、と言って弁護士は安心させてくれた。非常識にもほどがある。裁判官が認めるはずがない。とはいえ相当な額、給料の三分の一程度は覚悟しておかなければならなかった。まったく、あの女にはしてやられた、とオーレリアンは思った。骨の髄まで搾り取られる。夫婦の共有財産は実質的にほとんどなかった。一緒に購入したものなど、高価なものは何もない。だから、すべては養育費の額にかかっていた。

　アルコールとは逆説的なもの——不安が鎮まり、まことしやかな明るい見通しがひらけることもあれば、逆に頭が冴えて、いっそう不安が高まることもある。二つの現象が数分おきに入れかわり立ちかわりすることもある。一本目のミュスカデを空けながら、オーレリアンはマリーズに週一回、当直があればもっと少ない頻度で会うのでは物足りなくなるのではないか、いや、すでに物足りない、と思いつつ、同棲は面倒そうだとも考えていた。普通、こんなことを検討するには、いささか時期尚早なのだが、オーレリアンには互いの感情があまりに確実で、すべてが不思議なほど明快に思えていた。たしかに早い展開だが、人生、とんとん拍子に運ぶこともある。そうは言っても金銭的にはおぼつかない。彼はヒラの公務員で月給は三分の一引きとなり、彼女は看護助手。パリはおろか、その近郊に住むことも、まず考えられない。彼は修復師としてフランス全土のどこにでも出張した。つまるところ、パリに住む必要はない。だが、どこに住む？　サン＝ジョゼフの家は、理想的ではある。スペースはあるし、二人とも気に入っているし、家賃がかからない。しかしマリーズはベルヴィル＝アン＝ボージョレでの仕事に嫌悪をつのらせ、いまの労働環境に耐えられそうになかった。同じ施設で文句なしの環境にいたが、もう戻れない。辞めてはどうか？　マリーズは経済的自立にこだわっていないから、その点は問題ない。けれども、オーレリアンの給料だけで二人が生活できるだろうか？　厳しそうだった。

　状況をもっと明晰に見ようと、オーレリアンは二本目のボトルを注文しながら、アルコールはほどほどにしたほうがいいかもしれないと思っていた。長期的にろくなことはなさそうで、この点について世間の見方は一致していた。

10

水曜の晩、エルヴェからセシルに電話があった。いまモンス（フランスとの国境に近いベルギーの都市）にいる、と彼は言った。僕たちの街そっくりだ。中世とルネサンス期に繁栄したあと、織物産業と製鉄業が発展し、近年すっかりさびれた。アラスより、もうちょっと悲惨だが、大差ない。ニコラの知り合いと会った。いい人そうだ。少し警戒してたが、真面目そうだった。リヨンに支部があって、連絡してくれて、こんどの日曜に顔合わせすることになった。つまり、いろいろ進んでる。リヨンの責任者から、ポールの同席も求められた。作戦の検討に入る前に、子供たちが全員、同意しているか確認したいそうだ。

金曜の夕方、エルヴェは十八時十六分の列車でマコン＝ロシェ駅に着いた。セシルが出迎えた。夫婦が二日以上離れるのは数年ぶりで、セシルは一人寝に慣れず、ホームで夫をみとめると、心底嬉しそうに顔を輝かせた。それでもエルヴェには、妻がまだ旅行の目的をあやしんでいるのが見てとれた。はたして、車に乗り込むと質問された。あなたが会いに行った人たちは、いったい何者？

シヴィタス（カトリック原理主義政党）の関係者？

「ほう……」エルヴェはにっこりした。「そう考えてるんじゃないかと思ってたよ。ほんとにシヴィタスを恨んでるね。だけど違う。なんの関係もない。団体の創設者はオレゴンのアメリカ人億万長者だ」

「有名な億万長者？」

「いや、メディアで騒がれるビル・ゲイツとかマーク・ザッカーバーグみたいな億万長者じゃない。どうせ、やつらは進歩主義者だしな。こっちの男は慎ましい億万長者だ。森林開発で財をなして、『フォーブス』の長者番付にも載っていない。けど百億ドル持ってる。それに、プロテスタント、正確にはバプティスト派で、団体のメンバーも大半がそうなんだ。どうだい、カトリックとすら関係ないだろ。オレゴンはアメリカで安楽死を合法化した最初の州、進歩主義の州なんだ。そういう問題についてはなんでも先を行っている。ニコラがモンスで引き合わせてくれた男は、ヨーロッパとのコーディネーターだった。そいつの説明によれば、億万長者のアメリカ人はベルギー系で、まだベルギーに親類もいるらしい。で、ベルギーで起きたいろんな事件にショックを受けたそうだ。そこで、クラッシュ《CLASH》を結成した。病院内殺人撲滅委員会《コミテ・ド・リユット・コントル・ラサッシナ・アンノピタル》の略だ。そして国会議員にロビー活動をしたり、メディアに出たりしたが、なんの成果もなかった。それで表向きは解散し、直接行動に出ることにした。その後フランスにも支部をつくって、たぶんスペインにもつくった。僕が会った男はアメリカ人だったが、こんどリヨンで会うのはフランス人だ。電話での印象はよかった。かなり慎重な連中だ。いままで裁判沙汰になったことがなく、暴力を使ったこともなく、建物を壊したこともないそうだ。何よりこだわってるのが、実行前に家族全員が同意すること——夫や妻、子供全員、親がいれば、親もだ。どうも、訴えられた場合かなり違うらしい。だから、ポールの同席をしつこく要求してるんだ」

「それは大丈夫……。あした、奥さんと到着するから」とセシルは応じた。彼女は話を聞いて少し安心し、シートに身をあずけた。会話はもっと気軽な話題になった。最近アラスで起こったこと、ニコラはどうしているか。セシルは昔のイダンティテール[*1]の活動家を別に恨んでいない、と蒸し返した。現在のイダンティテール活動家だって、別に恨んでいない。ただ、知っておきたかっただけ。それに、違法なことをするなら、その前に話してほしかっただけ。

「違法なことなんて、してないよ……」とエルヴェは穏やかに言った。「バプティスト派のアメリカ人とビールを一杯飲んだだけさ」


ボージョレの丘に日が沈みつつあった。数キロ行くと、セシルはまたシヴィタスの話をもち出した。正直、あの団体には我慢ならなかった。手がつけられないほど極端で、カトリックの顔に泥を塗る〈キリスト教原理主義者《サラフィスト》〉。あの人たちの話を聞いていたら、まるで中世だ。

中世も見方によっちゃ悪くない、とエルヴェは指摘した。きみの弟なんて、中世にしか居場所がないんじゃないか。

「まあ、オーレリアンはああいう子でしょ。子供のころから、ああなの。地に足をつけてたためし

＊1　一九九〇年代からフランスにあらわれた極右的潮流。白人至上主義、排外主義的傾向のさまざまな団体がある。

がない」

「この先、ちょっとは地に足つけるだろう。本物の女と出会ったからな」とエルヴェが言った。

　セシルは口をつぐんだ。かれこれ一時間、忘れていられたが、マリーズは今週ほとんど毎晩、家に来ていた。状況は全然よくなかった。要介護高齢者施設はマリーズが想像していたよりひどかった。自力で起き上がれない居住者は、ほとんどみな床ずれで目も当てられないありさまだった。居住者の洗面や身仕度をしてあげるのに十分間しか使えず、まったく足りなかった。それに、一人でトイレに行けない者が多く、しょっちゅう携帯で呼び出された。それでなくとも、病室から大声で呼ばれて駆けつけると、哀れな老人が我慢できずに排泄物まみれになって、床も汚していることがあった。大便も、汚れたシーツも、すべてきれいにしなければならず不快だった。だが最悪なのは、病室に入ったとき向けられる悲痛な目、そして「ご親切にしていただいて」という、その言い方だった。アフリカの故郷だったら、ありえない。これが進歩なら、いったい進歩がなんになる？　マリーズはオーレリアンが来る前の晩、こんなことをありったけ、セシルに訴えていた。オーレリアンには、ろくすっぽ話さなかった。マリーズが毎晩仕事からへとへとになって戻るのは、オーレリアンの目にも明らかだったが、マリーズはこんなことをオーレリアンの耳に入れようとは思ってもみなかった。なるべく厳しい現実を見せないようにしていた。結婚もしていないのに、もうオーレリアンを守ろうとしている、とセシルは言った。

　エルヴェは高速道路をヴィリエ＝モルゴン出口で降りた。料金所に停車し「あたりまえだよ」と口をひらいた。「みんながきみに話を聞いてもらいたがる。きみはみんなの不幸の受け皿なんだ。そういう運命なんだよ」

セシルはオーレリアンの告白を思い出した。無精子症ではないと打ち明けられた。こんなことを、ほかの誰に話せよう。ポールに話せるわけがない。エルヴェの言うとおり、これがセシルの運命なのだった。

夜はいつものようにマリーズは疲れきっていて、夕食が終わるとすぐにオーレリアンと寝に行った。セシルが皿洗いをするあいだ、エルヴェは台所でぐずぐずしていた。何か言いたいことがあるのだとセシルは察したが、夫は例によって、口に出すまで逡巡していた。

「僕の失業手当があと一か月でとまるだろ」と、エルヴェはようやく切り出した。「よそのうちで料理する仕事が嫌いなのはわかってる。毎回いらいらして、不機嫌になって帰って来るものな」

セシルは振り返り、エプロンで手を拭きながら夫の向かいに坐った。うまく隠せているとばかり思っていたのに。女はたいがい、男よりもずっと勘が鋭く、嘘がうまいと思い込んで生きているものだ。それが真実のこともあるが、自分で思っているほどではない。エルヴェは昔のイダンティテール活動家とのつきあいを復活させていたのに、うまく隠していた――しかも〈昔の活動家〉とは、だいぶ穏当な仮定だった――というのに、セシルはリヨンの新興富裕層に対する嫌悪感を、まるで隠せていなかった。

「で、そのこともニコラに話したら、口利きしてくれるって」とエルヴェは続けた。「保険の仲介なんだけど、小さい代理店で、社長が引退したがってる。場所がいいんだ。家から歩いて十分かからない」

「やったことないじゃない」

「でも、法律の知識はあるし、契約書を読んだり履行させたりはできる。元公証人ってのは、むしろ受けがいいんだ」

　夫が〈元公証人〉と言ったのを、セシルは聞き逃がさなかった。つまり、誇りとしていた職業はあきらめ、自己啓発本にあるように未練を断ったわけだ。

「引退する社長も、元ブロック（イダンティテール系の極右団体）の人なの？」セシルには答えがわかっていたが、ただはっきりさせたくて訊いた。

「もちろん」とエルヴェはあっけらかんと答えた。「そういうもんさ。いまや、まともに機能するのは人づきあいとかコネくらいなもんだ」

「じゃあ、帰るのね、アラスに？」

「うん、まあ、きみがいいときでいい。社長は一週間やそこら延びたって気にしない。どうせ、しばらくは一緒に引き継ぎをするわけだし」

「わかった……」間を置いて、セシルは穏やかに言った。「帰るのもいいわね。でも、ここの滞在もよかったと思わない？　息抜きになって」

「そうだね。息抜きになった」

「これまでの人生で、わたしたち、あんまり息抜きしていなかったもの……」セシルはしばし考えにふけって、口をひらいた。「そうとなったら、パパをあの病院から出さなきゃ。そしたらあとは、マドレーヌと一緒にこの家においていける。二人にとって、それがいちばん。だけど、まずはパパを脱出させなきゃ」

「もちろんだよ。まさにそれを、これからやるんだ」

11

翌日の午後、ポールとプリュダンス夫婦が到着した。セシルから個室を用意しておいたと言われ、ポールはとっさに気まずくなったが、プリュダンスが落ち着いて答えた。「ご親切にありがとう。でも必要ないの。ポールとわたし、また一緒に寝るようになったから」セシルは黙ってうなずいた。家族の感情的、性的動向を把握するのは、すっかり断念していた。

リヨンの活動家との顔合わせは、ヴィルフランシュ＝シュル＝ソーヌの〈バッファロー・グリル〉（ステーキ専門のレストランチェーン）で日曜の昼食時に設定されていた。それは三月二十一日、春分の日で、幸先がよさそう、とセシルは言った。プリュダンスなら、この日がオスタラ祭にもあたると言えただろう――眠りから覚めた女神が、豊饒の種を大地にまき、男神が芽吹く野原を駆けまわる。要するに、春だった。

目印になる情報を交換していなかったが、エルヴェにはすぐ目星がついた。二十代の男が五人で超特大の牛ロースとテキサス料理をかこんでいた。このうち四人は紺色のスーツにネクタイを締め、国民連合の警護スタッフそのもの――つねに礼儀正しく紳士的にふるまおうとしていても、隙のないブレザーの下のいかつい肉体が一目瞭然だった。五人目はかなり毛色が違っていた。ウェーブした長髪に破れたジーンズ、着ているTシャツでは、AC／DCのアンガス・ヤング（AC／DCのリードギタリスト）が上半身裸で膝をこごめて愛用のギブソンSGをかき鳴らしつつ、巨大なステージで名高いダックウォークをやっていた。T＝ボーン・ウォーカー[*1]が編み出し、チャック・ベリー[*2]が広めたダックウォークは、アンガス・ヤングが完成させたとも言われている。Tシャツには〈レット・ゼア・ビー・ロック〉、〈リオ・デ・ラ・プラタ〉ともプリントされており、写真はアルゼンチンでの伝説的コンサートで撮影されたものとみえた。

この長髪男が腰を上げ、テーブルに近づいて来たとき、一家はメニューを検討していた。「エルヴェですね。先日、電話で話した」エルヴェは、どうしてわかったのか解せぬまま、うなずいた。男は「ご家族全員がお集まりのようですね」とテーブルをかこむ面々を見まわした。「で、あなたがマドレーヌ、この悲劇の発端の……」とそちらを向き、マドレーヌがきまり悪そうにうなずいた。男はすぐに言葉を継いだ。「話はエルヴェから電話で聞きましたが、事情はだいたいわかっていました。ドクター・ルルーのことも知らないわけじゃない。よし、まわりくどい話は抜きにします。みなさんが考えるとおり、父上をあそこから脱出させなくちゃなりません。しかも、なるべく早く。でないとたちまち悪化し、生きて出て来れなくなる。すでに死んでいてもおかしくなかった。サン＝リュックに搬送されたのは幸運でしたよ。あの年で、脳卒中による昏睡状態に陥れば、救命措置をしてくれないのがおちです。つまり、我々には手を貸す用意があります。ただその前に、いくつか確認しておきたいことがあるんです。まず、父上の被後見人措置はとっていませんね？」

「とっていません」ポールがきっぱりと答えた。

長髪男が振り向いた。「長男のポール、ですね？　すみません、自己紹介が遅れました。わたしはブリアンと申します。ところでご家族は、みなさんで全員ですか？　ほかに兄弟、姉妹はおられませんか？」

「いいえ」やはりポールが答えた。

「おわかりいただけますね。我々は違法行為はしていません。いまのところ。そして、この先するつもりもない。フランスでは治療義務はありません。入院中、死にそうになっていても、本人が退院したいと言い張れば、誰にも阻止できない。しかし、本人が意思を伝えられない状態だと、厄介になってきます。普通は医長に絶対的権限がありますが、司法が介入すると、そうはいかなくなる。後見人がいれば、判事はすべて後見人の意向にそって決定する。そうでなくとも近親者の意をくもうとします。だから、いろいろお尋ねしているわけです。場合によっては救出後、外国に移送することもあって、住居の用意もあります。しかし今回、その必要はなさそうですね。聞いたところでは、父上が所有するヴィリエ＝モルゴンの家に収容できるんですね？」

「そのとおり」

「それに関して、ちょっと引っかかる点があるんですが、確認したところ、その家はどこにも登録

＊1　一九一〇－七五。アメリカ合衆国のブルース・ギタリスト、歌手。

＊2　一九二六－二〇一七。アメリカ合衆国のシンガー・ソングライター、ギタリスト。ロックンロール創始者の一人。

されていない。電気代の請求書も地方税も、なんの記録もない」

「そういう情報に、アクセスできるんですか？」とポールは訊いた。

「たいしたことじゃありません。どんなガキだってできる」

どんなガキだって、ということはないだろう、できるガキはいるだろうが、とポールは思った。時代遅れなハードロックのＴシャツを着たこの男が、だんだんあやしくなってきた。だが、ポールは正直に答えた。「なんの不思議もありません。父はＤＧＳＩのＯＢですから。引退したときに、住まいの安全確保措置がとられたんです。公共料金などはすべて、あちら持ちです。父がマークされる危険がないように」

ブリアンは満面の笑みを浮かべながら首を振った。そこまでは考えていなかった。「つまりＤＧＳＩ元職員の救出に、一肌脱ぐってことか……。こりゃ、ウケる。めちゃくちゃウケる……」彼はまたポールを見すえた。

「そんな待遇を受けるってことは、父上は重要な地位にあったんですか？」

「ええ、そうなんでしょう。まったく知りませんが」

ブリアンはうなずいた。もう驚いてはいなかった。どうやら情報部員の生態に通じているようだった。そして、答えはわかっていたが、あっけらかんとポールに尋ねた。

「やはりＤＧＳＩの方ですか？」

「いえ、別の道を選びました。で、そちらは彼らのブラックリストに載っているんですか？」

「ああ、ちょっとした身上書類が握られているでしょうね。その代わり、仲間は違う。情報部には知られていない……」ブリアンは愛情のようなものをこめて、手下たちを一瞥した。彼らはテキサス料理とモルゴン（赤ワイン）で満腹しはじめ、おとなしく鈍重な牛といった風情になり、当初の人種差別主義的な極右党員らしさはうすまっていたが、ユダヤ＝キリスト教的道徳、あるいは道徳一般のために働く用意はできていた。彼らにとっては大差がなく、それでいいのかもしれない、とブリアンは内心考えた。自分でもよくわからなくなっていた。

ポールが「ひとつ質問があるんですが、いいですか？」と尋ねた。

「もちろん。わたしに答えられることなら」

「あなたにお尋ねしたいんです。どういった動機でこのような活動をされているのかと思いまして。どうしてそこまで身を入れているのですか。運動の創始者は信仰心からだと理解しているのですが、あなたの場合、そのようには見受けられません」

「たしかに、おっしゃるとおり」と、ブリアンは静かに答えた。「不審に思われても無理はない。自分でも、よくわかっているか、おぼつかないんです……」と、少し間を置いてつけ足した。そして自分の殻に閉じこもるように黙って考え込んだ。テーブルをかこむ者は固唾《かたず》をのんで見守った。

二、三分してから、ブリアンはようやく口をひらいた。

「ちょっとさかのぼりますが……。わかりやすく言えば、若いころからこの社会がかかえる老いの問題に敏感だったんです。社会が自己崩壊しかねない深刻な問題です。わたしが祖父母に育てられたこととも関係しているのかもしれない。ですが、我々が集団として、年寄りの扱いに問題があるのは、同意してもらえるでしょ……」ポールはうなずいた。

「安楽死の本当の理由は、現に我々が老人の存在に耐えられず、目を背けたいからです。だから、老人を人目に触れない専用の場所にかこっておく。たいがいの現代人は、人間の価値が年齢とともに低下すると考えている。年寄りの命より若者の命は価値が高く、子供の命はもっと高く見積もられる。そうじゃありませんか？」

「はい、まったくだ」

「つまり、これは完全な退行、人類学上のラディカルな変異です。人口に占める老人の割合は、どんどん増える一方ですから、かなりまずいですよ。だが、それだけじゃなく、もっと深刻なのは……」ブリアンは口をつぐみ、さらに一、二分考え込んだ。

　ようやく口をひらいた彼は、こう続けた。「昔はどんな文明においても、誰かに一目おいたり感心したり、評価の決め手となったのは、その人が実際に生涯をどう生きたかでした。ブルジョワ的名誉だって、まずはかりそめの信頼にすぎず、あとは本人がそれに恥じないよう誠実に生きなければならなかった。子供の命を高く評価するってことは、その子供が将来どうなるか、利口になるかバカになるか、天才になるか犯罪者になるか、はたまた聖人になるか、まるでわからないわけですから、実際の行為に価値をおかないことになります。我々の英雄的行為や利他的行為、作ったものもしたことも、達成したことはすべて世間にとって無価値になる。すなわち、自分自身にとっても、たいして価値をもたなくなる。こうして生きる意欲も意義も失われる。まさにニヒリズムというやつです。未来ばかり見て、過去と現在を軽視する。漠然とした未来にあるバーチャルなものを優先して、リアルなものを貶《おとし》める。これらは、ニーチェがヨーロッパ的ニヒリズムとして指摘したものより、はるかに由々しい症状です。まあ、いまは西洋的ニヒリズムとか近代的ニヒリズムと呼ぶべきかな。アジアの国々がこの傾向を免れていられるか、中期的にはあやしいですからね。たしかにニーチェはこの現象を感知できなかった。死後だいぶたってあらわれたんですから。要するに、おっしゃるとおり、わたしはキリスト教徒ではありません。だいたい、こんな傾向の元凶はキリスト教信仰じゃないかと思えてしまう。つまり、現世がどんなにつらくても、救世主とあやふやな未来に期待をかけて、ひたすら耐え忍ぶっていうね。わたしに言わせれば、キリスト教信仰の原罪は、希望ですよ」

ブリアンは話をやめ、テーブルは沈黙につつまれた。「失礼、ちょっとムキになりました……」と彼は気まずげに言った。「作戦の話に戻りましょう。うちの男たちは、そういうわけで、みんなクリーンだし、わたしは特に手を出さない。バンを運転するくらいなものです。だが、肝心な点を詰めなければ。あ、その前にこまかい話があります。自宅に最低限、医療用ベッドと車椅子はなくちゃいけません。すぐ用意できます。業者に知り合いがいますから。ただ、車椅子はちょっと時間がかかる。オーダーメードになるので」

「病院のは持って来られないのかい？」エルヴェが口をはさんだ。

「だめです。アホな話だが、それだけで訴えられる。公共施設の備品の窃盗罪でね。だから、病院の車椅子はおいてきます。ベッドと車椅子で一万ユーロ入り用になる。ありますか？」

「はい」とポールが答えた。

「よし、そりゃいい。でなきゃ、こっちで立て替えるし、なんならあげたっていい。そうする場合もある。だがもちろん、金を用意してもらうに越したことはない。じゃ、作戦の話に入りましょう。やり方は本来、シンプルです。ベルヴィル＝アン＝ボージョレの施設はまともに警備されていない。敷地内にバンを乗りつけることだってできるかもしれないが、まあ、なんとも言えない。入口には門があって門衛もいるし」ブリアンは言葉を切って、一座を見まわした。「マリーズですね？」と当人の目を見つめて尋ねた。「病院に勤めていて、現場で動いてくれる人？」

「そうです」

「この作戦で肝心な役を演じてもらう。覚悟はできてますか、迷いはないですか？」

「まったく、ありません」とマリーズは落ち着いて答えた。

「よし。計画はいたってシンプル。お父さんの車椅子を押して廊下を進み、何食わぬ顔で中庭を突っ切って、バンの後ろまで連れて来てほしいんです。そこで我々が車に乗せる。もし敷地内に車を入れられなかったら、近くにとめます。場所ならある。その場合、ポーラン＝ビュシエール通りに面した通用門で拾います。バンにはリヨンのエドゥアール＝エリオ病院のロゴがついています。うちの男たちもそこの看護師のユニフォームを着ています。本来、必要ないはずだが、用心するに越したことはない。呼びとめられたら、ＭＲＩとＰＥＴスキャンのためリヨンに搬送するって言い訳できるので」

「ＰＥＴスキャン？　何それ？」と、マリーズ。

「フランスではＴＥＰスキャンと略される。『陽電子放出による断層撮影《トモグラフィー・パール・エミッション・ド・ポジトン》』のことで、けっこう新しい検査法です。なんの役に立つのか、詳しいことはわからない。ともかく肝心なのは、さりげなく車椅子を押して来てもらうことなんだ。そうだ、決行に都合がいいのは何曜日かな？」

「日曜日」とマリーズが即答した。「日曜がいちばん職員が少なくて、ほとんどの家族が面会に来ています。車椅子を押して中庭の散歩をする人たちもざらにいる。おまけに門衛が休みだし、見舞い客が車をとめられるように、門は開放されているんです」

「へえ……！　知らなかった。そりゃあいい。じゃ、決まりだ。マリーズが当直の日曜に決行しよう。追って、いい時間帯を教えてください」

「だけど」とマリーズが口をひらいた。「同僚に見られるかも。邪魔されないとしても、きっと、変に思われる。あそこはもう、持ち場じゃないし、担当患者でもないから」

ブリアンが気遣わしげな目を向けた。「正直なところ、それは面倒なことになる。同僚がしゃべったら、あなたは経営陣に問いつめられて、まじで困ったことになる。そうなったら、同僚が思い違いをしている、ほかの日と間違えていると言い張るしかない」

「廊下に監視カメラがある」とマリーズが言った。

ブリアンは手を振って反論を一蹴した。「それはまったく心配ない。インターネットから侵入して録画を停止し、一時間後に再開すればいい。まあ、一時間ってのは長すぎで、作戦は五分もあれば片がつくだろう」

彼はまた口をつぐんだ。「いや、面倒なのは、マリーズが同僚と一緒に、経営陣から尋問される場合だろう。そうなれば水掛け論になって、らちが明かない。それでも……」のあとに間を置き、口をひらいた。「やるかい？」

「はい」とマリーズ。

「よし……」ブリアンは一同を見まわしてから続けた。「必要な詳細は詰めておきます。エルヴェをとおして、お知らせします。二週間もあれば十分でしょう。そのうえで、マリーズが当直になる日曜を待ち、決行する。心配ありません……。もっと難しい件もこなしてきた。父上を救出しましょう」彼はこう言うと、子分たちのテーブルへ戻って行った。

12

実際、作戦は四分三十秒で完了した。マリーズが着くと、ブリアンの手下二人が、ものの数秒でエドゥアールをかかえ上げ、ライトバン内の担架に寝かせた。それから男たちは不要になった看護師の上っ張りを脱ぎ、それぞれ別の車でその場を離れた。彼らの出る幕はほかになかった。幸いにも、とマリーズは思った。男たちには抑えようのない暴力の匂いがした。マリーズはライトバンの助手席に乗り込んでいた。ブリアンが車を発進させ、ポーラン＝ビュシエール通りに出て、レピュブリック通りに折れ、五分後にはベルヴィルをあとにしていた。マリーズは終始、無言だった。

黙り込んでいる彼女に、ブリアンが「うまくいった？」と訊いた。

「うまく、とは言えない。同僚とすれ違った。しかもシュザンヌっていう組合代表で、マドレーヌを追い出した張本人。何も言われなかったけど、変な目で見られた。きっと、しゃべるわ」

「クソ……！」ブリアンはハンドルをこぶしで叩いた。「畜生、完璧にいってたのに……！」ブリアンは徐々に気を鎮め、口をひらいた。

「会ったのは、その同僚だけ？」

「うん、ちょうど中庭に出る寸前で。ほんとマヌケ」

「打つ手はひとつだ。前に話したように、シラを切りとおす。相手が何を言ってるのかわからない、思い違いだってね」

「監視映像はちゃんと消されてる？」

「ああ、それはもちろん、心配ない」

「だけど、消した跡が残らない確証はある？　あとでテープを見直したときに、一部分が消されてるって気づかれない？」

「それは、いい質問だ」ブリアンは微笑み、あらためて敬意のこもった目をマリーズに向けた。

「ま、いまはハードディスクなんだが、そのほうが都合はいい。けど、電話しといたほうがいいな」

ブリアンは路肩に車をとめ、携帯電話を出して番号を押した。すぐに相手が出た。

「ジェレミーか、ブリアンだ。うん、話してたとおり、録画を再開してくれ。だが、別件なんだ。ハードディスクの一部をダウンロードして、工作が探知されないように切り貼りできるか？」

こんどは電話の向こうで長い説明がされているようだった。ブリアンは相手の話を遮らず、耳を傾けたあと、「OK、じゃ、そうしてくれ」と言って通話を切った。

彼はマリーズに向き直った。「大丈夫、心配ない。録画は完璧になる。なんならあの時間、廊下にいなかった証拠に、監視映像を調べてくれって、所長に言ったらいい」

ブリアンは車を発進させた。しばらく走ってヴィリエ＝モルゴンにさしかかるころ、マリーズは彼を向いて言った。

「自信があるんですね」
「いや、全然」彼は屈託なく微笑んだ。「自信なんて全然ない。情けないくらいさ。でも、仲間を信頼してる」

ブリアンがバンをとめたとき、家の前で待っていたのはマドレーヌだけだったが、車の到着とほぼ同時に、ポールとエルヴェも家から出て来た。ポールは車椅子を押していたが、それはオーダーメード品ができるまでの間に合わせに、前日購入した安物だった。ブリアンも手を貸し、エドゥアールは軽々と担架から車椅子に移された。エドゥアールは完全に覚醒していた。ポールの幻想かもしれないが、父が自宅を見てわなないているような気がした。いずれにせよ、父の目は生き生きとし、左右に動いてまわりを注意深く観察していた。

ダイニングルームには医療用ベッドが置かれていた。翌日は階段用リフトの取付け工事が予定されていた。それがあれば、エドゥアールは自分の寝室で眠れるようになる。

奇妙な、とても奇妙な光景だった。父が自宅で家族にかこまれていた。父の脳裏に何が去来しているのか？　ポールはまたも解けない謎にとらわれた。ともかく、父のまなざしは穏やかになり、子供たちの顔に順繰りに向けられ、マリーズでとまった。彼女が医療センターで働いていたのは覚えているはずで、ここで自分の家族といったい何をしているのかと驚いているのだろう。

オーレリアンは帰らなければならないと言った。翌日はどうしてもシャンティイに出勤しなければならないのだ。そんなんじゃ、まともにお祝いもできない、とセシルは残念がり、やっぱり記念に何かしなきゃ、と手をばたつかせた。正直、すんなり何事もなく成功したのが信じられずにいた。

セシルは困りはてて、とりあえずシャンパンのボトルを開栓し、せめて一杯だけでも、とブリアンに勧め、「なんとお礼を言っていいか……、このご恩は一生忘れません」と、グラスを差し出した。ブリアンはうなずくだけで、やはり気持ちをうまく表現できずにいた。集まった家族や喜びの涙はいつものことなのに、まだ慣れなかった。

まもなくブリアンは辞去したが、まだお役ごめんとはいかなかった。ポールが窓から見ていると、ブリアンがバンに乗り込む前に、マドレーヌが駆け寄って荒々しく抱きつき、彼の右手を両手で握りしめ、しばし彼の前にひざまずきさえした。ブリアンがこれをふりほどくのに一分ほどもかかった。

オーレリアンが決心を固め、ようやく腰を上げたのは、夕方の五時ごろだった。「そういえば、我々もあしたは仕事だ……」とポールが言った。オーレリアンは一緒に乗って行かないかと誘った。セシルが「また来てね。ちゃんとお祝いするから」と言った。プリュダンスは、もちろん、何日か泊まりがけで来てもいい、と答えた。

オーレリアンは車に乗り込む前に、マリーズを長々と抱きしめ、すごく心配だ、気が気じゃない、と言った。マリーズは曖昧に肩をすくめた。彼女にはわからなかった。同僚が中庭までついて来なかったのは確かだ。ちょっとすれ違っただけ。だが、そのあとはなんとも言えなかった。マリーズは「あした、電話する」とだけ言って、最後のキスをした。

高速道路に入ると、オーレリアンはまたくよくよしはじめた。マリーズはまじでクビになるかもしれない。それも、僕らのためにやったことのせいで、っていうか僕のために、と何度となく蒸し返していた。助手席のポールには、かけてやる言葉がなかった。

「もしかして、政治的に働きかけてみたら？」と、プリュダンスが出し抜けにポールに言った。「直接は無理でも、ブリュノに相談してみるとか」

「それを、さっきから考えていたんだ……」

オーレリアンが急に静かになった。思ってもみないアイデアのようだった。

「ブリュノは適当じゃないだろう」とポールは口をひらいた。「それでなくとも選挙戦たけなわだ。よけいなことをしてる場合じゃない。まあ、頼めば一肌脱いでくれるだろうが、ブリュノには畑違いだ。内務省の人間と話したこともないんじゃないかな。その代わり、もっと気軽に相談できる人がいる。マルタン＝ルノーだ」

ほかの二人がきょとんとした目を向けた。「そうか、きみは知らないんだっけ……」とポールはプリュダンスに言った。「そういえばオーレリアンも会ってないね。マルタン＝ルノーは数時間しかいなかったし、あの日、オーレリアンは彫刻の梱包で忙しかったからね。簡単に言うと、パパの元同僚で、同じ部署で働いていて、かなり親しかったようだ。病院に見舞いにも来た。しかも情報部で重要な地位にあって、幹部ですらある」

その話は終わり、二十二時少し前にパリに着いた。オーレリアンはこのところ毎週、妻が寝ているはずの遅い時刻に帰宅するようになっていた。今回は兄夫婦がいて、そこまで遅らせることができなかったが、いざモントルイユへ向かおうとすると、恐怖に襲われた。それがはた目にも明らかで、プリュダンスは「夕ご飯、食べてかない？」と誘った。オーレリアンは申し出に飛びついた。

午前一時ごろ、オーレリアンはさすがに、もう帰っても大丈夫だろうと踏んだ。プリュダンスが「泊まってけば？」と言った。「何日かゆっくりしてってもいい。もう使わない寝室があるから」

オーレリアンは観念して首を横に振った。いずれはワンルームに引っ越す。少なくとも何か見つけるつもりだったが、さしあたって妻と話す必要があった。いい加減、話をつけねばならないことが、いくつかあった。弁護士を介して交渉していては離婚が遅れるばかり。それはなんとしても避けたかった。

「情報部のエラい人のこと、頼んだよ」とオーレリアンは戸口でポールに言った。

「明日の朝にでも電話する」

13

ポールは朝九時にマルタン＝ルノーに電話をかけた。事情を話すと、十四時ならバスティオン通りのオフィスに来てもらえると言われた。オフィスからの眺めは壮観だったが、この辺はとても住めたものじゃない、とポールは思った。誰もがここに入って、まず同じ感想をもつだろうし、近年開発された界隈はどこも、こんなものだろうとも思った。

マルタン＝ルノーは、ポールにエスプレッソを勧め、自分にも淹れた。「電話をいただいたあと、調べてみました」とすぐに切り出した。「いまのところ、マコン大審裁判所に誘拐、監禁の訴えは出ていません。もちろん、昨日の今日ですからね。こちらとしては、直接手は出せません。司法は独立性を脅かされるのに神経質ですから、我々はごくたまに、法の網をくぐり抜けてみるだけです」

彼は話をやめた。ポールが気まずげにうつむくのが目に入ったのだ。

「こんなことは、初めてです」と、ポールは顔を上げて言った。「意外に思われるかもしれませんが、口利きとか優遇を願い出るなんて、初めてです」

「たしかに異例ですね。政治の世界に属する方としては」

「ええ。おそらく、わたしがいるのは政治の世界というより、そのすみっこですよ。ともかく上司にそのような慣行はありません。正直なところ、これまで個人的利益のためにあくせくする必要がなかったんです。恵まれた立場にいた、ということでしょう。口利きの横行する場に接するたび、気まずくて見て見ぬふりをしてきました。いまのところ世界についての、ある種の幻想を捨てずにすんでいます。まあ、幻想なのはわかっていますが、百パーセント幻想だとも思っていない。わかっていただけるでしょうか？」

　マルタン゠ルノーはこれに答えず、そのまま話を再開した。「訴えがあれば、検事が調査の指揮をとりますが、動くのはだいたい警察、というか憲兵隊です。そうなればこちらの裁量で、駄洒落《だじゃれ》ですみませんが、調査への士気を抑えます。お蔵入りにするとお約束もできる。良心の問題なんてありません。同僚や元同僚の保護のためにやっていることです。それに今回の件は、父上になんの非もない。むしろ、見方によっては父上が被害者とすら言える。要するに、我々にできるのはこうです——現段階では様子を見、司法が動き出したら、必要な措置をとって警察機構の動きを減速させる、というか露骨に言えば、阻止します」

　まったく異存はない、とポールは熱心に応じた。そこまで期待していなかった。

「しかし興味深いですね」とマルタン゠ルノーが言葉を継いだ。「つまり、元クラッシュのメンバーとお会いになったんですね。どう思われましたか？」

「好感をもちました。真面目で有能。慎重で、けっしていたずらに危険を冒さない」

「同感です。午前中、関連書類に目をとおしました。多くはない。実質ろくにありません。彼らはミスを犯さないんですよ。いまも、たまに情報収集はしています。あなたを尋問にかけたりしませんから、ご心配なく。通常業務のようなものです。それに彼らは活動家であって、テロリストではありません。不法行為も暴力行為も犯していない。とはいえ、公式イデオロギーにとって目障りな存在なのは確か——自省と価値観の再検討を迫ってくる。公式イデオロギーが何より嫌うことです。驚かされるのは、つねに現場に協力者がいることです。たいがい看護師か看護助手ですが、医師のこともある。フランス全国の病院に協力者がいるようだ。どうも、安楽死問題については医療関係者の意見が割れているとみえる」

「それはそうと、インターネット上のメッセージの件は進展しましたか？」と、ポールが話題を変えたのは、病院勤務の共犯者について、口を滑らせるのを恐れたからだ。我ながら話題の振り方がわざとらしいと思ったが、相手は食いついてきた。マルタン＝ルノーは明らかに、クラッシュよりもこちらの件で頭がいっぱいだった。マルタン＝ルノーの知るかぎり、ポールの父のファイルにあった紙片のおかげで、新しい方向性がひらけたものの、現時点でめざましい成果はなかった。詳しいことを知りたければ、ドゥトルモンに訊いてみるといい、彼が担当ですから、と言われた。

ポールがドゥトルモンのオフィスに入ると、ドゥラノ・デュランも一緒だった。ドゥトルモンが二人を引き合わせ、紹介した。

「あの二つの図像を関連づけた人の息子さんってこと？」とデュランが尋ねた。

「そうです。関連があるのでしょうか？」

「もちっす。あのメッセージについてる凸型五角形は、初心者とか素人をあらわします。バフォメットの額に彫られた星型五角形、または五芒星《ペンタグラム》は、秘儀を伝授された者、知恵者をあらわします。だから、そこは明快なんだけど、ぶっちゃけ、メタル・ファンは秘儀を伝授された者とはほど遠い。たいがいは無害なふざけん坊で、ペンタグラムは単にファッションとして、面白半分で使ってるんです。魔術に詳しい悪魔崇拝者もいないことはないけど、ひと握り、案外少ないもんです。メタル・ファンより、よっぽど少ない。テロリストと関係してるなんてことも想像しにくい。まったく別物です。ウィッカ信者も星型五角形を使うけど、だからって参考にはならない」

「ウィッカ信者が？」とポールが訊いた。

「知ってるんですか？」

「はい」

「ま、最近増えてるしね。ウィッカ信者はペンタグラムやペンタクルを祭礼で使うことがあるけど、太古の昔から普及してるシンボルだし、わざわざ通報するほどのことでもない。だいたいウィッカ信者は、メタル・ファンや悪魔崇拝者と同じくらい人畜無害。もっとおとなしいくらいだ。テロだの高度なハッキングだのに手を染めるなんて、想像しにくい。つまりこの線は一見、どこにもたどりつかない。だけど、なんかあるように思えて仕方がない……」

ドゥトルモンは若い同僚を一瞥した。プロ意識が芽生えてきたようだ、と暗い満足感をおぼえつつ思った。いつまでも生意気で能天気な新人ではいられない。

「たとえば」とあいかわらず問題に没頭しているドゥラノ・デュランは話を続けた。「インターネットのメッセージに使われてる変な文字だけど、これ、メタルの世界では大ヒットしてます。バフォメットに匹敵するくらいのヒット。インターネットから画像をキャプチャーしたメタル・ファンもいる。Ｔシャツとかフライヤーにプリントされてるのを見たこともある。ナイアーラトテップ[*1]とセパルトゥラ（ブラジルのメタル・バンド）の最新ＬＰレコードジャケットのデザインにもなってる。だからさ」と、ポールに向き直って結論した。「親父さんが何考えてたのか、知りたいっすよ」

＊1　Ｈ・Ｐ・ラヴクラフト作「クトゥルフ神話」の登場人物名。同名のメタル・バンドが複数存在する。

14

オーレリアンはおぞましい一夜を過ごした。モントルイユの自宅に着くと、深夜にもかかわらずインディーが腹を固めて待ちかまえていた。そして、とりわけ激しい口論となり、それが朝四時まで続いた。理由は不明だが（服についた髪の毛？　香水の残り香？）、女がいると見抜かれていた。なんの筋合がある？　妻の金切り声に耐えながら、オーレリアンは絶望的に考えていた。夫婦はもう何年もセックスしていなかった。再開する気もさらさらなかった。離婚調停中だ。いったい、なんの筋合がある？

哲学者ルネ・ジラール（一九二三－二〇一五年）は模倣的欲望、あるいは欲望の三角関係の理論で知られるが、それによれば、人は他人が欲望するものを、模倣して欲望する。机上の理論としては面白くとも、実際にはでたらめだ。人は他人の欲望など、ほとんどどうでもよく、みんながこぞって同じ物や人を欲するのは、それが客観的に好ましいからにすぎない。同様に、ある女性がオーレリアンを好きになったからといって、インディーも彼を好きになるとはかぎらない。その代わりインディーは、オーレリアンが自分をさしおいて別の女性を欲したことで、怒り心頭に発し、気も狂わんばかりになっていた。インディーにとって、競争心と憎悪にもとづく自己陶酔的興奮は、たぶん生まれたときから性的興奮よりも優位にあった。そして興奮とはその性質上、とどまるところを知らなかった。

オーレリアンは一日中くさくさしてシャンティイで過ごし、十八時ごろ携帯の画面にマリーズの写真が表示されたとき、とっさにおぼえたのは不安だった。このうえ悪いニュースにまで耐えられそうになかった。

悪いニュースはなかった。というより、ニュースはからっきしなかった。病院は一日中、変な雰囲気だった、とマリーズは言った。誰もオーレリアンの父の失踪に触れなかった。暗にほのめかされていたのかもしれないが、それは疑心暗鬼になっていたマリーズの思いすごしで、本当に全然、話題になっていなかったのかもしれない。何度も不審の目で見られたが、今日はみんながみんなに不審の目を向けているようだった。所長は職員を招集もしなければ、管理職と会合もせず、まったく何もしなかった。

こんな状態がずっと続くのだろうか？　とマリーズは訝っていた。所長は慎重な人、もっと言えば臆病者で、波風の立つことを極力避けるという評判だった。だけど、患者が忽然と消えて、なんの手も打たれないなんてことがあるだろうか？

どうやら、あるようだった。誰も面会を求めず、不在を気にもかけなければ、あるようだった。書類のうえでは登録され、入所記録もあったが、行方不明の訴えがなければ、誰が調べるというのか？

マリーズはあまりにも気になるので、エルヴェに頼んでブリアンに電話してもらった。エルヴェが連絡役なのだ。ブリアンによれば、ある、しかもかなり頻繁に、とのことだった。数年たって問題になっても、所長は、家族の要望で退院したと主張できる——それが真実であるとは知らぬまま。みんなが黙っていたほうが、都合がいいこともある。今回のケースもそうなることが期待された。

　マリーズは名残惜しく通話を切った。途方に暮れたいまの状態で、オーレリアンがそばにいないのがつらかった。二人はそれぞれの地獄を生き、週末になると二人だけのちっぽけな世界で合流したが、それはいまのところ、経済的実現性がまるでない以上、架空の世界にすぎなかった。マリーズはあいかわらず要介護高齢者施設の労働環境に憤り、フランスでこんなことが起こるという事実、老人たちが晩年に、こんな恥辱にさらされるという事実に憤り、呆然としていた。

　オーレリアンのほうは、離婚がシンプルかつ穏やかで、友好的ともいえる手続きであり、すんなり運ぶものだという近代的幻想のなかに生きていた。ところが、いま目の当たりにしつつあるのはまったくの正反対、積年の恨みつらみが離婚を機にあらんかぎり噴出するということだった。早く決着をつけたかったが、いつも弁護士から釘を刺されるように、離婚交渉では、というかどんな交渉でも、急いで決着をつけたがる側の分が悪くなる。だから、あきらめていた。じっと耐えていた。

　オーレリアンもマリーズも、ちっぽけな世界で会うひとときから、最大限の喜びを引き出そうと努め、それぞれの夢がどれほど似かよっているかも知らぬまま、これを胸にあたためることで、じっと耐えていた。二人は息をひそめて、破滅か奇跡が起こるのを待機していた。

第5部

1

エドゥアールが家に戻ってから二週間後、ポールは一週間の休暇を取った。選挙戦は山場を迎えていた。数日前、マルセイユの大規模集会に出ているブリュノを、ニュース専門局の生中継で見たところだった。彼が一休みしようと、汗を滴《したた》らせながら舞台袖へ向かったとき、ラクサネーが一瞬だけ画面に映った。ブリュノに向けられたその視線を見て、疑いは消えた。二人は寝ている。

今回は何となく、車で行くことにした。たぶん車で出発したほうがバカンスらしいという気がしたからだろう。午後五時ごろ、二人はサン＝ジョゼフに到着した。プリュダンスをセシルとマドレーヌとともに残し、ポールはガラス張りの渡り廊下を通って温室へ向かった。父親は一日の大半をこの温室で過ごしていた。まだ健康だったときから、ずっとお気に入りの場所だった。彼が入って行くと、父は目を向けた。ポールは頬にキスをして、手を握った。父は、かすかにではあるがとてもはっきりと手に力をこめて、それに応えた。マドレーヌの話では、違った景色を眺められるように、一日に何回も車椅子の位置を変えているということだった。このときは、橅《ぶな》の木立を前にしていた。ポールは隣に坐ったが、何も話すことがなかった。オーレリアンや彼自身の近況についてはセシルがすでに伝えているとわかっていたから。数分間、父と同じように、風に揺れる木の葉や枝を、我を忘れてじっと見つめていた。結局、人生にはこれ以上たいして何も期待していなかった。すっかり満ち足りた気分になって、二時間後、マドレーヌが夕食に呼びに来たとき、それまでのあいだずっと、父と同じように、一ミリも動かず一言も発していなかったことに気づいた。

エルヴェとセシルの娘たちがこの週末に来ていることをポールは知っていたが、そのことではもう何も心配していなかった。実際、アンヌ＝リーズはごく自然に立ち上がって、頬にキスをしてくれた。「二人にはずっと会ってなかったよね。すっかり大人になったでしょ……」セシルは言った。うん、すっかりね。デボラは妹とはまるで違うタイプで、率直で、そっけなかったが、特に驚いたのは、とびきりの美人であることだった。スタイル抜群で、輝くような金髪——同じ年のころの母親にそっくりだった。それなのに決まった恋人はいなかったが、セシルのように信心深いわけではなかった。出会う男のほとんどが「イケてない」だけだった。エルヴェは見るからにこの娘を熱愛していて、アラスに帰るのをむしろ嬉しく思っているのも、それが間違いなく理由の一つだった——彼らは月末に出発して、エルヴェはすぐに新しい仕事を始めることになっていた。

翌朝、遅くに起きたポールは、朝食の席でアンヌ＝リーズと二人きりになった。「うまく行ったみたいね、奥さんとは……」彼女が沈黙を破って言った。ああ、仲直りできたよと、彼は認めた。「よかった……。お役に立てたなら、嬉しい」と姪は小声で言った。二人の偶然の出会いに彼女が触れたのは、これが最初で最後だった。

姪たちが帰ると、家は急に静かになった。ポールはプリュダンスと車で遠出し、妻に土地を案内して回った――ソリュトレ、ボージュー、さらにはクリュニーにも一度足を延ばした。午後の終わりには、父親のところに行って、一、二時間、一緒に過ごす。たいていは黙ったままで、ブドウ畑に夕日が沈むのをじっと眺めた。そうしたとき、マドレーヌは彼を父と二人きりにしてくれた。

ある晩、書見台に一冊の本――プレイヤード叢書の『人間喜劇』の一巻――があるのに気づいて、マドレーヌに尋ねた。実は、彼女の助けさえあれば、父は本を読むことができるのだという。一ページ読み終えると、目を上げてまばたきする。すると、彼女がページをめくって、次へ進むのだ。プレイヤード叢書はそれでいいが、普通の本は面倒で、ページが動かないように背を割らなければならない。どちらかと言うと、古典的作品、特にバルザックを読むことが多かったが、推理小説を読むこともあった。彼女はマルコム・マッケイの『残るは暴力のみ』の文庫本を指差した。グラスゴー・トリロジーの最終巻で、最初の二巻はすでに読んでいた。彼女が「トリロジー」という言葉を知っていることに驚いて、ポールは目を見張った。

「できるときはインターネットでテキストをダウンロードしてる。ばらばらの紙なら問題ないから」とマドレーヌはつけ加えた。ポールはますます驚いて彼女を見つめた。どう考えても、彼女はバカじゃない、ちっともバカなんかじゃない。単に口をきかないように、あるいはできるだけ口をきかずに済むようにしているだけなのだ。言葉はたいがい何の役にも立たないと考えているのだろう。彼女はおそらく正しかった。

マドレーヌが父とかなり高度な意思疎通を交わしていることは、ポールも気づいていた。二人は長いあいだ手に手を取って、いろいろな向きで指を絡めたり握り締めたりしていた。ある晩、二人と別れたあと、夕食前に少しだけ寝室に戻って、二人にはまだ性生活はあるのだろうかと考えた。

四肢が麻痺しても勃起はすると聞いたことがあるような気がしたが、はっきりとは覚えていなかった。随意運動はもうできなくなっているが、勃起は必ずしも随意運動ではない。考えるだけで、眩暈《めまい》がするようだ。父がまだ勃起できて、本を読めて、風にそよぐ木の葉を眺められるなら、その人生に欠けているものは何一つとしてないと、ポールは思った。

　一週間があっという間に過ぎた。幸せな時間が過ぎ去るのは早い。ポールはマルタン＝ルノーに一度電話したが、あいかわらず何もなく、いかなる訴えも出ていなかった。マリーズのほうも心配は要らなかった。エドゥアールがいなくなったことは、病院ではもうほとんど話題に上らなくなり、事件はそっと忘れ去られようとしているかに見えた。金曜の昼下がり、セシルにオーレリアンから電話がかかってきた。音声は途切れ途切れで、電波はほとんど届いておらず、これはよくあることだったが、それに加えて、弟は錯乱状態に陥っているようだった。彼女は弟の言うことをほとんど何も理解できなかった。いま向かっている途中で、もうすぐ着くということ以外は。

　数分後、オーレリアンの車が、前庭の砂利の上を大きくスリップしてから、ポーチに激突した。すぐに車から出てきた彼は、雑誌をひらいたまま手に持って、いまにも卒倒しそうだった。セシルは一瞬、弟も脳卒中を起こすのではないかと思った。少しずつ落ち着くと、彼はどうにか口にした。

「やられた。あの女に仕返しされた」

　ポールは弟の手から雑誌を取った。「ファシストはどこにいる？」と題するインディーの記事は丸々六ページにわたっていた。ベルヴィル＝シュル＝ソーヌの医療センターに侵入した「特殊部隊」によって、エドゥアールが誘拐され、ヴィリエ＝モルゴンに「監禁」されたと、記事には書かれていた。ポールはたちどころに理解した。記事は巧妙に、容赦のない言葉遣いで書かれているが、誹謗《ひぼう》中傷や事実無根の断定はいっさいないだろうと。

事情を知られたのは全部自分のせいだと、オーレリアンは絶望的な面持ちで言った。ある晩、いつになく激しい言い争いになり、彼女が父の話をまた持ち出して、またしても「野菜」呼ばわりしたので、ついかっとなって、病院から連れ出すことができたと言ってやったのだった。自分でも何であんなことをしたのかわからない。こっちのほうが上手《うわて》だと見せつけて、言い負かしたかっただけなのだ。彼女がこの情報を利用するかもしれないとちゃんと考えるべきだった。でも、他の情報をどうやって集めたのかは、見当もつかない。

記事は、「反中絶団体を手本にして福音原理主義者によって」米国で始められた安楽死反対運動のあらましから始まり、次に、ベルギー、フランスへの伝播が説明されていた。これは完全に間違いではないが、完全に正しいとも言えない――活動の仕方に似ているところはあっても、組織と組織のあいだに現実に接点があったわけではないからである。記事ではそれに続いて、「リヨンの活動家の特殊部隊」がベルヴィル＝アン＝ボージョレで「アンティル諸島出身の美人看護助手」と共謀して実行した作戦の顛末が語られていた。

「彼女はアンティル諸島出身じゃない……」オーレリアンは機械的に口にしたが、いまのところそれがこの記事で唯一明らかに間違っている点だった。最悪なのはマリーズの名前を書かれてしまったことだ。彼自身は「変わり者で精神的に脆く中世のタペストリーの世界に逃避している」と書かれていたが、これも必ずしも嘘ではなかった。誘拐の実行方法の説明は完璧だった。前庭にバンをとめ、エドゥアールを車椅子で連れて来て……。

「こんなことまでどうやってわかったの？」セシルは驚いて言った。

何も驚くようなことじゃないと、ポールは答えた。建物の配置から考えて、それが最も合理的な方法だから。現場で調査もしたんだろう。それは間違いない。マリーズがオーレリアンとつきあっていたのは、同僚に聞けばわかることだ。

「マリーズに電話しなきゃ」とオーレリアンは言った。「病院で何かあったのかもしれない。早く確かめないと」

「今日は電波がほとんど届いてないの」とセシルは言った。「固定電話を使ったほうがいい。玄関にあるから」

オーレリアンが出て行くと、部屋は急に静かになり、張りつめた空気が漂った。数分後に戻ってきたとき、彼の顔は引きつっていた。すぐに言った。「おしまいだ。二時間前に院長に呼び出されて、全部白状したって。最初はしらばくれるつもりだったんだけど、記事を目にして、気持ちがくじけたんだ。もうどうしようもないって。彼女は自分のせいだと思っている。みんなに謝りたいって。僕は言ったんだ。謝る必要なんてない。全部僕の責任で、彼女はその一番の被害者なんだって。バカらしいのは、監視カメラの映像はちゃんと遮断できていたことだよ。でもその話にまで頭がまわらなかったんだ」

「彼女はこれからどうなるの？」セシルは尋ねた。

「明日か明後日にでも停職処分になるだろう。次に懲戒審査がおこなわれる。もちろん、解雇の恐れもある。猶予も補償もなしに辞めさせられるかもしれない」

彼は口をつぐんだ。部屋のなかはふたたび静かになった。「僕のせいだ、全部僕のせいだ……」数秒後、オーレリアンはうめくような声で繰り返した。誰も返事をしなかった。何も言うことがなかった。弟をこれ以上苦しめても何にもならないとポールは思ったが、実際、黙っていたほうがよかったのだ。弟がいないあいだに、記事の続きに目を通して、これから激しい批判に晒《さら》されることを覚悟した。暴露記事の目的がブリュノを貶めることであるのは明白だった。奇妙なことに、新聞や雑誌は読者をほとんど失ったにもかかわらず、近年、その攻撃力を増大させていた。人生をめちゃくちゃにすることもできたし、とりわけ選挙期間中は容赦なかった。法的手段に訴えても無駄だった。信用を失墜させるには単なる疑惑だけで十分だったから。

「マリーズは仕事を失ったら」とオーレリアンは震える声で続けた。「滞在資格も失うことになる。僕は離婚していないから結婚できないし、離婚に関してはインディーにすべて握られている。僕に嫌がらせをするため、ただそれだけのために、離婚を何年も引き延ばすようなことだって、あの女ならやりかねない」彼は話をやめた。一瞬、気を失うかに見えたが、ソファに倒れ込んで、声を殺して泣き始めた。セシルとエルヴェは呆然として何も反応できずにいた。セシルでさえ弟を慰めるようなことを何もしなかった。オーレリアンの脆弱さが、現実に惨憺たる結果を招いたのだった。

「気分がよくない。部屋で横になってくるよ」一分後、彼はそう言って、階段に姿を消した。

誰も一言も発さないまま、二分ほどたってから、ポールはまた記事を読み始めた。セシルについては「狂信的カトリック信者で、極右団体シヴィタスに近い人物」と書かれていた。ひどい、そんなの真っ赤な嘘と、彼女は憤激して言った。それはそのとおりと、ポールは冷静に答えた。でも、「近い人物」は漠然としていて、あからさまな中傷とはいえない。こんなことで相手を訴えることができるとは思えなかった。記事には続きがあった。病人が監禁されているボージョレのヴィリエ＝モルゴン村が、モルゴンのカプチン修道会の拠点となっていること、そしてこのカトリック原理主義の団体がシヴィタスに施設付き司祭を派遣していることは、おそらく偶然ではない。

「この話は何だ？　こんなの聞いたことあるか？」ポールは妹に尋ねた。

「マドレーヌは？　モルゴンのカプチン修道会なんて知ってた？」

「聞いたことない」

「わたしも知らない」

「ヴィリエ＝モルゴンの司祭に電話してみる」とセシルは言った。「実直な人だし、教区のことなら知っているはずだから」

少しして戻って来たとき、彼女は途方に暮れ、困惑した様子だった。本当だったと、彼女は言った。伝統的戒律の遵守を掲げるカプチン修道会が、聖フランソワ修道院を拠点にして活動している。司祭はこの人たちと特に親しいわけではないが、面識はあるし、シヴィタスの施設付き司祭であることも把握している。その上で、彼はシヴィタスの政治的意見には全面的に反対しているけど、カプチン修道会についてはとやかく言うつもりはない。彼らは、清貧に甘んじて、主への奉仕に日々励んでいる。司祭からすれば、善良なキリスト教徒だった。

記事の続きでインディーはポールを執拗に責め立て、彼が「事件のブレーンでスポンサー」であると決めつけていた。医療機器の代金を払ったのだから、スポンサーとは言えるかもしれない。ブレーンと言えるかはあやしかった。この役はむしろブリアンが果たしたのだが、義妹の調査はどうやらそこまでは行き着かなかったようだ。彼は「大臣執務室の有力な一員」であるとも書かれていたが、彼女はもちろんこの話に持って行きたかったのだ。国家機関の中枢に極右カトリックのなかでも最も反動的なセクトの支援者がいる。これは憂慮すべき事態ではないかと、彼女は憤りを込めて書いていた。「ファシストはどこにいる？」というタイトルの意味がここに来て明らかになる。それにしてもこの記事、なかなかよく書けているじゃないかと、ポールは思った。まるで他人事のように、不思議と超然として、落ち着いた気分だった。でも、ブリュノには話しておかなければならない。こんどは彼が玄関へ電話しに行く番だった。

ブリュノはほとんど間を置かずに応答した。「電話してくれてよかった。わたしから先にしたくなかったからね」と彼は言った。その声は生き生きとして、陽気と言ってもよかった。あわてた様子はいっさいなく、通商交渉の場でいまよりもはるかに緊張した様子でいるのをポールは見たことがあった。

「さて、あれを読んだんだね？」彼は続けた。

「はい。いまごろあちこちで取り上げられているんでしょうね」

「至るところでだよ。最初に聞いておきたいのはきわめて単純なことだ。報じられていることは事実なの？」

「はい。いくつかの細かい点を除いては、真実です」

「わかった。実を言うと、そうじゃないかと思ってたんだ。はっきり言って、選挙対策本部はいまちょっとパニックになっている。ソレーヌ・シニャルは半狂乱だよ。暴露記事の狙いがわたしを貶めることなのは確かなんだけど、その出所がまったくつかめないからね。現実問題として、この記事で得をするのは国民連合の候補者しかいない。他の候補者は世論調査で大きく水をあけられているからね。でも、国民連合がこの雑誌とつながっているとは、到底考えられない。それに、安楽死反対運動は党の方針にむしろ合っている。彼らの思想に少なからず一致しているんだ。あいつらに思想なんてものがあればの話だがね。要するに、彼女はどう考えていいかわからなくて、君にいますぐ会いたいって言うんだ。君は帰省中だから、無理だって説明をして、何とか落ち着かせることができたけど。でもとにかく、日曜の朝に緊急のミーティングをひらけたらいいと思っている」

「わかりました。日曜の朝なら大丈夫です。明日パリに車で帰って、日曜日、そちらの都合のいい時間に伺います」

「わかった。彼女に電話して、そのあとすぐにかけ直すよ。この番号でいいかい？」

ブリュノの電話を待っているあいだ、ポールは廊下を歩きまわり、それから正面玄関の扉をひらいて、ブドウ畑に沈む夕日をしばらく眺めた。ソレーヌ・シニャルの質問には答えることができると思った。政治的な陰謀など、いっさいない。追及すべきはその方面ではなく、侮辱され、傷つけられた義妹の自尊心だ。彼女は注目を集めるためなら何だってやる覚悟だったし、ついでにブリュノらを貶めることができるのなら、なおさらだった。彼の目には火を見るよりも明らかなことだったが、こんなふうにいま電話でブリュノに説明できることではなかった。そんなわけで、数分後に電話がかかってきて、「わたしのオフィスに日曜朝八時でいいかい？」とブリュノが尋ねたとき、「ミーティングの前に少し会いたいんです。七時半でもいいでしょうか？」と返事をしたのだった。

ポールが土の坂道を苦労して上っていると、足元で地面が崩れ落ちていく。ようやくたどり着いたのは、円形の丘で、発育の悪い木々の茂みにかこまれていた。丘の中央には、大きな黒光りする木製の棺が置かれているが、それほど深くは埋められていない。灰色のトレーニングウェアを着た男たちが、棺を持ち上げて街へ運び出そうとする。これは厄介な展開だ。男たちはポールの政敵である。赤煉瓦《あかれんが》の家が立ち並ぶ街はアミアンに似ている。ポールはそれが本当にアミアンであると少しずつ確信する。彼は高校へ向かう十六歳の少女を買収して（理系クラスの一年生だろう）、数学の正しい問題文を聞き出そうとする。正しい問題文があれば政敵をやっつけられることはわかっている。少女は高校生のグループのなかにいるが、まるで一人でいるかのように、彼は話しかける。

少女は正しい問題文を渡すことを承諾する。ポールはこの成功によって、市中で開棺を命じる権利を得る。棺のなかには青ざめた巨人が横たわり、黒いモーニングコートとシルクハットを身にまとっている。灰色のトレーニングウェアの男たちは、この光景に恐れをなして、あわてふためいて退散する。ポールは正しい問題文の問題を解いて、二十点満点中、十六点を取る。数学の先生は若い女性で、超ミニのプリーツスカートを穿いている。高校三年のときに本当に習っていた数学の先生に似ている。この先生のお尻を何時間も眺めたものだった。歳を取っていないのは不思議である。彼女は自分と同じ党派に属しているとポールは知っている。ただし、彼女は極左であるのだが。いま、彼らはロープウェーの二人用の極小ボックスに乗って、メニルモンタンかモンマルトルに似た地区の急な坂道を上っている。傾斜はどんどん急になって、文字どおり恐怖を感じるほど、ほとんど垂直になる。それにもかかわらず、小さな多色の鳥、おそらくはカナリアが、ボックスのまわりを臆することなく飛びまわって、一緒に上へと昇っていく。

次の瞬間には、黄色がかった光にかすかに照らされた、陰気な地下室にいる。下のほうにタンクが置かれていて、吐き気を催すほど汚かったが、それはおそらく汚水用のタンクで、底にはよどんだ水が溜まっている。その直後、何の前触れもなく、濁流がものすごい勢いで斜面を流れてきて、汚水用タンクをふたたび満杯にする。小型の豚が黒く丸い開口部へと押し流されていくが、この開口部は屠畜場につながっていると直感的に理解される。

テレビのスタジオに、少し不具の、はげた小柄の老人がいて、冗談を言って番組を盛り上げようとする。だが、ウケはいまいちで、いきなりズボンを脱いでカメラの前を横切る（生白いぶよぶよの性器が一瞬映る）。それから、汚水用タンクに男が浮かんでいるのが見える。彼もミニ豚と同じように屠畜場へ運ばれていこうとしていて、本人もそれを知っているが、この展開を冷静に受けとめ、ひそかに喜んでさえいるかのようである。

突然、ポールは目を覚ました。廊下から入って来た光で、セシルがいることに気づいた。妹は彼の肩を揺さぶりながら小声で呼びかけていた。「来て！　すぐに来て……！」隣でプリュダンスが眠ったまままわずかに体を動かした。

彼はセシルについて廊下へ行き、寝室の扉を閉めて、すぐに尋ねた。

「どうしたんだ？」

「オーレリアンが自殺した」

2

セシルは、台所に移動して、戸棚にあったラム酒のボトルを手に取ると――妹がアルコール度数の高い酒を飲むのを見るのはこれが初めてだった――、やっとのことで続けた。彼女は不安に駆られて夜中に目を覚ました。不安の原因ははっきりしなかったが、オーレリアンに関係していることだけはわかった。ドアをノックしても返事がないので、部屋に入ったが、誰もいない。それで、家中を探し回ったけれど見つからず、ほかの部屋や父親の書斎にも足を運んだ。誰もいないので、不安で気が狂いそうになり始めた。オーレリアンは夜中に野山へでも行ってしまったのだろうか？長い時間、ずいぶんと長い時間がたってから、母親がアトリエとして使用していた古い納屋に思い至った。入ってすぐ、電気をつけてすぐに、見てしまった。地面から五メートルのところに、弟がぶら下がっているのを。最悪だったのは、ロープの先で体がまだわずかに揺れていたことだ。たぶんもう少しのところで、たぶん一分でよかったのだ、一分早く着いていれば、弟を救えたのに。そう言って、妹は泣き崩れた。

「責任を感じる必要はない。君は悪くないよ。君のせいじゃない」とポールは機械的に繰り返しながら、妹の肩をそっとたたいたが、自分だったらもっと早くに納屋のことを考えていただろうと思わずにはいられなかった。オーレリアンは母親と仲が良く、母親がバカげた彫刻を制作しているところにもよく遊びに行っていたが、セシルは母親を少なからず記憶から消し去っていた。その一方で、マドレーヌとは仲良くやっていたのだが。母娘の関係は一筋縄ではいかない。特に娘が美人である場合には。とにかく、いま触れる話題でないことは、確かだ。妹はこっくりこっくりと頭を揺らして、明らかに少し酔い始めていたが、ふだん飲まないのだから無理もない。憲兵隊に電話するとか、あとのことは全部自分がやらなくちゃいけないと、彼は気づいた。

納屋の入口までは難なくたどり着いた。開けっ放しの扉から強烈な光が広がり、まるで昼間のように明るかった。母親は夜に作業することがよくあったので、強力な照明装置を取りつけていたのだ。セシルは入口で立ちどまった。弟をもう一度見る勇気はなかった。地面に坐り込んで、というよりも生気を失ったかのように倒れ込んで、扉に背をもたせかけた。

ポールが、首を吊った人、もっと広く言えば自殺した人を見るのは、これが初めてだった。もっとひどい状況を予想していた。弟の顔は、鬱血もしていなければ青ざめてもおらず、ほぼいつもどおりの色だった。ややこわばって、苦虫を噛み潰したような顔をしていたが、実際にはそこまででもなく、それほど苦しまずに死んだようだった。生きていたときほど苦しまなかったのは確かだ——この考えがよぎったとき、ポールは激しい憐憫の情に襲われ、胸を締めつけられた。そこには罪悪感も混じっていた。というのは、弟を助け、支えるために、彼もやはり何もしてこなかったからだ。くずおれそうになったが、何とか気を取り直した。電話をかけなければ。ここで投げ遣りになってはいけない。弟には心の拠り所がいくつかあった。マリーズのおかげで、人生の終わりに夢のようなひとときを過ごした。それに、タペストリーを心から愛していた。どれも無意味なことではなかったし、そんなふうに言うことはできない。しかしそれにしても、弟の人生は運に恵まれていなかった。彼にとって、世界は生きやすい場所ではなかった。

憲兵隊の到着はすぐだった。その後、三十分足らずで、検視官と伸縮式の梯子を持った消防士も到着した。オーレリアンの遺体を降ろすと、検視官が仕事に取りかかれるように、弟が使っていた部屋に運び込むことにした。遺体を持ち上げようとしたとき、プリュダンスが寝間着姿で階段の下にあらわれた。呆然と立ちすくみ、それからポールの腕のなかに飛び込んできた。ショックを受けているようだったが、それほど驚いているようには見えない。ポールは妻の警告を苦々しく思い出した。オーレリアンには注意するようにと再三言われていたのだ。彼は精神的に弱く不安定で、おそらく危険な状況にあるからと。

検視官は十分もたたないうちに戻って来た。後日、詳細な検査を実施する予定だが、首吊り自殺であることに疑いの余地はない。

憲兵隊の中尉がポールとセシルのほうを向いた。ご兄弟ですね。一番近い家族の方ですか？　ポールはうなずいた。でしたら、明日、マコンの憲兵隊本部に来てもらえますか？　事情聴取をおこないます。すぐに終わりますよ。この事件に謎めいたところは何もありませんから。ポールは明日パリに発つことになっていたが、午前中なら大丈夫だった。

「どうしてこんなことをしたのか、何か心当たりはありませんか？」中尉は帰り際に尋ねたが、これは念のために訊いているだけだった。普通、近親者は突然のことに驚いて、何も理解できず、こんなことはまったく想像していなかったと言う。彼らは死者の個人的な事柄を何であれ詳しく知っているようには見えないので、近親者という言葉が本当は何を意味しているのか、疑問に思えてくるほどである。

「いいえ、本当にわからないんです、動転してしまって……」セシルは消え入りそうな声で言った。

「わかってるじゃないか」とポールは苛立たしげにさえぎった。「弟がなぜあんなことをしたのか、十分すぎるほどわかっています。わたしたちに対する、特にマリーズに対する、罪悪感に耐えられなかったんです。インディーに話してしまったこと、あの記事が書かれる原因をつくってしまったことに、罪悪感を抱いていたんです。それに、状況は悪くなる一方で、マリーズは職を失うことになると、弟はわかっていました。二人の人生はおしまいで、それは自分のせいだって、思っていたんです」

「警察に話すことじゃないでしょ……」セシルはかぼそい声で言い返した。

「もちろん、話すことだよ！　あのクソいまいましい雑誌に書かれてしまったんだ。パパの居場所はみんな知っているし、警察だってパパを探そうと思えば、すぐに見つけられる。いまとなっては、訴えられないことを願うしかないんだよ……！」

　ポールが振り向くと、憲兵隊の中尉はあっけにとられた顔をしていた。彼には二人のやりとりはまったく意味不明だった。「まあ、少しややこしい話ですからね……」と言ってポールはいらいらした様子で話を切り上げた。「明日の朝、全部説明しますよ」

憲兵隊が遺体を運んで出て行くと、二人はふたたび黙り込んだ。

「もちろん、理解できる」とセシルはしばらくしてから言った。「でも、やっぱり理解できない。生きることにここまで自信をもてないなんて、わたしには理解できない。マリーズはクビになりそうだった。それは本当。でもまだ決まったわけじゃなかった。それに、オーレリアンの給料だってあった。公務員なんだし。パリは二人には高すぎるけど、パリに住まなきゃいけないわけじゃない。たとえば、ここに住むことだってできた。場所はあるんだから。それに、人生をやり直すチャンスがあったんだよ。離婚目前で、マリーズだってオーレリアンを愛していた。それは紛れもない事実でしょ。記事のことで彼を責めたと思う？　その話題に触れることさえなかったんじゃない……？」

妹の声はふたたび危なっかしく上ずり、またヒステリーを起こすのではないかと、ポールは恐れた。しかし、何と答えればいいのか、まったくわからなかった。妹の言うことはあらゆる点で正しいということ以外には。ラム酒をグラスに注いだが、とても飲めた代物ではなく、居間に他の酒を取りに行った。食器棚を漁《あさ》っていて、恥ずかしくなった。弟が自殺してまだ一時間もたたないのに、酒の味にこだわっているなんて。でも仕方ない。アルマニャックのボトルを片手に台所に戻った。セシルは少し落ち着いたらしく、黙ってうつむいていた。

ポールは、酒をグラスになみなみと注いでから、話し始めた。「なぜかって説明するのは難しいけど、けっしてあきらめない人とそうじゃない人がいるんだ。オーレリアンが二番目のタイプだってことは、前からわかっていたことだよ」最低の発言だと、すぐに後悔した。こんなことを言うくらいなら、黙っていたほうがよかった。もっとも、セシルは返事さえせず、彼が何も言わなかったかのようにふるまった。一分後、突然、ある考えが彼女の頭をよぎり、怯えた表情がその顔に浮かんだ。妹は叫んだ。「マリーズがもうすぐやって来る。いまごろ、宿直を終えるところ。少し眠ってから、昼前にはここに来る。彼女に何て言えばいい？　いったい何を言えばいいの……？」

3

マコンの憲兵隊本部での事情聴取は思っていたよりも少し長くかかった。ポールは事実をすべて報告し、何一つ隠し立てしなかったが、事件に協力した活動家の正体だけは明かさなかった。その点については、正式な捜査にならないかぎり、話したくなかった。じつを言うと、訴訟については何も心配はしていなかった。早朝、ブリュノと電話をしたが、彼の態度ははっきりしていた。マルタン＝ルノーの当初の計画は記事が出たあとではもはや実行不可能だし、判事の決定に圧力をかけるのもいい考えではない。メディアはこの種のことをつねに待ち構えていて、裁判所には連中と通じている者がごまんといる。より効果的なのは、事前に手を打って、訴訟を起こさせないようにすることだ。話は単純で、病院長は保健大臣の直属の部下で、現大臣は次期政権でも職に留まることを望んでいる。大臣にちょっと話をすれば、部下である病院長にどのような態度を取ればいいのかを指示してくれるだろう。「近道があるときは近道を進むべし」とブリュノは締めくくった。ポールはそれが孔子の言葉である気がしたが、正確には思い出せなかった。まあたぶんその手のものだろう。電話を切ってすぐ、ブリュノにもっと早く相談すべきだったと思った。大臣との親しい仲を利用して便宜を図ってもらうのに躊躇をおぼえたのは、原則論としてはおそらく賞賛すべきことなのだろう。しかしそのために、弟は死んでしまった。それでもともかく、いまや危険はすべて取り除かれ、事情聴取のあいだ、すっかりくつろいだ気分でいた。しかも、きわめて丁重な扱いを受けたのだった。憲兵らは大臣執務室の一員の相手をしていることに気を良くしている様子で、コーヒーに添えるちょっとした菓子があればきっと出していたに違いない。

とても暖かな天気で、プリュダンスは夫を待つために車から降りて、水の流れを眺めていた。ソーヌ川の水面に、渦がさっとあらわれては、同じくらい速く消えていった。「やっぱり悲しいね」と彼女は言った。「春の美しい朝を、もう楽しむことができないなんて。春の美しい朝をもう二度と見ることはないんだよ」たしかに悲しいことだけど、だからどうしたっていうんだ？　蛆虫《うじむし》や幼虫にとっても春の美しい朝であることに変わりはないし、数日後には弟の肉をたらふく食べて、美しい季節の到来を祝うだろう。これが真っ先にポールの頭に浮かんだことだった。何年も前にプリュダンスがオーレリアンと二人で話し込んでいたことを不意に思い出した。彼女自身、中世がとても好きだったが、絵画には詳しくてもタペストリーはよく知らなかったので、オーレリアンの話に大いに興味をひかれていたのだった。何と言って慰めればいいかわからず、プリュダンスの手を握った。どうやらこの対応が正解だったらしい。彼女はすぐに落ち着きを取り戻したようだった。

サン＝ジョゼフに到着して、前庭に駐車したとき、もっとひどいことが待っていた。マリーズはポーチのすぐ右手にある小さな石のベンチに坐っていた。というか、人間が少し休憩するために坐るようには、坐っていなかった。むしろ、そこに置かれているようであり、ぐったりとして、そこから動くことも、どんなふうに動けるかを考えることさえも、できないでいた。ポールも身をこわばらせた。マリーズがそこにいるのに、玄関の近くに置かれてこのままずっと動かないように見えるのに、それを無視して前へ進むことはできなかった。驚いたことに、プリュダンスは彼の腕から抜け出て、マリーズのほうへ進んで行った。そして、ベンチの彼女の隣に坐って、肩に手を置き、優しく撫でた。女たちはこうしたすべを生まれつき心得ているかのようだった。女たちは、痛みについての特殊な知識によって、こうした仕草をするように運命づけられているかのようだった。ポールは二人の前を立ちどまらずに通り過ぎ、プリュダンスにあらためて目を向けることもしなかった。こうしたことができなかっただけではなく、こうした場に立ち会うことも苦手だった。

　帰り道、二人はほとんど口をきかず、パンとチーズを少し食べて、早くに眠りについた。翌日、ポールは夜明けとともに目を覚まし、六時半には準備を整えた。この会合が運命の分かれ目であることはわかっていた。出かける直前、寝室に戻った。音はいっさい立てなかったはずなのに、プリュダンスはすぐに目を覚まして、彼のほうへ目を向けた。「行くの？」と尋ねた。彼はうなずいた。彼女はベッドの上で体を少し起こした。彼は頬と唇にそっとキスをした。

　オフィスへ入るとき、ブリュノとの再会を自分が喜んでいることに気づいた。ポールは坐って、事件の一部始終、ベルヴィル＝シュル＝ソーヌ医療センターへの父の入院から脱出に至るまでのいきさつをすべて話した。ルルー医師や彼の更迭、そして業務再編についても、話をした。ブリュノは口をはさまずにじっと耳を傾けた。「すごいな、そのマドレーヌって……」と途中で述べただけだった。ポールはそれからマリーズの役割を詳しく話して、最後にインディーの記事とオーレリアンの自殺に話を進めた。そのときようやく、ブリュノに自分の考えを説明することができた。この記事の背後に、黒幕の存在や敵対する政治団体の陰謀を探し求めるべきではない。不満をかかえた野心家の女性が復讐心から書いた記事にすぎないのだからと。彼女が事情に通じていたのも、特別な情報源があったわけではなく、哀れな弟が軽率だっただけの話だ。自分にも責任の一端はあるとつけ加えた。インディーに抱いていた嫌悪と軽蔑を本人にいっさい隠さなかったのだから。復讐は容赦なかった。

説明には時間がかかった。ソレーヌ・シニャルの到着が告げられたとき、二人はまだ対応策を検討できていなかった。彼女はアシスタントを従えていたが、この若者はいつもどおり、隙のない身なりで、青白い顔をしていた。

「あたしが心配しているのは、第一回投票じゃない」と二人に挨拶もせずにいきなり始めた。「何ポイントか失うだろうけど、そんなことはどうだっていい。決選投票には進めるだろうし、そこから新しい選挙が始まるわけだから。問題はね、あたしたちが社会政策について国民連合と同じ意見だって有権者が思い込んでしまったら、環境保護《エコロ》派の票を獲得しづらくなるってこと――左派の票もね。というか、まだ生き残ってる左派の票ってことだけど。そうなると、接戦になるかもしれない。それはあっちの候補が本当に優秀だからなんだけど、ベランジェールの功績も認めてやらないとね。すごくいい仕事をしている。あのババア、まだまだいけるよ。あいつを見くびってたら、いまごろ痛い目にあってただろうね。この前なんか、見た？　エコロジストのあのずんぐり女に向かって、『わたしも自然を愛しています……！　春の夜明けのヒバリの歌ほど美しいものはありません』とか言っちゃって、あれはすごかった。相手はバカみたいに口をぽかんと開けてたけど、だってヒバリだよ、それが何かも知らないの。あんたはヒバリって知ってる?」アシスタントのほうを振り返って唐突に尋ねたが、彼は悲しそうに首を横に振った。

「だよね。でもあんたは知ったかぶりはしない。それに環境保護派の候補じゃないからね。そのあとでさ、殺虫剤や昆虫の絶滅に話題を転じる彼のやり方。昆虫もヒバリもいなくなるって。こんなふうに話せばうまくいくわけね。つまりさ、ただの詩的な効果じゃなくて、あたしもよくわかってるけど、違うの、あの子は本当によくできる。要するに、この話については、本当に何かしなきゃいけないし、急いでやる必要があるってわけ」

　突然、彼女は黙った。沈黙が約三十秒続いてから、ポールはとても落ち着いた口調で言った。

「辞職します」

　彼女はびっくりして彼を見た。明らかにこのような直截的な申し出は予期していなかった。

「それはいけない」とブリュノがはっきりと、声に力を込めて、ほとんど乱暴に割って入った。

「それはいけない。こんな話のせいで君が辞職するなんて論外だ。わたしの父が同じ立場だったら、わたしもまったく同じことをしていただろう。だからそれはダメだ。それに、他に解決方法がある」

「話してみて……」ソレーヌ・シニャルは言った。

「一身上の都合を理由にして休職するんだ」とブリュノはポールに向かって話し続けた。「通常は少し時間を要するが、わたしが引き受ければ、手続きは早められるし、明日にでも決裁できる。期間は原則として一年間だ」

「選挙後のことはあたしの知ったことじゃない。好きにすればいい……」とソレーヌは言った。

「でもちゃんと説明して。彼は職務を離れたって、詳細には触れずに発表できるわけ？」

「ああ、公務員はいかなる場合も休職理由を弁明する必要はない。通常の状況なら、彼の休職について、わたしは意見を求められることさえないだろう」とブリュノは答えた。

「よし、それでいけそうね。じゃ、まとめよっか。一、大臣執務室には数十名の職員がいて、大臣が全員の生活を詳しく知ることはできない。二、これは職員の痛ましい家庭の問題であって、その職務とは何ら関係がなく、それに彼の仕事ぶりはつねに大臣の期待に応えるものだった。三、これまでのところ、確かなことは何もわかっておらず、司法に仕事を任せるべきである」

「司法はいまのところ動いていない」とポールは指摘した。「訴えられていないからね」

「はっ？」ソレーヌはびっくりして声を上げた。「だったらずっといいじゃない。何も心配いらないじゃん。司法には仕事しないでおいてもらおう。訴えがないなら、何でこんなクソ面倒臭いことになっているのか、訳分かんないよ。てっきり、訴えられたものとばかり思ってた」

「訴えはこれからもないだろう」とブリュノは明言した。

「そっか。訴訟がないなら、へっちゃらよ。ちょっと悪意のある、ただのつまらない記事でしょ。ケチな二流記者が注目してもらいたくて書いただけ……。というわけで、簡単な記者会見をひらくつもり。今日はダメね。誰も来ないだろうから。明日の十時はどう？」

「わたしも出席すべきですか？」ポールは尋ねた。

「それはダメ。事件の処理はブリュノに任せればいい。あなたは無名の公務員。これからもそうだし、そのほうがずっといいから。でも来てよかった。思っていたよりも楽しい日曜日を過ごせそう」

彼らが出て行ったあと、オフィスはふたたび静かになった。太陽はもうすっかり昇り切って、日の光がゆらゆらと波打つセーヌ川の水面とまだ閑散としたままの河岸を照らしていた。

「こんなふうに対応してくれて本当にありがとう」とポールは言った。

「どういたしまして」ブリュノは何てことはないというように肩をすくめた。「話を聞いただろ。専門家が言っているんだ。ただの記事なんだから、騒ぐことはない。裁判沙汰にでもなれば別だがね」

「本当にバカげているよ、君の弟が自殺したのは」と少ししてから続けた。「彼の恋人も解雇を免れることはできたと思う。ほとぼりが冷めるまで、数か月間、職場から離れて、それから何食わぬ顔で戻ってくればよかったんだ」

そうだ、バカげている。納屋の梁《はり》にぶら下がったオーレリアンの死体を見たとき、ポールはすぐに確信した。弟の死はその人生と同じくらいバカげている。それと同時に、セシルにはこうした考えを伝えることはけっしてできないと思った。キリスト教徒は概して不条理なことが苦手である。彼らの範疇にこの概念は含まれていない。キリスト教的な世界観においては、神があらゆる出来事を引き受けていて、時として世界が悪魔の支配に陥るかに見えることがあるとしても、物事は確固たる意味を有している。キリスト教は、明確な意志をもった強者のためにつくられた宗教であり、その意志は、美徳のほうを向いている場合もあれば、不幸にも罪のほうを向いている場合もある。神の創造物である人間が、罪の支配に陥るとき、慈悲が救いの手を差し伸べる。突然、十五歳のときに衝撃を受けたクローデルの詩の一節を思い出した。「僕は知っている、罪が満ちているところには、あなたの慈悲も、満ち満ちていることを」満ち満ちているという語はかなり醜悪だが、こんな語はクローデルの詩以外ではまずお目に掛かれないし、幸いにも次の一節で埋め合わせされていた。「祈らなくてはならない、いまはこの世の王の時」この言葉は文字どおりに理解すべきか？　慈悲は罪の結果と見なされるべきか？　罪が認められるのは、恩寵の到来、すなわち慈悲の到来を可能にするためだけなのだろうか？

　いずれにせよ、キリスト教の類型論に、オーレリアンのような存在のための場所はなかった。弟の生き方は弱々しく、何をするにもおぼつかなかった。結局、世界に関わるよりも、そこから身を引こうとしていた。マリーズの存在も本当には信じていなかったのだろう。幸福な幻影が目の前を通り過ぎていくように、弟には見えたのだ。それは、間違って自分に与えられたが、すぐに取り上げられることになる、人生のひとつの可能性のようなものだった。税務署などの公的機関からたまにこんな通知が送られてくる。「手違いによってあなたに誤って利益が生じていました」たぶんこの種のことが起きたと、オーレリアンは考えたのだろう。結局、弟の自殺は何ら驚くべきことではなく、事物の本性によって決められていたことのように思えた。とはいえ、セシルにこんなふうに話すのは、やはり間違いだった。決定論は不条理と同じくキリスト教の範疇に含まれていない。そもそもこの二つは結びついていて、完全に決定論的な世界は、キリスト教徒だけでなく、誰にとっても、多少とも不条理に見える。

　若いころ、これらの問題について考えたとき、彼が思い描いた神は決定論と完璧に合致していたが、それは決定論の法則をつくったのは神であったからである。彼の考えでは、神というのは、神性にぎりぎりまで迫ったアイザック・ニュートンのような存在に違いなかった。あるいは、ダフィット・ヒルベルトかもしれないが、あまり確信はなかった。数学は世界がなくても存在できるから。

ダフィット・ヒルベルトを神の同僚のような存在と見なすべきか？　じつを言うと、若いころも含めて、これらの問題に多大な知的努力を傾けたことは一度もなかった。おそらく、この問題について考えたのは、高校の最終学年のときだけ、在学期間のなかで唯一、〈哲学の名著への手引き〉が組まれていた年だけだった。つまり、彼の哲学への関心は、十七歳三か月のときに始まり、十八歳になったときに終わりを告げたのである。

　オフィスのはるか下を通る平底船のサイレンで、ポールは物思いから引き戻された。顔を上げた。ブリュノは正面に坐ったままで、沈黙しているのを邪魔しないでいてくれたのだったが、相当な時間が経過したはずだった。河岸の交通量はさっきよりも少し多くなっていた。

「わたしには一日中何もしないでいるなんて無理そうだな。そんなことはしたことがない」とブリュノは冷静な声で言った。「君にはできそうだけどね」たしかにできそうだと、ポールは思ったが、それが幸運なことかどうかまではわからなかった。今日ではおそらく、大部分の人は、それは幸運ではないと答えるだろう。しかし、彼が生きているのは、仕事や、仕事を通じて才能を開花させることを、異様なまでに重要視する時代である。反対に、かつてはほとんどどんな時代でも、暇であることこそが賢者にふさわしい生き方であると考えられていたのではないか。家に着く直前、誰もいないベルシー公園のベンチに腰掛けた。自分は休職中だと何度も口にした。彼はこの言葉を気に入った。

4

〈お買い得品：ご婦人、恋人、婚約者、奥様への最高のプレゼント、新年、バレンタインデー、ハロウィン、感謝祭、ブラックフライデー、クリスマス、クリスマス用のランジェリー、クリスマスの夜、結婚式の夜、ハネムーン、ロマンチックで情熱的な夜〉

（GDOFKH社製衣料品の紹介）

プリュダンスは知らせを聞いて、心から喜んだ。どことなくほっとしている様子でもあった――免職という最悪の可能性を予想していたんだとポールは思った。しかし、彼にその話をしたことは、一度もなかった。二人で休暇を取ることができる、ずっと楽しみにしていたと、彼女は言った。実際には、夫婦のようにふたたびふるまうようになり、一緒にバカンスの計画を立てられる状況になってから、それほど長くたっていなかった。でも、彼女がそう思っているのなら、仲たがいしていた年月を記憶から追い出せたのなら、それは願ってもないことだった。

「そうは言っても、金銭的には厳しいよ」と彼は言った。「一年間は給与を一銭ももらえないからね」このことは伝えておく必要があった。

「大事なことを忘れてる……」妻は数秒間少し疑わしげな目で彼を見てから、満面に笑みを浮かべた。「信じられない。本当に忘れちゃったんだ……！　わたしは最低でも週に一度は考えるのに。来月、アパルトマン購入のために契約したローンの返済が終わる。来月、わたしたちは晴れて家主になるの。このローンでわたしたちの給与から三五パーセントが天引きされてた。一人三五パーセントね。だから実際には、あなたが休職するからといって、状況が大きく変わるわけじゃない……」

　この年はあいにく、祝日の五月一日と八日が土曜日にあたっていたため、プリュダンスは五月一日の前後に数日間余分に休みを取って、ラルモール＝バーデンに行くことにした。

　彼女の妹はなぜかヨットを操縦できた。彼らは長い時間をかけて湾内をめぐり、モワンヌ島の先のアルズ島や、ロクマリアケールの手前に点在する小さな島々まで足を延ばした。プリシラは、長期間カナダに滞在していたあいだに、ビジネスな物腰を身につけていたが、それはフランス人の生活習慣とは対照的なものだった。実際には、そのふるまいはアメリカ合衆国に対して人々が抱いているイメージをむしろ想起させたが、たしかに彼女が暮らしていたのは、ヴァンクーヴァー、つまりはカナダの西海岸であって、シアトルからそう遠くなかった。要するに、人類の未来が、少なくともテクノロジーの未来が――人類にそれ以外の未来があるとしての話だが――、出現するような場所から、そう遠くないところに彼女は暮らしていたのである。彼女は結婚の失敗を起業の失敗のように考えていた。目標が達成されなかったのだから、今回の試みはきっぱりとあきらめて、またゼロからやり直したほうがいい。世界が終わったわけじゃない。ほとんどみんな失敗するんだし、成功を勝ち取るまでに何度も失敗する人だっている。あのドナルド・トランプだって、数多くの失敗を経験している。

姉妹は以前のように本当に理解し合っていたわけではなかったが、文化の違いがさほど関係しない基本的な価値観は共有できていた。たとえば、女性の体をより魅力的に見せるための方法などがそのひとつで、一緒に買い物をしているとき、プリシラは率直に意見を述べた。「素敵なお尻をしているんだから、しっかり見せなくっちゃ」と彼女ははっきりと主張した。「わたしもそんなお尻をしていたら……」と声に出して夢想することもあった。プリュダンスはそんなとき、本当に運命が変わっていたかもしれないと考えたが、たぶんそのとおりだった。今日、かつてないほど、この手のものが運命を左右している。クレオパトラの鼻の現代版のようなもので、それはまさしく運命であり、どうにもならない遺伝的特徴であって、神の意志に匹敵するものだった。彼女はというと、そのことはよくわきまえていたが、自分の見事なお尻に見合うようなことはそれまで何もしてこなかった。プリュダンスが初めてショートパンツを穿いてあらわれたとき、ポールは驚いて、すっかり興奮してしまった。夕食後すぐに寝室に連れて行ってセックスしたが、そのときの興奮はもうずいぶんと長いこと味わったことのないものだった。彼女がこんな大胆なふるまいを人前で繰り返すことはなかったが、奇妙なことにTシャツと水着のパンツの組み合わせは、姪たちの前でも、許容範囲内らしかった。礼儀作法というのは奇妙なものである。二日後には、彼女はためらうことなく普通の水着のパンツをやめてストリングを穿くようになり、寝るときは水着のストリングを脱いで綿のストリングを着けた。ポールが目を覚まして最初にすることのひとつは、彼女を眺めることだった。彼女はうつ伏せに寝ていて、そのお尻を眺めているだけで、たいがいは勃起した。二人は毎朝セックスするようになり、そうはいっても目が覚めてすぐにではなく、頭をはっきりさせるのにコーヒーを何杯か飲む必要があったが、そのあとですぐにまた勃起した。エロチックな面では、二人の関係に特に独創的な点はなく、それは朝の再会の儀式にすぎなかった。しかし、二人は計り知れない喜びを感じていて、プリュダンスは以前よりも明らかに体調が良さそうだった。彼はいまになって〈夫婦の義務〉という奇妙な観念を理解し、それをさほど滑稽なものとは思わなくなっていた。

プリュダンスの父親はというと、日中は窓の前に置かれた肘掛け椅子に坐って、砂浜に打ち寄せる波の満ち引きをただじっと眺めていた。波の動きはこの時期は穏やかで、たまに少し荒れることがあっても、けっして大荒れすることはなかった。湾内の嵐は大海に直接面した海岸に比べるとずいぶんと静かだった。義父の状態はポールの父の状態とは全然違っていて、脳は損傷を受けていなかったから、話そうと思えば話すこともできたが、もはや何も言うことがなかった。彼にとって妻の死は絶対的な終わりを意味していて、それ以上生き続ける理由はなかった。しかし、理由がなくても生きることはできるし、それはごくありふれたことでもある。彼は、波のかすかなざわめきや、娘と孫娘たちの行き来によって周囲に作り出されるざわつきを楽しんでいた——子や孫がみんな女なのは不思議だった。義父は、前回の訪問以来、まったく動いていないように見えた。同じ肘掛け椅子に腰掛けていて、唯一の違いは、本がそばに、右手の小円卓の上に、置かれていることだった。チェーザレ・ベッカリーアの著作『犯罪と刑罰』だった。一瞬、ポールは、こんなものをどうやって読むのだろうと考えたが、実際には読んではおらず、本は来る日も来る日も同じページがひらかれたままで、それはむしろ安心のため、何らかの知的好奇心が脳裏をよぎったときに備えて、置かれているのだった。プリュダンスの父親は裁判官で、最初は小審裁判所判事、次に重罪裁判所判事、最後にヴェルサイユ控訴院院長を務めた。ポールはこうした話をこの滞在中に知った。というか、前にも聞いたことがあったかもしれないが、忘れていた。義父にまともに関心をもったことはこれまで一度もなかった。関心がないのはお互い様で、老人はポールの姿を認め、頭で小さく合図すると、ふたたび風景を眺め始めた。ヴェルサイユで裁判官だった父親、ヴィル＝ダヴレーの本宅、ブルターニュの別荘、サント＝ジュヌヴィエーヴ高校、そして政治学院と国立行政学院。プリュダンスが、無性愛者のヴィーガンになったのも、何ら驚くべきことではなかった。彼女はいま、たぐいまれな努力をして、雌の本能を取り戻そうとしていた。ポールはショートパンツに動揺させられたが、五十間近になってこんなことをする女性はなかなかいない――だいたいこの年齢でそんな思い切ったことのできる女性はほとんどいないだろう。

　父親の世話はとても簡単だと、プリシラは説明した。というのは、自分のことは自分でしていたからだ。一人で起きて、身支度をして、誰の助けも借りずに食事もとれた。じつを言うと、身支度は簡略化していて、退院してからというもの、シャワーも浴びていないし、お風呂にも入っていなかった。食事も、ヨーグルトとビスケット数枚のほかは、ほとんどとっていない。プリシラのアメリカ的な楽天主義とバイタリティーも現実には勝てなかった。父親は死を待っていて、唯一すべきことは、できるだけ優しく彼を見送ることだった。そしてそれがすべてだった。

　パリに帰る前日、天気がとても良かったので、プリュダンスとプリシラは海で泳ぐことができた。

ポールは日の光を浴びているうちに眠り込んでしまった。樅《もみ》の森を貫く道に沿って進んで行くと、巨大な湖の前に出た。今日は自分の誕生日だ。ということは、五月か六月のはずだが、正確な日付は忘れてしまった。いまいるのは、新興国、たぶんカナダで、空気はまだ少しひんやりとしていたが、抜けるような青空だった。湖は果てしなく広がっているように見えた。水は驚くほどの青さで、ターコイズブルーに近く、むしろ南国の海を思わせる色だった。ゆるやかな斜面が、ヒナゲシやマーガレットやキズイセンがまばらに生えた草地を横切って、湖岸へと続いていた。ポールが靴とズボンを脱いで水のなかへと進んで行くと、水は予想どおり冷たかったが、これ以上ないほど澄み切っていて、砂の水底がはっきりと見通せた。楽々と前へ進んで行くと、斜面はごくゆるやかで、岸から数十メートル離れたところでも、水はふくらはぎまでしか届かなかった。歩き始めて五分たって、二百メートルか三百メートルは進んだとき、立ちどまると、水は太ももまで達していた。岸のほうを振り返ると、風景が様変わりしていることに気づいた。青々とした草原は消え失せ、平坦でぬかるんだ地面になっていた。岸のそばには、みすぼらしいダンスホールがあったが、人影はなく、窓ガラスは割れ、壊れたパラソルがぬかるみに散らばっていた。空はどんよりと鉛のような色をしていて、地平線上に見えていた樅の森は霧のなかに姿を消し、湖の水はよどんで褐色がかっていた。湖岸のほうへ戻ると、ポールはバカンス客がいるのを見つけた。庶民階級の人たちだった。湖に沿って続く、きめの細かいべとべとした泥のなかを、彼らはすっかりあきらめ切った表情で、ゆっくりと歩きまわっていた。そのなかの一人が説明してくれた。たしかにひどいバカンスだけど、ものすごく格安だったんだ、と。

　プリュダンスが起こしに来たとき、太陽はモルビアン湾に沈みかけていた。六月にブルターニュの海で泳ぐなんて、めったにできないことだった。今後数年間、彼女と妹はこの話を何回もすることになるだろうと、ポールは思った。彼自身はその日見た夢をなかなか忘れられなかった。モルビアン湾の海水が夜のうちに引いて、ラルモール＝バーデンの別荘が見渡すかぎりの泥の海に臨んでいる夢を、それから数週間のあいだに何度も見た。じつは、海を前にすると、いつも少し恐怖を感じるのだった。

ボージョレ山脈を見ても同じような不安をおぼえることはなかった。次の土曜日、二人はまた車で、サン＝ジョゼフへ向かった。今回、プリュダンスは三日間の休みを取っていて、パリには翌週の水曜の晩まで帰らない予定だった。そのころには、大統領選の第一回投票が間近に迫っているはずだ。エルヴェとセシルは一週間前にアラスに帰ったから、マドレーヌは父親と二人っきりになっていた。彼らは毎日決まった生活をしていて、最期のときまでそれが変わることはなさそうだった。父親は一日の大部分を温室で風景を眺めて過ごしていて、活動的な生活を送っている人は気づかないような日々の微細な変化も、おそらく感じ取っていた。時には、マドレーヌに手伝ってもらって、本を読むこともあった。それらの本には、父がもうほとんど関係を断ってしまった人間の世界が、ありありと描き出されていた。夕方になるとマドレーヌは車椅子を階段用リフトに乗せた。父親はこうして寝室まで行くことができた。父親を持ち上げ、医療用ベッドに寝かせるために、彼女は看護師に手伝ってもらっていたが、この看護師は、一日に二回、朝と晩に、こうした移動の手助けをするために来てくれていた。いざとなれば一人でもできただろうし、ほんのちょっと頑張ればいいだけだったが、看護師はヴィリエ＝モルゴンに住んでいて、ここまで来るのに数分しかかからなかった。夜は医療用ベッドと自分のベッドをくっつけることで、エドゥアールの手を握って眠ることができた。指の動きはますます多彩になり、正確さを増して、いまではほとんどひとつの言語のようだった——ただしそれは、言葉には翻訳できない言語であって、概念よりも感情を表し、分節言語よりも音楽に近かった。

父は幸せだとポールは思った。いずれにしても、自宅に取りつけられた設備一式のおかげで、父は能《あた》うかぎり快適な終末期を送っていた。人生はいつだって多かれ少なかれ終末期であると、彼は考えた。もちろん、マドレーヌは必要不可欠な存在だったし、マドレーヌがいなかったら、何もかもが瞬く間に破綻していただろう。でも、ポールだって、機器の購入に要する資金を必要なときにためらうことなく提供したのだ。要するに、孝行息子であるところを見せたのだが、それは最初から自明のことではなかった。

プリュダンスの父親が波の動きを眺めていたのに対して、彼の父親は風に揺れる木の枝の動きを眺めていた。それはたぶん、人間の原始的な心的表象にそれほど深く根づいていないし、人間の主要な神話にもそれほど強く結びついていない。しかしそれは、より多彩で、より繊細で、より心地よいものだった。ポールはやはり田園風景を活気づける穏やかな動きのほうが好きだった。海よりもやはり湖や川に親しみを感じた。

マドレーヌはいつもほんのちょっとしか口をきかなかった。エドゥアールは、ダイニングルームのテーブルでも車椅子に坐っていたが、彼自身が絶えざる沈黙の源だった。ほとんど誰も口をひらくことなく、食事が終わることもあった。しかしそれはたいしたことではない。それで良かった。

到着の翌日、プリュダンスは台所にこもった。〈半熟卵の赤ワインソースかけ《ウフ・アン・ムーレット》〉をつくろうと決めていたのだ。というか、料理全般を始めるつもりでいた。彼女がこの方面に興味をもったのは、おそらくセシルとの交流を通してだった。セシルは料理に関してはかなりカリスマ的なところがあった。

初めての試みは成功だった。〈半熟卵の赤ワインソースかけ〉は美味しくて食べやすく、口のなかでとろけた。ポールはロースト肉を食べるのに苦労をした。右側の臼歯がかなりぐらついていて、いまにも抜けてしまいそうだった。左側の歯、おそらく小臼歯も、弱ってきているようだった。

「まだ歯が痛いの？」プリュダンスは突然食べるのをやめた。フォークを口へ運ぶ途中だった。

「ああ、今晩はあまり調子が良くない」

「歯医者を予約しないと。もうずっと前から続いているでしょ。パリに戻ったら、電話するの。わかった？」ポールはあきらめた様子でうなずいた。新しい歯科医を探さなければならない。前の歯科医から引退すると告げられた日のことを、ポールはいまだに覚えていた。当時、ブリュノには会っておらず、プリュダンスとの関係はないに等しく、彼はほとんど完全な孤独のなかにいた。老医から仕事を辞めると告げられたとき、極度の悲しみに襲われた。この先、二度と会うことなく二人とも死んでしまうと考えて、泣き崩れそうになった。二人は特に親しかったわけではなく、医師と患者の関係を超えたことも一度としてなかったにもかかわらず。会話らしい会話をした覚えも、歯と関係のない話をした覚えもなかった。自分が耐えられなかったのは、無常そのものであると、彼は不安な気持ちで気づいた。無常とは、この世のものは何であれ、いつか終わるという考えである。彼が耐えられなかったもの、それは生きることの本質的条件のひとつにほかならなかった。

5

日曜の晩、第一回投票の結果発表に合わせておこなわれるパーティーに、ブリュノは二人を招待していた。会場はラ・モット＝ピケ通りの選挙対策本部だった。自分と一緒にいるところを人前で見せないほうがいいと、ポールは指摘した。もう気にすることじゃないと、ブリュノは答えた。あんな記事のことなんてもう誰も覚えていない。でも、ホールのなかをジャーナリストがうろうろしているかもしれないから、もしそのほうがよければ、控え室に直接行くこともできる。

彼らが二十時ちょっと前に着いたとき、ソレーヌ・シニャルはすでに来ていて、アシスタントとラクサネーも一緒だった。こわばった表情で携帯電話をいじっていて、彼らが来たことにもほとんど気づかず、明らかに悪い知らせを受け取っているようだった。サルファティとブリュノは、ホールのなかをまわって、あちらこちらの人たちの肩に手を置き、明らかに衝撃を和らげようと努めていた。その衝撃がどのようなものであろうとも。

実際、二十時に発表された結果はかんばしくなかった。国民連合の候補者は二七パーセント、サルファティは二〇パーセント、環境保護派は一三パーセント――残りの票は左右の既成政党の候補者が分け合っていたが、その無秩序は見事なまでだった。彼らはてんでばらばらに立候補していて、最近の調査が明らかにしたように、大半の有権者は、彼らの名前を挙げることすらできなかった。それでも、トロツキストや動物解放運動家《アニマリスト》をわずかに上回っていて、現在の状況ではほぼ成功に終わったと言えた。しかし、選挙運動の費用の払い戻しに必要な五パーセントという魔法の数字には、誰一人として届いていなかった。

「決選投票の予測は変わらないと思う」とソレーヌ・シニャルはすぐに意見を述べた。「二週間前から五十対五十きっかり、一番いいときで五十一対四十九だった。期待していた結果じゃない。正直、失望してる」そう言いながら、バンジャマン・サルファティの目をまっすぐに見すえた。彼を非難しているのは明らかだった。ブリュノは終始一貫して見事な手腕を発揮し、その仕事ぶりは概して申し分なく、役目を十二分に果たしていた。それに対して、サルファティは討論会で無能ぶりをさらけ出し、まったく的外れな受け答えをすることもあった。この夜、リアリティーショーのスターを取り込むという戦略は、おそらくその限界を露呈しつつあった。

　プリュダンスとラクサネーはビュッフェのほうへ向かったが、そこにはほとんど誰もいなかった。壁一面を覆う巨大モニターには、聴衆が少しずつまばらになっていくのが映っていた。明らかにお祭りの雰囲気ではなかった。ソレーヌ・シニャルは、明朝九時に会議に集まるようにと全員に伝えると、すぐに帰って行った。サルファティも、ブリュノの肩を素早く抱き寄せてから、少しばつが悪そうにそっと立ち去った。ポールは控え室でブリュノとふたたび二人きりになって、ウイスキーのボトルを開けた。ブリュノが黙ったままだったので、しばらくしてから尋ねた。「がっかりした？」

ブリュノは肩をすくめて、それから答えた。「そんなことないよ。でも、国民連合が選ばれたら、残念なことだと思う。フランスにとってね」ポールは驚いて彼を見た。質問をはぐらかそうとしているのか？　いや、そうではない。ブリュノは単に自分の見解を述べただけだとすぐに気づいた。国民連合が選ばれたら、それはフランスにとって残念なことであると、彼は考えている。このような確信はどこから来るのか？　ある種の経済的合理性にもとづく推論からだろうか？　反人種差別、人道主義的な道徳を、生まれつき備えているのだろうか？　あるいはもっと単純に、ブルジョワ出身だから？　そもそも、これらの説明はどれも両立するものであるが、いずれにしても、それが彼の確信であり、この確信に突き動かされて、選挙戦に身を投じたのだった。ブリュノは冷笑家ではなかったし、愚か者のようなところもなかった。大統領には隠された動機があったのではないかと、彼は考え始めていた。大統領は、サルファティのような能なしの立候補に手を貸すことで、国民連合の勝利をお膳立てしようとしたのではないか？　国民連合が政権に就けば、あっという間に大混乱となり、社会と経済は崩壊寸前に陥るだろう。そうすれば、国民は程なくして自分の政権復帰を要求し、五年後の再選は確実なものになると、予想したのではないか。もしかしたら、共和制の合法的範囲を超えるような重大事件が起こって、五年待つ必要さえなくなるかもしれない。反対に、穏健な政府が前政権と似たり寄ったりの政策を続ける場合、要するに、前世紀の評論家らの言う「理性の枠」の外に出ない政府の場合、政権交代への恐怖があらわれて、人心を惑わすかもしれない。そうすると、彼の政権復帰は不確実なものになる。

　こんな展開を思い描くほど、大統領はひねくれた性格なのだろうか？　ブリュノはそう思っているようだった。結局は、彼のほうが大統領をよく知っているし、もう何年も前からつきあいがあるのだ。ということは、ブリュノに理があるのだろうか。他にもブリュノが言っていないことがあった。まだはっきりとは述べていなかったが、言葉のはしばしからそれは読み取れた。この選挙戦を通じて、彼は演説家の才能を開花させ、それに磨きをかけ、群衆の前で話し、笑いや悲しみや怒りといった反応を引き起こすことに、ますます大きな喜びを感じるようになっていた。一度、ストラスブールに行ったとき、何千もの人々に「ラ・マルセイエーズ」を合唱させたことがあった。これには、彼自身をはじめとして、誰もが驚いた。おそらくただ一人、これを予想していたのは、大統領だった。大統領は切れ者で、どれほど容赦のない中傷者であっても彼に知性で対抗しようとはしなかったが、それに加えて、人の使い方を心得ていた。人々の欠点もその未開拓の潜在的能力も、直感的に見て取ることができた。サルファティにも即座に正しい評価を下した。この男は道化師にすぎず、権力の見掛けの華やかさがあれば、それで満足すると考えたのだ。ブリュノの変化も予想していたに違いない。少しずつ自信をつけることで、こんどは彼自身が最高官職に就くことを考えるようになるだろう、と。大統領が恐れていたのは、サルファティの野心ではなく、間違いなくブリュノの野心だった。大統領職のこれほど近くにいながら、それに魅惑され、この職を渇望し、それを人生の最終目標にすることがないなどとは、大統領には想像できなかった——それが彼の推論の唯一の限界であり、死角だった。彼自身、大統領職に酔いしれていたから、そうならない者がいるとは思いもよらなかった。ほぼすべての人間と同じように、少なくともほぼすべての男性と同じように——女性は歴史的に異なっていた、だんだんそうなくなってきているとはいえ——、ブリュノのケースについて、大統領の予想は正しかったと、ポールはあきらめたような気持ちで思った。

プリュダンスとラクサネーがビュッフェから戻って来たが、二人はすっかり意気投合した様子だった。不思議なのは、プリュダンスがラクサネーを見て、相手は同等の立場の女性で、自分と対称的なポジションにいると、すぐに見抜いたことだった。ブリュノは彼女との関係についてまだ何も言っていなかったが、プリュダンスにしてみればそんなことは最初からわかりきっていた。女性たちがどうやってこんなにも早くこの種の結論に達するのかを知るのは難しい。これはたぶん、におい分子になって大気中に拡散していくフェロモンの問題である。おそらく、鼻腔を通じて、すべてやりとりされていたのだろう。二人が帰る前、ブリュノはポールにまた来ることを約束させた。今後二週間が勝負だ。まあ、これからはおもにサルファティが嵐のなかに飛び込むわけだが、彼自身もたびたび必要とされるだろうから、ポールが会いに来てくれたら嬉しい。「君がいなくて寂しかったよ……」彼は出口で言った。ポールはそのとき、この数年とても親しくしていたにもかかわらず、ブリュノが一度も家に来たことがないことに気づいた。翌週、彼をディナーに招待した。ブリュノはアパルトマンを気に入ると、ポールは確信していた。ブリュノの妻はまったくのスノビスムから、彼の大臣任命のあとも、サン゠ジェルマン街の中心に住み続けることに固執した。べらぼうに高い値段で借りていた、サン゠ペール通りの小さな2LDKのアパルトマンを、ブリュノはけっして好きになれなかった。妻と別れるのは避けられないと思われたとき、彼はほっとした気持ちで省内にある公用アパルトマンに住むことを決めたのだった。それでもやはり、職場に住んで、いっさいの距離をなくしてしまうのは、極端なやり方で、女性にはたいてい嫌がられる。庁舎から歩いて十五分という、ポールとプリュダンスが選んだやり方は、見事な妥協策だった。

ブリュノは「同伴者がいる」と前もって知らせてきたが、それがたぶん私的な打ち明け話に関して彼にできるぎりぎりの線だった。もちろん、ラクサネーがやって来たのを見て、二人は少しも驚かなかった。ラクサネー自身も全然気まずそうな様子ではなかった。彼女がすぐアパルトマンにあからさまな関心を示したので、ブリュダンスは案内を申し出た。その間、ポールはブリュノに飲み物を出した。案内は詳細かつ専門的で、三十分以上続いた。女性二人が生活空間に戻って来たとき、太陽はベルシー公園に沈もうとしているところだった。「素晴らしい……。本当に素晴らしい……」そう小声で言うことしかラクサネーにはできなかった。

決戦投票は十日後に迫っていて、その話題を避けるのはほぼ不可能だった。ポールも避けようとしなかったし、いずれにせよ選挙には関心があった。テレビのハードディスクに討論番組を約十時間も録画していたが、見る時間を取れずにいた。ブリュダンスが食事の用意をしているあいだ――彼女は本当に料理を好きになり始めていた――、そのうちのひとつを再生してみると、サルファティが左派の誰かと討論していて、ポールはこの男を知っていたが、どういう人物かまではわからなかった。たぶん、不服従の誰か、割と有名な不服従だった。[*1]ブリュノは早々に番組に興味を失い、残りの時間、シャンパンを一人で三杯飲んだ。一方、ラクサネーは職業的な反応をすぐに取り戻し、リモコン片手に、スローモーションと一時停止を駆使して、サルファティのボディランゲージがこうまで見事なわけを、ポールに明快に説明した。サルファティは共感や嘲りや怒りを表明するたびに、表情や上体の傾斜、手の位置などで強調していて、それはどれも明確であると同時に、説得的で適切だった。長年の訓練の成果であることは明らかだった。「ベンの問題は、包装ではなく、中身ね」と容赦なくまとめると、彼女は停止ボタンを押した。彼らはすぐにテーブルに移った。

それは違う、とラクサネーはポールの質問に答えた。選挙結果にソレーヌ・シニャルが抱いていた不安は見せかけではない。国民連合の勝利は考えられないが、五十年前からそれは考えられないと思われてきたし、考えられないことが起こることもある。支配階級と国民との隔たりは、地方の小都市ではこれまでになく広がっている。ソレーヌの考えでは、近年の社会運動はささやかな始まりにすぎない。その上、ヨーロッパでは、人種間の嫌悪は前代未聞の水準に達していて、状況が改善する気配もない。ソレーヌは、メディアエリートの内輪の世界にどっぷり浸かった、情報通のパリジェンヌにすぎないという印象を与えるが、家族を通して庶民階層とも接点を保っている。その彼女が現在の状況は本当に憂慮すべきだと考えているのだ。それに最近、世論調査に答える人たちは、調査員に対して新しい嘘のつき方を見つけた。彼らはこれといった意見がなく迷っていると回答する。しかし、実際には意見をもっていて、しかもその意見ははっきり定まっている。だからと言って、嘘をついているつもりはない。誰だって迷っているではないか？　少なくとも時々は。

「この蒸し煮、クローブの香りが強すぎると思わない？」プリュダンスが尋ねた。ポールは怪訝な目を向けた。彼女がこういった話題に無関心であることにはいつも少し驚かされた。しかし、実際のところ、プリュダンスが何らかの政治的意見を述べるのをいままで聞いたことがあっただろうか？　事実を受け入れなければならない。彼女はそんなことはどうでもいいと思っているのだ。クローブに関しては、ラクサネーがよく知っていて、プリュダンスを安心させた。クローブは扱いが難しいが、いまの場合は、十分に香りはするけど、香りが強すぎることはなく、彼女の考えではちょうど良かった。次にブリュノが賛辞を述べ、それは心からのものに違いなかったが、美食につい

＊1　「不服従のフランス」は急進左派の政党。

ての彼の経験はせいぜい〈四種チーズのピザ〉どまりだった。この長期の選挙戦も彼にとってはほとんど終わったようなものだった。あとはサルファティが一人で、最後まで最前線で戦い続けるだろう。投票三日前に大規模集会がひとつだけある。実際にはそれが選挙戦の最後の集会で、閣僚も多く参加する予定だ。ブリュノの演説はサルファティの演説と並んで最も長く、二人とも二十五分を予定していた。でも、大丈夫だろう。すっかり慣れてきたところだから。「それから……　全部うまくいったら、自分の仕事に戻れるからね」彼は奇妙な笑みをうっすらと恥ずかしそうに浮かべたが、ラクサネーと目が合うと、二人ともどぎまぎと顔を逸らした。この瞬間、彼らは同じことを考えたのだ。たしかに、彼は仕事に戻るが、何か新しいものが二人の人生には兆していた。二人の文化的な違いがどれほどのものであれ、彼らは、とても古く、とても奇妙な、ある信仰を共有していた。その信仰は、あらゆる文明が崩壊し、ほとんどあらゆる信仰の消滅したあとも、生き延びたものである。幸運に恵まれたとき、運命の贈り物を思いがけず受け取ったとき、大事なのは黙っていること、そして何よりも自慢しないこと。さもないと、神々が嫉妬して、罰を下すかもしれない。二人はしばらく何も話さずにうつむいていたが、やがてラクサネーがブリュノのほうへ顔を上げた。彼女がこんなにも鮮やかな緑色の目をしていることに、ポールは初めて気づいた。それはまじりけのないエメラルドグリーンで、その鮮やかさは恐ろしいほどだった。ブリュノはゆっくりと顔を上げて、彼女の目をまっすぐに見つめた。誰も動かなかった。プリュダンスははっと息を呑んだ。数秒間、テーブルは水を打ったように静まり返った。

6

セシルとエルヴェはパリに一度も来たことがなかった。二人が来たときのために、ポールは観光の予定をあらかじめ立てておいたが、それは田舎から出てきた家族にお誂え向きの典型的な内容だった。バトー＝ムーシュ、美術館見学、サン＝ルイ島のレストランでの夕食、等々。金曜日の午後、彼らが到着する数時間前になってようやく、エルヴェもセシルもパリで学生時代を過ごしていたことを思い出した。二人が出会ったのもパリだった。そもそもセシルは自分と同じく子供時代の大部分をパリで過ごしていた。どうしてそんなことまで忘れてしまったのだろう？　彼にとって、自分以外の人間は、ときおり意識に上るだけの、幽霊のような、影の薄い存在でしかないのだろうか？　オーレリアンの場合はおそらくそうだった。しかし、セシルに関しては少し心が痛んだ。じつを言うと、思い出すのに苦労していたのは、他の人間だけではなかった。子供のときに通っていた、小学校、中学校、高校があったはずである。しかしすっかり忘れてしまった。当時住んでいたパリのアパルトマンについても、まるで一九四〇年代の白黒映画から出てきたような、ぼんやりとしてつかみどころのない映像しか、思い浮かべることができなかった。彼の思い出、子供のころの本当の思い出はどれも、彼をサン＝ジョゼフの家へと連れ戻した。

たしかに、セシルと一緒にいると、彼女がパリにいたことはすぐに忘れてしまう。妹に会う人はみな、彼女は地方出身、より正確には北フランス出身であると、すぐに思い込む。この地方の人々は愛想のいい温かな性格で知られている。しかしそれにしても、妹は並々ならぬ適応力を見せていた。

ノール県とパ＝ド＝カレ県のあらゆる人たちがそうするように、エルヴェとセシルも自分たちの地方を必死になって擁護した。ここの住民のよく知られた温かい人柄だけではなく、この地方の美しさも、二人は引き合いに出した。実際、この地方には、いにしえの繁栄を伝える壮麗な建物が残されていて、アラスの場合、その繁栄はおもに毛織物産業によるものだった。二人が住んでいる街には、バロック様式の豪華な広場が二つあった。そのうち、鐘楼がそびえているほうの広場は、ユネスコの世界遺産にも登録されていた。フランスで歴史的建造物の密度が最も高いのはこの街である――このことは観光客をいつも驚かせた。同時に彼らは、この地方を蝕む貧困や失業、健康被害をもたらすほどの不衛生について、話すのを忘れなかった。ノール・パ＝ド＝カレの大半の住民にとってそうであるように、二人にとっても、この対立はあまりにも著しく、認識が分裂しているのではないかと時に思われるほどだった。しかしながら、これを統合失調症と呼ぶことはできない。というのは、二つの側面は、真実を等しく含んでいるからである。この場合、統合失調症なのは現実のほうだった。

同じように少し統合失調症のようであったのは、妹夫婦とポールの政界での活動との関係だった。

彼が政府や国家機関の中枢にいる人々とつきあいがあるのを二人が知らないはずはなかった――政府といっても、元の政府のことだが、また政権に就くのはほぼ間違いなかった。彼らは政府の方針に全面的に反対していた。しかしそんなことはどうでもよかったのである。

　エルヴェはニコラにたびたび会っていた。この男の拳銃好きには少し心配させられることもあったが、実際には彼がいなかったら、ブリアンとは出会っていなかったし、自分たちだけで行動することはできなかっただろうから、エドゥアールはいまごろ死んでいただろう。しかし、政治活動にふたたび身を投ずるつもりはなかった。保険の仲介という新しい仕事を気に入っていた。法的な観点からすれば、保険はたいてい義務的な出費であるが、彼の顧客である貧しい人たちにとって――非常に貧しい人たちもいた――、保険は時として家計を甚だしく圧迫するものだった。彼は、保証の迷路で顧客たちのガイドを務め、保険会社にぼられないように手助けすることに、喜びを感じていた。保険会社の貪食さと臆面のなさには、概して限度というものがなかったから。要するに、公証人の仕事をしていたときと同じように、いまの仕事にも全力で取り組んでいた。彼の人生は構造と軸をふたたび見出したのだった――それもまた、ニコラのおかげだった。

　ブリュノもエルヴェも、真面目で働き者であり、国を愛していたが、対立する政治陣営に属していた。このような考察が無駄であることはポールもわかっていた。いままで何十回も同じようなことを考えたことがあったが、何か意味のある結論にたどりつけたためしがなかった。しかし、二人の状況は完全に対称的なものには見えなかった。彼はブリュノと同じ政治的立場で、二回の投票ともサルファティに票を投じるつもりでいた。しかし、それは自分で選んだわけではなく、世間一般の意見に芸もなく与《くみ》しているだけだと、自覚していた。しかし、このような選択の仕方はバカげたものではない。多数派の選択が最良の選択であることもある。一般に、道路沿いのレストランでは、本日のおすすめを選んだほうがいいのと同じで、熱くなって議論し合うほどの価値もない。この週末のあいだ、彼らが政治の話に熱くなることはなかった。それでも、政治の話をすることはした。ポールは一般人には入手不能な情報にも通じていると、エルヴェとセシルは思っており、当然、それを知りたがった。ポールは、そんなことはない、自分はいかなる秘密も握っていないと思ったが、実際には二人が考えているとおりであると、思いがけず気づいた。たとえば、大統領が五年後に再出馬しようとしていて、サルファティはそれまでのつなぎにすぎないのは、彼にとってはわかりきったことだった。だが、このことはまだ公にはされていない。

　日曜の朝、彼らはアンヌ＝リーズに会いに行くことにしていた。二人はすっかり満足した様子で帰ってきた。彼女は植物園の近くの瀟洒なワンルームを趣味よくしつらえて住んでいた。一か月以内に博士論文の口頭審査を受ける予定で、新学期には助手の職に就けそうだった。要するに、彼女は何とかうまくやっていて、二人が心配しなければならない理由は何もなかった。たしかに、あの娘は、驚くべき知性と合理性で人生を歩んでいると、ポールは思った。長い目で見れば、合理性と幸福が両立するとは思わなかったし、合理性はどのみち絶望に至ると、彼はほとんど確信さえしていた。しかし、アンヌ＝リーズはまだ、生きるために選択を迫られたり、もしそれができるなら、理性に別れを告げるように強いられたりする年齢には、程遠かった。

　エルヴェとセシルを北駅まで見送りながら、結局、妹との関係は、父親との関係と同じ種類のものだと、ポールは思った。盤石ではあるが、膠着した関係。何物も二人の関係を断つことはできない。しかし、何物をもってしても、この関係が一定の親密さの度合いを超えるようにすることはできなかった。そうした意味では夫婦の関係とはまったく逆だった。家族と夫婦、かろうじて残存しているこの二つの存在を中心にして、二十一世紀前半を生きる最後の西洋人の人生は展開している。他の方式が検討されたこともあったが、無駄に終わった。伝統的な方式がうまくいかなくなっていると見抜けた人たちも、新しい方式を構想するには至らなかった。したがって、彼らの歴史的な役割には何の価値もなかった。自由主義の臆見《ドクサ》はこの問題に気づかないふりをしてきた。利潤の誘惑が他のすべての人間的な動機に取って代わることができる、それさえあれば複雑な社会構造の維持に必要な精神的エネルギーをつくりだすことができると、無邪気にも信じ込んでいたのである。明らかにそれは間違っていた。システム全体が崩壊し、底無しの虚脱状態に陥ろうとしていることは、ポールには明らかに思えた。いついかなる形でかはいまのところ予想がつかなかったが——その日は近くに迫っていて、暴力的な方法が取られるかもしれない。ポールはそんなわけで奇妙な立場に置かれていた。社会システムの維持のために、根気よく身を粉にしてまで働いていたが、この社会システムはすでに死を宣告されていて、たぶんもう長くはもたないと、知っていたのである。しかし、こういった考えによって睡眠を妨げられることはなく、そうこう考えているうちに頭が疲れてしまって、そこからまっすぐ眠りへと達した。

　驚くべきことに、ネオ・ゴシック様式の聖堂の内部に、カロリング朝の本物の墓所が隠されていて、猛犬がその見張りをしていた。この聖堂は、十九世紀に建てられた聖堂のように非常に醜悪で、たぶんパリ七区のサント＝クロチルド聖堂だった。ポールはそこである使命を果たすことになっていたが、神に選ばれた者でないと犬に食い殺されるとわかっていた。教会から出てくる人たちはその問題について相反する意見を述べていた。一人目は、主席司祭の服装をしていたが、犬は厳格で頑固であると力説していた。二人目は浮浪者の格好をしていたが、彼によれば、実際には犬は人間などほとんど食べないのだという。しかし、不思議なことに、二人とも同じ考えを述べていた。

　おそらくサント＝クロチルド聖堂である教会にいざ入ってみると、ポールは難なく墓所の入口を見つけ出した。巨大で物静かな犬たちは、彼が通るのを不審げに見ていたが、微動だにしなかった。懐中電灯で壁を照らすと、一九七〇年代のSFを思わせる幾何学模様の装飾が見えた。上方の岩棚には壁龕《へきがん》があって、保存状態の悪いミイラが収められていた。使命を果たすには、壁をよじ登って岩棚まで行く必要があると、ポールはそのとき理解した。登っている最中、危険を感じたが、消防用の梯子の端に何とかしがみついた。梯子は自由自在に動いて、すぐに空中へと広がり、ポールは狭い平屋根の上にいた。そこは、道路から四十メートルの高さで、工事の足場に通じていた。彼のあとに、七歳の子供が、肉切り包丁を片手に、梯子を素早く上って来た。ポールに追いつくと、尻にナイフを突き立てた。血が大量に流れたが、ポールは何とかナイフを抜くことができた。子供は反撃を恐れて、すぐに梯子を何段か下りたが、ポールは四十メートル下の道路にナイフを投げ捨てた。すると、子供はしゃがみ込んで、彼を蔑むような目でじっと見ていたが、そこへ山高帽をかぶった三十歳前後の二人の男が、子供を押し退けて、梯子を全速力で上ってきた。ポールの高さまで来ると、二人は演出家と俳優であると自己紹介した。その少しあとに、彼らと瓜二つの男たちが工事の足場からやって来て、平屋根の上に全員集まったが、そこは思っていたよりも広かった。それから、四人の男たちはにぎやかにおしゃべりを始めた。ポールの存在はどうやら忘れてしまったようだった。仕込みのカミソリなど物騒な武器を、無邪気に目を輝かせながら見せ合っていた。

下の通りは、実は大通りで、人でごった返していたが、そこを城塞のかたちをした車が通行していた。城塞の塔の上では、何人もの男たちが、カミソリのように鋭利で長く頑丈な金属線を、道幅いっぱいに伸ばしていた。金属線はやすやすと、大通りを行き交う通行人の胴体を切断し、車の通ったあとに死体の山を残していった。平屋根の上でポールのそばにいた男の一人が、「肉屋のサミー」と無邪気に感嘆の声を上げた。まるでその名を唱えれば身の安全が保証されるかのように。その点、彼は間違っていた。というのは、金属線は城塞車から上方にも伸びて来て、彼らの身にも危険が迫っていたからだ。すぐに、男たちの会話は、哲学的、さらには神学的な様相を呈した。城塞車の乗組員たちは、肉屋のサミーとは何の関係もない。肉屋のサミーは、証明可能な根拠をいっさい欠いた民間の迷信にすぎない。彼らはある合理的な宗教の信奉者である。この宗教は、生物を構成する要素を散乱させることによって、新しい構造を作り出すことを目的としていて、その唯一の秘跡は殺人である。会話の最中に、サイレンが等間隔で鳴っていた。それはたぶん、消防車を呼ぶための合図で、消防車が来ればすぐに、彼らは危険から逃れることができるだろう。

携帯電話の着信音でポールは目を覚ました。階下に置いたままにしていたので、音がかすかにしか聞こえなかった。どれくらい前から鳴っていたのだろう？　プリュダンスは隣でぐっすりと眠っていた。

「ポールか？」電話を取るとすぐにブリュノが言った。「すまない。朝の五時だってことはわかってる」

「何かあったんでしょう？」

「ああ。選挙戦は中断することになると思う」

ブリュノは数秒してから続けた。新しいテロがあって、インターネットに新しいメッセージが投稿された。メッセージがあらわれたのはおそらく午前四時ごろ。今回、奴らはあちこちにばらまいていて、動画はそこらじゅうにある。三十分後にはニュース専門局にも流れるだろう。

「でも、そんなに深刻なことですか？」ポールは驚いて言った。「少なくともこれで四回目のテロじゃないですか」

「三回目だ。インターネット上のメッセージをともなうものだけを数えればね」

「わかりました、三回目ですね。それでも、新鮮味は少し薄れてきてます」

「ああ。ただ、今回は死者が五百人いるんだ」

7

〈革命家は、自分自身に厳しいのと同じように、他の人々にも厳しくなければならない。家族、友情、愛情、感謝、名誉といった、愛情深く軟弱な感情はすべて、彼のなかでは、革命への唯一にして冷徹な情熱によって抑えられなければならない。彼には、ただ一つの悦び、ただ一つの慰め、報酬、満足があるだけである。それは革命の勝利である〉

（セルゲイ・ネチャーエフ『革命家の教理問答書』）

数年前から、ヨーロッパへ向かうアフリカの移民を乗せた平底船は、シチリア島へ行くのをあきらめていた。イタリア海軍の船によって島への接岸が不可能になっていたからである。密航業者は、オラン周辺で、アルジェリアのイスラム過激派が支配する区域に集まり、スペインの沿岸部、アルメリアとカルタヘナのあいだをめざしていた。スペイン政府は、何回かの政権交代を経てふたたび社会党政権になっていたが、移民たちを温かく迎え入れた。というのは、そのほとんどがフランス語話者であり、できるだけ早く国境を越えることを目的としていたからである——ピレネー山脈にはフランスに入る道がいくつもあって、そのひとつひとつを監視することは不可能だった。陰気でどっしりとしたこれらの山々は、どんな大規模な軍事侵攻でも食い止めることができたが、不法侵入に対しては昔から無力だった。移民らにとって、唯一の脅威は、行政当局ではなく、野球バットとナイフで武装した地元の自警団だった——野営地を一人抜け出したアフリカ人が、喉を掻き切られたり、殴り殺されたりするのは、珍しいことではなかった。警察は犯人探しにろくにやる気を見せなかったし、スペインのメディアも事件をほとんど取り上げなかった。それはいわば、風習と化していた。

　魚雷の攻撃を受けた船は北東へと大きく流され、バレアレス諸島の沖合で沈没した。より正確には、イビサ島とフォルメンテーラ島のあいだの狭い水路から、東へ約三十海里のところだった。密航業者が使用していたぼろぼろの平底船は、最新のコンテナ船とは似ても似つかない。この船を破壊するには低威力の魚雷を海面近くで発射するだけで十分だった——並のロケットランチャーでも目的を果たせただろう。船は衝撃で二つに割れて、ほとんどすぐに沈み始め、乗客の大半は——五百人はおおよその数字でしかなかった——最初の数分で死んだ。

　インターネットに投稿された動画は——魚雷を発射した船の前方におそらく二台のカメラがあって、一台はロングショット、もう一台はアップで撮影していた——、最初の衝撃のときに一命を取り留めた百名ばかりの生存者が溺れ死んでいくさまをとらえていた。撮影方法は妙に中立的だった。これらの男女の一人一人の死を長々と撮ることはなかったが——子供たちに関してはほとんどすぐにいなくなっていた——、かといって軽く扱っているわけでもなかった。ときおり、遭難者が一人また一人と、彼らを撮影している船に近づいてくることがあった。彼らは助けを求めていたわけではない。いかなる呼び声も聞こえなかったし、動画の音声には船体にあたる波の陰気で単調な音しか収められていなかった。彼らは黙ったまま手を伸ばした。すると、機銃掃射が始まったが、それはむしろ船に近寄らせないようにするためだった――しかし、時には弾が当たって、彼らの運命にけりをつけることもあった。

映像は全部で四十分強あったが――泳ぐ人々のあいだを移動する船から、それぞれの死の瞬間が順繰りにとらえられ、最後の一人が水中に沈むところで終わっていた――、これを最後まで見たネットユーザーはおそらくほとんどいないだろう。アフリカの移民の死をいくら見ても飽きないという人を除けば。

これらの映像が世界に与える衝撃は相当なものだろうと、ポールは直ちに理解した。ブリュノの話に誇張はなかった。寝室に戻ると、プリュダンスが目を覚ましかけているようだったので、事件を要約して説明した。彼女はこれといった反応を見せず、弱々しくまばたきしてから、羽根布団のなかで体を丸めて、ふたたび眠り込んだ。たぶん、話を聞いていなかった。

マルタン＝ルノーは、午前六時にオフィスに着いたが、部下にできるかぎり早く出勤するようにと連絡し、大臣の叱責を電話で聞くこと以外には、何もすることがなかった。それに、大臣には何も申しひらきすることがなかった。彼の仕事はいかなる成果も上げておらず、調査を開始して八か月もたつのに、何の手掛かりも確かな証拠も得られていなかった。自らの弁護のためにひとつだけ言えるのは、世界中の他の秘密情報機関も、それ以上の成果を得られていないということだった。

ドゥトルモンは、寝ぼけ眼で、髪はぼさぼさ、ひげは剃っておらず、見るからに大急ぎで着替えてきたようだった。それに今回はすっかり動揺している様子だった。動画はいままで見たことのない速さと勢いでインターネット上に広まり、世界中の通信を一時麻痺させることに成功した。連中が使用していたのは、彼もまったく知らない方法だった。こんなことは前代未聞で、訳が分からなかった。

イデオロギーの観点から見ても、この状況はやはり理解不能であると、マルタン＝ルノーには思えた。コンテナ船へのテロでは極左グループが疑われた。彼らがあのような技術的な手段をもっているとしたら驚きだったが、不可能なことではなかった。二つ目のテロ、精子バンクに対するテロではカトリック原理主義者に嫌疑が向けられた。つまり、兵器の調達方法については、皆目わからなくなった。だがこんどは、誰を疑えばいい？　誰もが憤りの声を上げるだろう。白人至上主義者か？　靴紐も満足に結べないクズの三人組が、世界的な反響を呼ぶテロを企てて、十五分近くものあいだ、インターネットを麻痺させたとでもいうのか？　そんなことはありえなかった。

シトボン＝ノジエールもそこにいたが、ドゥトルモンとは対照的に、元気いっぱい、生気はつらつとして、例によってスーツは一分の隙もなかった。同僚たちのように、悲観的にはなっていなかった。彼は説明を始めた。ノルウェーの極右の殺人犯アンネシュ・ベーリング・ブレイビクの声明書『二〇八三』には、カジンスキーの著作からの長い引用がある。エコロジーとファシズムが結びついた運動があって、それによれば、人類も他の社会的な生物も、生まれながらに敵対する部族から構成されており、縄張り争いのために絶えず交戦している。このような考え方は、二十世紀中葉のフランスの知識人マキシミーヌ・ポルタスがすでに抱いていたものである。セオドア・カジンスキーと同じく、マキシミーヌ・ポルタスも数学を学んで、その知識を十分に身につけていた。博士論文はゴットロープ・フレーゲとバートランド・ラッセルの研究にもとづいている。ヒンドゥー教に改宗して、バラモンと結婚し、サヴィトリ・デヴィと名乗ったが、この名前は「太陽の女神」を意味していた。ヒトラーの熱烈な崇拝者で、彼女の著作はディープエコロジーの主張を先取りしている。

シトボン＝ノジエールは生き生きとした調子で続けた。エコファシズムの見地に立てば、最後の二つのテロが標的としているのは、完全に相補的なものである。人工生殖と移民、この二つは出生率低下への対抗策として現代社会で用いられているものだ。日本や韓国のような進んだ国々は人工生殖に向かっているが、西欧諸国のような技術力で劣る国は移民に頼っている。いずれにしても、資本主義の要請する目的が実現される。つまり、緩慢ではあるが持続的な世界人口の増加によって、成長目標を達成し、投資に見合う収益を確保できるようにするのである。唯一、サヴィトリ・デヴィのようなエコファシズムの思想、あるいはまた、カジンスキーのようにはっきりと反成長主義的で原始主義的な思想、そもそもこの二つの統合も考えられるわけだが、このような思想だけが、対案を提示している。他方で、これらの運動はニヒリズムに近いものであると考えることもできる。というのは、彼らは何よりもまず混沌《カオス》をつくり出すことを目的としていて、そこから生じる世界はより良いものであると、確信しているからだ。ニヒリストの連中は、本物の闘士を単なるシンパから区別するために、ある時点で、誰からも激しい非難を浴びるような、本当にショッキングな行動を起こす必要がある――たとえば子供の殺害とかね。

「正直、わたしには信じられない」とマルタン＝ルノーは反論したが、まだよく目が覚めていない様子だった。シトボン＝ノジエールはニヒリストの専門家だから、至るところにニヒリストがいると考える傾向があるのは当然だった。高等師範学校の卒業生を雇ったのは間違いだったんじゃないかと、じつは思い始めていた。

「論理的に筋は通っている」と彼は認めた。「だが、そんなやつが世界に何人いるわけ？　十人？　二十人？」

「現在、必ずしも多人数は必要としない」とシトボン＝ノジエールは答えた。「インターネットがあれば、有能で肝の据わった一握りの人間だけで、大きな成果を上げることができる。ブレイビクは単独犯だったが、ウトヤ島のテロは世界に衝撃を与えた。今日、かつてないほど、知能と知識が力をもっている。まさにああいう超少数派のイデオロギーこそ、優れた知性を引きつける可能性をもっているんだ。ちょっと想像してみてほしい。カジンスキーのような人物が、今日、つまり三十年後に、存在したらどうなるか。カジンスキーが数学の才能に恵まれていたのと同じくらい、この人物が情報科学の才能に恵まれているとしたら、たった独りで甚大な被害を引き起こすことができる。たしかに、資金調達が必要なテロもある。でもそれを見つけるのは不可能じゃない。たとえば、デンマークの精子バンクへのテロは、人間の生殖を研究するあらゆるバイオテクノロジーの企業に、甚大な損害をもたらした。ある特定の市場で、思惑売りをするのは、思惑買いをするのと同じくらい、時にはそれよりも多く、利益をもたらす。古典的な投資戦略さ。デンマーク企業の株をタイミングよく売った連中は、相当な大金を稼いだに違いない。こういうのに誘惑される人もいる」

　マルタン＝ルノーは、いまや完全に目を覚まして、不安そうな目を向けた。バイオテクノロジーはそれなりのものだ。だが、中国の対外貿易の下落に賭けた連中は、莫大な富を得たに違いない。

仕事柄、彼が会ったことのある金融関係者のなかには、こうした取引を仕組むのに何のためらいも感じないような者もいた。部下が正しいとすれば、将来の危険は彼らの想像の域をはるかに超えたものだった。

「要するに、僕の考えでは、両者はこんなふうにつながっている」とシトボン＝ノジエールは話を続けた。「混沌《カオス》の発生を企図し、それを実現させる技術的なノウハウをもっている者と、そこに利益を見出し、作戦準備のための資金を提供できる者が、一時的に手を結ぶんだ。おまけに、システムの機能を攪乱するのはますます容易になってきている。たとえば、コンテナ船の運航は、入港時を除いて、近いうちに人間の乗組員は不要になるだろう。どっちみち、大型船は慣性が大きすぎて、人間の乗組員がいたところで衝突を回避することはできないけどね。人工衛星による誘導システムのほうが効果的だし、はるかに経済的だよ。このようなシステムが使われるようになると、ハッキングが可能になる」

彼は黙った。二人はこうした展望にしばし思いをめぐらせた。マルタン＝ルノーは、窓の向こうに広がる金属とガラスでできた未来的な風景を、怯えるようにじっと眺めていた。そして、部下の言うとおりだと思った。攻撃手段は防御手段よりもずっと早く進化している。世界の秩序と安全を保障するのはますます難しくなりそうだった。

ポールが午前七時にオフィスに着いたとき、ブリュノは、内務大臣、首相、大統領とすでに電話で会談を済ませたところだった。彼らは彼らで、外国の同等の地位の者と会談をしていた。大雑把に言うと、沈没した地点からそう遠くないところで、世界的な式典を開催するということに話は向かっている。「少なくとも海の真ん中だから、あの鬱陶しいロウソクは見なくてすむだろう……」ブリュノは苛立たしげに言った。ポールはこの発言に驚いた。彼自身、イスラム主義者によるテロのとき、ロウソクの滴り、風船、詩、「僕は君たちを憎まない」などなどに、うんざりさせられていたからだ。彼の考えでは、イスラム過激派を憎み、連中を片っ端から撃ち殺すことを望み、必要とあらばそれに手を貸すのは、当然だった。ともかく、復讐を願うのはまったく適切な反応であると、彼には思えたのである。当時、ブリュノとはまだ知り合っていなかったし、ブリュノも閣僚ではなかった。それ以降もこのことについて議論する機会は一度もなかったから、愚かな気休めがひけらかされるのを、彼もまた耐えがたく感じていたことを知らなかった。

「要するに」とブリュノは続けた。「薔薇《ばら》の花を空から投下するという話になっている。巨大な薔薇の花環にブイをつけてね。ヘリコプターで簡単にできるよ。大統領府がすでに見積書も用意している。開催にあたっては、国家元首が臨席することになっていて、百五十人、まあ少なくとも百人は集められると、踏んでいる。アメリカ合衆国、中国、インド、ロシアなど、超大国も来るし、その他にもちろんローマ教皇も来るけど、教皇は興奮しちゃって、五分もしないうちに電話をかけ直してきたよ。でも、全員乗せるには空母が必要だろ。テレビが映像を撮れるように、海の真ん中で十分な広さの平面を確保するには、空母しか選択肢はない。それでね、フランスは空母を現地にすぐ派遣できる唯一の国なんだ。トゥーロンに停泊中の空母が一隻あって、〈ジャック・シラク〉のことだけど、明日にはもうあっちに着いているだろう。要するに、大統領は国際的な名声を高めることになるだろうね。一週間後に退任しないといけないってときにだよ。本当に見事にやってのけたもんさ。ソレーヌ・シニャルとも連絡がついた。十時にやって来るけど、すっかり感激してたよ。

世界的なすごい宣伝になるってね」

「薔薇の投下のあとは、歌手の出番だ。舞台はやはり空母の甲板の上だけど、やはりかなりの数、国家元首と同じく百人程度、呼ぼうって話になっている。ラップ、クラシック、ハードロック、洋楽ポップなど、あらゆるジャンルを合わせてね。音楽に関しては、『歓喜の歌』も考えていて、たしかにこれはぴったりだよ。『すべての人々は兄弟になる《アッレ・メンシエン・ヴェルデン・ブリューデル》＊1』って、まあそんな気分だからね。要するに、あいつらは今朝の六時から猛烈に働いているんだ」

「それで選挙戦は？」

「そのことについては……」ブリュノはバカにするように、にっこりと笑った。「わたしがこれまで理解した範囲では、いまはその話題に触れるべきではないようだ。それがソレーヌが電話で言っていたほぼ唯一のことだけど、こうもつけ加えていた。『何もしゃべっちゃダメ。インタビューも声明もなし。すぐに行くから、とにかく黙ってて』って」

　実際、ソレーヌは数分後にやって来た。予定よりもだいぶ早かったが、疲れ切った様子だった。彼女がアシスタントなしでいるところをポールは初めて見た。しかし、アシスタントもそのあとすぐに到着した。ネクタイはちょっとだけ乱れていたが、元気そうだった。五十歳よりも二十五歳のほうが体力の回復は早い。それは間違いなかった。ソレーヌ・シニャルは身を引くべきときではないかと、ポールは一瞬考えた。でも、辞めて何をするのだろう？　回想録を書く？　秘密をやまほど知っている彼女が？　いや、それはない。広報顧問はけっしてそんなことはしない。報道担当官

＊1　ベートーヴェン「歓喜の歌」の歌詞の一節。

と同じで、けっして余計なことは話さない。広報顧問が一般に女性であるのはそのため、つまり女性のほうが口が堅いからである。

「さて、みなさん……」彼女は肘掛け椅子にどさっと坐った。両足を大きく広げて、一気に老け込んだように見えた。「ベンと電話したところだけど、〈悲しみ〉〈慎み〉〈沈黙〉っていう指示はちゃんと理解してくれた。大統領にとにかく全部任せとけばいい。あのバカは抜け目ないから。というわけで、選挙戦はおしまい。店をたたんで、あとは日曜日を待つだけ。あっちの陣営も同じようにする。全部打ち止め、集会もなし。いまは国民がひとつになって、大統領はテレビで話をする。例の空母のイベントは明後日になると思う。イスラエルも来るだろうね」

「うん、訊きたいことはわかってる」長い沈黙のあとで続けた。「わざわざ訊こうとさえしないかもね。答えをすでに知っていて、確認したいだけでしょ。まあそうだね、はっきり言ってしまうけど、あたしたちは得をすることになる。その可能性は高い。確実でさえある。もちろん、国民連合の坊やはぴいぴい騒ぐだろうね。今朝すでに、ＲＴＬ《ルクセンブルク放送》でおっぱじめてたけど、憤りと不快感を断固表明していて、見事なもんだって思ったよ。彼自身はたしかにこんな結果には値しないけど、どうすることもできないよね。党の過去のツケを払わされているんだから。デブで腑抜けの人道主義者が目を覚まして、邪魔しに来るだろうね。彼は予測では十ポイント失ったところ。だからそう、あたしたちは勝ったわけ」そう言ってうなずいたが、ポールにはじつに悲しげな様子に映った。彼女が本当の気持ちを表に出していると感じたのはこれが初めてだった。「勝つのはいつだって嬉しい。それがあたしの仕事だし、そのために生まれてきたんだから。でも白状するけど、もっと違うやり方で勝ちたかった」

8

追悼式典は、翌々日の水曜日におこなわれた。あらゆる国の国家元首が出席して、式典はすべてのニュース専門局で生中継された。驚くことではなかったが、解説者は〈尊厳〉について一席ぶつことにしていた。もう何年も前から〈尊厳〉は大流行りだったが、今回、大方の意見では、大統領は見事な手腕を発揮していて、その〈尊厳〉のレベルはまったく並外れたものであると言われていた。数分後、ポールは音声を消した。あらゆる点で明らかに意見を異にしている人たちが、何かしらの言葉をたたえようとして集まるとき、それは言葉がいっさいの意味を失ってしまったときであると、ポールは思った。〈尊厳〉という言葉はその完璧な例のひとつだった。まばゆい日の光が〈ジャック・シラク〉の甲板を照らしていた。カメラはゆっくりと曲線状に移動しながら、最前列に並ぶ国家元首の前を一定の距離を保ちつつ進んでいった——アメリカの大統領と中国の国家主席が並んでいるのが見えた。ロシアの大統領は後方のもう少し離れたところにいた。フランスの大統領はというと、曲線の最も突き出た地点に立ち、どの方向から撮影しても一番目立っていた。宣伝効果という点からすれば、これは完全な成功だった。

木曜日もおそらくニュース専門局はテロで持ち切りだろう。いまはテロが旬な話題であり、ニュース専門局はある期間にある一つの話題しか取り上げることができない。それがニュース専門局の限界である。決選投票の二日前の金曜日には、政治の話題も少しは出てくるだろう。でもそれも長くは続かない。法令により土曜日には全部中断しなければならないからだ。結果はわかっているが、それでもすべてを完了するために、日曜の晩には名うての論説委員が出てきて、テレビのスタジオを次から次へとまわるだろう。政治学者は票の地理的分布を細かく分析する。その結果は、クリストフ・ギュリー（フランスの社会地理学者）のすでに一昔前の分析に、部分的な修正を迫るかもしれないが、それを無効にすることはないだろう。民主主義の作動音は機械のかすかな唸りに似ていると、ポールは思った。

プリュダンスは十九時過ぎに帰って来た。最新の動向を知らせると、「休暇が取れるね」と言った。彼女があらゆる政治的な事件に、それがたとえ歴史的な事件であっても、無関心でいることには、いつも唖然とさせられた。それはたぶん、財務局で長年過ごしてきた結果だと、ポールは思った。反対に、自分はまず大臣執務室勤務になり、次にブリュノが選挙戦に身を投じた結果、メディアやショーやトーキングポイントの世界に近づくことになった。偉大な良心や有力者に会うことだってできただろうし、少なくとも彼らを知っている人たちには会った。

「ブルターニュに行ってもいいし、別の場所でもいい。どっちでもいいよ。これが最後の機会だね。しばらくのあいだはってことだけど」それは本当だった。選挙による中断は終わりに近づいていて、週明けには役所でも通常の業務が再開し、どんどん忙しくなるだろう。

「ブルターニュか……」彼はしばらくしてから言った。「ブルターニュにまた行きたいね」ショートパンツ姿のプリュダンスをまた見たかった。寝室へ連れて行って、ショートパンツを脱がして、セックスしたかった。たぶんそうする必要さえあった。いや、必要ではなかった。ただそうしたかっただけだ。エピクロスは、他の多くの点と同じく、この点でも正しかった。性行為は「自然ではあるが必要ではない」幸福の一つである。ともかく、男性の側から見ればそうだったが、女性においては、それはもっと必要に近いというのが、少なくともポールが抱いていた印象だった。プリュダンスは、彼と毎日セックスするようになってから、目に見えて調子が良くなっていた。動きはより軽快になり、顔色もより晴れやかに、より生き生きとしているように見えた。前回のブルターニュ滞在中、プリシラは本人に向かってこんなふうに言っていた。「十歳は若返ったね」

ブルターニュのほうが良かったのは、新しい場所や新しい風景を発見したい気分ではなかったからだ。彼はむしろ、じっくり考える必要、これまでの人生を総括して、一種の中間報告書をつくる必要を感じていた。この休職が人生でまたとない期間になることは、彼にもわかっていた。休職を延長する理由はじきになくなるだろう。義妹が起こしたつまらないメディア騒動はすっかり忘れ去られてしまった。オーレリアンはまったくどうでもいいことのために死んでしまったのだ。もっとも、たいしたことのために生きていたわけではなかったし、弟がこの世界にいたことを示すものはほとんど残されていなかったが。ポールはセシルから電話で、マリーズがベナンに帰ることにしたと聞いて、悲しい気持ちになった。懲戒審査の結果を待つことさえしなかったのだ。彼女はフランスにうんざりしていたが、それも無理からぬことだった。フランスが彼女の心を打ち砕いたと言うのは、たぶん言いすぎだろう。彼女の心には愛情の蓄えがまだ残っていたから。でも、間違いなく、その蓄えは減ってしまった。

「いつ出発できる？」プリュダンスに尋ねると、彼女は驚いた目をした。ふだん、この種のことを決めるのは、彼のほうであったからだ。「僕は休職中だから……」とそっと口にした。今後は彼女が二人のスケジュールを決めるのだ。彼は何曜日でも空いているから。そのとき、長い失業期間中、エルヴェが何に屈辱を感じていたのかを、完全に共感はしなかったが理解した。ブリュノは優秀な大臣であり、フランスの経済、国内総生産、貿易収支を実際に立て直したわけだが、失業問題にはたぶん十分な注意を払ってこなかったし、そのせいで危うく選挙で負けるところだった。

「明日の朝にしよう」としばらく考えたあとでプリュダンスは言った。「木曜の朝に出発して、日曜の晩までいるの」

「でも、投票に行かないと」

「わかってる。閉まるのは二十時だから、投票はできるよ」と、たわいのない子供じみたふるまいの相手をするように、彼女は優しく微笑みながら答えた。


翌朝、ブリュノを訪ねた。公用アパルトマンからは化粧台とランニング・マシーンがなくなっていた。しかし、ラクサネーはいた。浴室からタオルを巻いた格好で不意に出てきて、ポールに微笑みかけてから、すぐ寝室に姿を消した。ブリュノは早くも次の内閣の顔ぶれを考えているところだった。新内閣は選挙後すぐに任命されることになっていた——コマンド部隊の作戦のように、全員集合して、フランスを立て直すためには一分たりともおろそかにできないかのように見せること、それが昔から変わらない広報術だった。サルファティはほぼ何も言うことがなかった。政治家をろくに知らなかったのだ。ブリュノが本当のボスになることは次第に明らかになりつつあった。彼はポールの話をいつものように集中して聞いた。

「失業か……」長いため息をつきながらようやく返事をした。「本当に重要だと思う？　それが国民連合を躍進させたと？」

「もちろん、移民もあります。でも、失業も一役果たしていると思う」

「君の言うとおりだよ。我々が解決しなければならない問題のなかでも最悪のものだね。製造業の雇用では生産性は向上し続けるだろう。他にやり方はないし、生産性の競争っていうのは引き返すことのできないものだから。解決策はひとつしかない。高度な技能を必要としないサービス業の雇用を大量に創り出すんだ。でも、すでに存在しているものはダメだ。家政婦や家庭教師は当てにできない。こういった仕事はずっと非公式経済のままだからね。行政に雇用をつくらなければいけないし、雇用をつくった企業には大幅な税制優遇措置を与えないといけない。配達屋、修理工、職人、わたしたちを本当に助けてくれる人、物を修理する人、電話に応答する人が必要だ。それと並行して、ロボット化とウーバー化に歯止めをかけないといけない。これは実質的に別の社会モデルだ。全力でこの全部をやれば、失業率を下げることはできるけど、ものすごく金がかかる。その一方で、支出も抑えなきゃいけない。財政規律から逃れることはできないからね。予算局に十年もいた君に教えることではないか。いくつかの支出を大幅に削減しなければならないだろう」

「目星はついているんですか？」

「おそらく、国民教育省だ。予算が一番大きいし、教員の数が多すぎる。つまり、簡単なことじゃない……」

そのとおり、簡単なことではなかった。しかし、ブリュノは仕事を再開し、ふだんの生活の流れを取り戻して、嬉しそうだった。離婚もできるようになるだろう。それも無視できないことだった。ポールのほうはというと、長い休みを取れることに基本的には満足していた。少なくともいまのところはそう信じていた。二人はしばらく口をつぐんだが、ポールはそのあいだに、数分後にこの部屋を去り、庁舎の廊下を反対方向へ進み、正面広場を横切って出口へ向かうことを考えて、深い悲しみにとらえられた。とはいえ、少なくともブリュノに会うまでは、この役所でそこまで幸せだったわけではなかった。しかし、ある場所において幸せであったことが、その場所を去ると考えることをつらいものにするのではない。単にそこを去ること、人生がどれほど陰鬱で不愉快なものであっても、その一部を自分のあとに残して、崩れ去って無と化すのを見ることが、それをつらいものにするのである。別の言い方をすれば、それは老いることである。ブリュノに別れを告げたとき、これは今生の別れなのではないか、もう二度と会えないのではないか、事物の環境設定《コンフィギュレーション》に予期せぬ要素が生じて、再会を妨げられるのではないかという、そんなバカげた思いにとらえられた。

「経済の状況はいいんだから、変更の余地はあるでしょう？」ポールは何となくつけ加えたが、それは会話を引き伸ばすためだった。彼はそのとき、言い知れぬ、途方もない倦怠を感じていた。

「ああ、状況は素晴らしいよ」とブリュノは答えたが、本当に喜んでいる様子ではなかった。「いま以上に良かったことさえないね。こんなことは言うべきじゃないけど、結局のところ、テロは我々にはむしろ有利に働いた。最初のテロのあと、アジア諸国の輸出は当然のように落ち込み、我々の貿易収支は均衡を取り戻した。二つ目のテロは、我々には影響はなかった。フランスは人口生殖の市場に参入していないからね。そして、三つ目のテロ。これは口にするのもおぞましいことだが、移民には歯止めが掛かるだろうし、選挙についても、我々にとってはいいことずくめだ。経済的にそれが良い知らせなのかはわからない。というか、計算がややこしくて、数多くの要因、おもに人口とか失業率とかに左右されるからね。でも、選挙については完璧だった」

「この件が移民を思いとどまらせると本当に思っているんですか？」

「もちろんさ。人々が言っていることは知っているよ。『彼らはあまりにも困窮していて、あらゆるリスクを冒す覚悟ができている』とかってね。それは嘘だよ。まず、連中はそんなに言うほど困窮していない。ヨーロッパに移住しようとしているのはむしろ、そこそこ裕福な学歴のある人たち、出身国の中流階級の連中なんだ。次に、連中はあらゆるリスクを冒しているわけではない。奴らはリスクを計算している。我々の対応、罪悪感、キリスト教信仰の名残なんかを完璧に理解しているんだ。人道支援の船に助けてもらえること、ヨーロッパのどこかの国が必ず上陸させてくれるってこともわかっている。大きなリスクを冒しているのは間違いないよ。遭難だってしょっちゅうあるし、使われる船のなかには無惨な状態のものもあるからね。でも、あらゆるリスクを冒しているわけじゃない。連中も新たな与件を計算に組み込まなければならないだろう」

「暴力は有効である、そう言いたいわけですか？」

「ああ、暴力は歴史の原動力だからね。それは新しいことじゃない。いまもヘーゲルの時代と同じくらいに真実さ。それはそれとして、何に有効なんだろう？　連中の望みはあいかわらずわからない。破壊のための破壊？　破局をもたらすため？　最初のころの動画のひとつ、僕がギロチンにかけられる動画を、覚えている？」

「よく覚えていますよ。このときからメッセージにも関心をもつようになったんです」

「演出には、何か常軌を逸したもの、見る者を恐怖で震え上がらせるようなものがあった。何者かのとどまるところを知らない狂気を前にしているように感じて、衝撃を受けたよ。もちろんそれに加えて、自分はこんなにも嫌われているのかと実感させられて、あまりいい思いはしなかったしね」

「少なくとも、その問題は解決しましたよ。いまはみんなに愛されているじゃないですか。気づいていると思うけど。冷淡さに見えていたものは真剣さに変わったんです。距離感は視野の広さに、無関心は慎重さに……。いまや、サルファティよりも人気じゃないですか」

ブリュノは何もコメントせずにうなずいた。世論の変化について、まともにコメントすべきことなど、何もないから。確実なものなどないと、彼はわかっていた。情報の自由な流通は、階層的な制御システムの機能にエントロピーを招き入れ、いずれはシステムを破壊してしまうだろう。彼はそれまでいかなる誤りも犯していなかった。オワーズ県の父親の家を使った写真撮影の企画には結局反対したし、「パリ・マッチ」に登場したことだって一度もなかった。妻との関係についてはいっさい洩れておらず、ラクサネーの存在についても同様だった。ポールの父親の誘拐事件は、巨額の公金横領もなければ、きわどい下半身のエピソードもなく、要するに人目を引く要素に乏しかった。例外はカトリック原理主義者だが、ソレーヌ・シニャルに言わせれば、こんな話題では「もう誰も勃《た》たない」。そういうわけで、この話はすぐにしぼんでしまったのだった。

大統領は明日にでも、ヨーロッパの夢と悲しみについて、南風が後悔と汚辱の灰を吹き飛ばす地中海について、同情的かつ人道的で、たぶん詩的で傑出した言葉を述べるだろう。数日後には決選投票がおこなわれる。復帰の準備をできるかぎり万全にやったと自負して、大統領は姿を消すだろう。権限の移譲は、和やかでしかも友好的な雰囲気のなかで、執りおこなわれる。それから、本当の仕事がふたたび始まるだろう。ポールは正しいとブリュノは思った。失業という変数を計算式の最重要の位置に入れ直さなければならない。いままでこの問題をあまりにもおろそかにしてきた。方程式はすでに複雑だったが、さらに複雑になる。そう考えるとけっして悪い気はしなかった。

9

二十時になろうとしていた。ドゥトルモンがオフィスを出ようとしたとき、ドゥラノ・デュランから電話があった。見せたいものがあると、彼は告げた。はい、明日まで待てます。ＯＨＰのある部屋が必要です。

ドゥトルモンはマルタン＝ルノーに伝言を残しておいた。翌朝九時、二人はオフィスに隣接した小会議室に集まった。デュランが五分遅れてあらわれたとき、この男の身なりがいっこうに改善されていないことに気づいて、ドゥトルモンは吐き気を催しそうになった。ジョギングパンツはあいかわらず不潔で、髪もあいかわらず伸び放題で汚らしかった。「ドゥラノ・デュラン、うちの新人の一人で、採用したばかりなんです……」と言い訳するようにマルタン＝ルノーに言った。

「珍しい名前だけど、親御さんはルーズヴェルトを尊敬していたの？」マルタン＝ルノーは部下の外見にそれほど驚いていないようだった。

「ええ、二十世紀で一番偉大な政治家だって、父は言ってました」とデュランは答えてから、目の前の机に薄手のファイルを置いた。そこから一枚の紙を取り出して、ＯＨＰの台の上に載せると、電源をつけた。それはバフォメットの絵で、ベルヴィルの病院でエドゥアール・レゾンの資料のなかから見つかったものだった。彼はすぐに話し始めた。「バフォメットの額に描かれているのは、星型五角形、つまり五芒星《ペンタグラム》です。これは前回も説明したことだけど」とドゥトルモンのほうをちらっと振り返って言った。「正五角形、つまりインターネットのメッセージの図形から、星型五角形への移行は、素人の段階から秘儀を伝授された者の段階への移行を象徴しています」彼はバフォメットの絵を台から取り除いて、ヨーロッパの地図を代わりに置いたが、その地図には赤い点が三つつけられていた。「ここに示されているのは、インターネットにメッセージがあった三つのテロの地理的な位置です。中国のコンテナ船はア・コルーニャ沖、デンマークの精子バンクはオーフス、移民船はイビサ島とフォルメンテーラ島のあいだですね。最初に注目すべき興味深い事実は、三つの地点が同じ円の円周上に位置するってことです」――彼は二枚目の紙を映したが、そこには円が描かれていた。

「いつもそうなるんじゃないの?」マルタン＝ルノーは尋ねた。あまりの無知に唖然として、デュランは相手をまじまじと見つめた。「いやいや、もちろん違いますよ」としばらくしてから言った。「任意の二つの点なら、その二点を通る円を描くことはいつでもできます。けど、三つの点の場合、そうはいかない。三つの点が同心円の円周上に来るのは、ほんのわずかな場合だけです」

「この図では円の中心に印がついてないね……」マルタン＝ルノーは指摘した。

「ええ、そうですけど」彼は地図を見つめた。「この場合、中心はフランスのアンドル県かシェール県、つまり国のほぼ地理的な中心です。これは奇妙だぞ……」彼は少し動揺したようだったが、すぐに気を取り直した。「まあ、中心についてはあとで見ることにしましょう。いま話したかったのはそのことじゃないんだ」新しい紙を取り出した。「三つのテロに対応するこの三つの点を結べば、当然、三角形ができる。だけど、重要なポイントは、ただの三角形じゃなくて、聖なる三角形だってことです。つまり、辺の比が黄金比に等しい二等辺三角形ができあがるんです。でね、聖なる三角形は五芒星の半分に相当するってわけですよ」

新たな紙を映した。「この五芒星をつくるため、すでにある点と対称になるように、新しい点を二つ置きます。ただし、バフォメットの額に描かれているような、頂点の一つが真上に来る正五芒星にはならない。それじゃなくて、頂点の一つが真下に来る、逆五芒星になる。多くの神秘学者にとって、正五芒星から逆五芒星への移行が象徴するのは、精神に対する物質の勝利、秩序に対する混沌《カオス》の勝利、より一般的には、善の力に対する悪の力の勝利です」

手品師のような仕草で、最後の紙を取り出した。「五芒星の頂点をつないで円を描くと、五芒星はペンタクルになるけど、この図形はというと、理論から実践への移行、知から力への移行を、象徴している。実際、ペンタクルは、白魔術だけでなく黒魔術でも、最強のツールなんだ」

突然、口をつぐんだ。一分以上、沈黙が続いてから、マルタン゠ルノーが話し始めた。

「わたしの理解が正しければ……」とドゥラノ・デュランの目をまっすぐに見て言った。「君が地図上に書いた二つの新しい点は……」

「一つ目は、アイルランドの北西部の、ドニゴール県だったかな。二つ目はクロアチアで、スプリトとドゥブロヴニクのあいだのどこかです」

「理屈の上では、この二つの点は、次のテロが起こる場所を示しているわけだね」

Lituanie
Minsk
Мінск
Copenhague
Biélorussie
Pologne
Varsovie
Prague
Slovaquie
Moldavie
Budapest
Munich
Autriche
Hongrie
Roumanie
Belgrade
Београд
Zagreb
Milan
Sarajevo
Serbie
Bulgarie
Kosovo
Podgorica
Подгорица
Macédoine
du Nord
Tirana
Albanie
Grèce
Mer
Tyrrhénienne

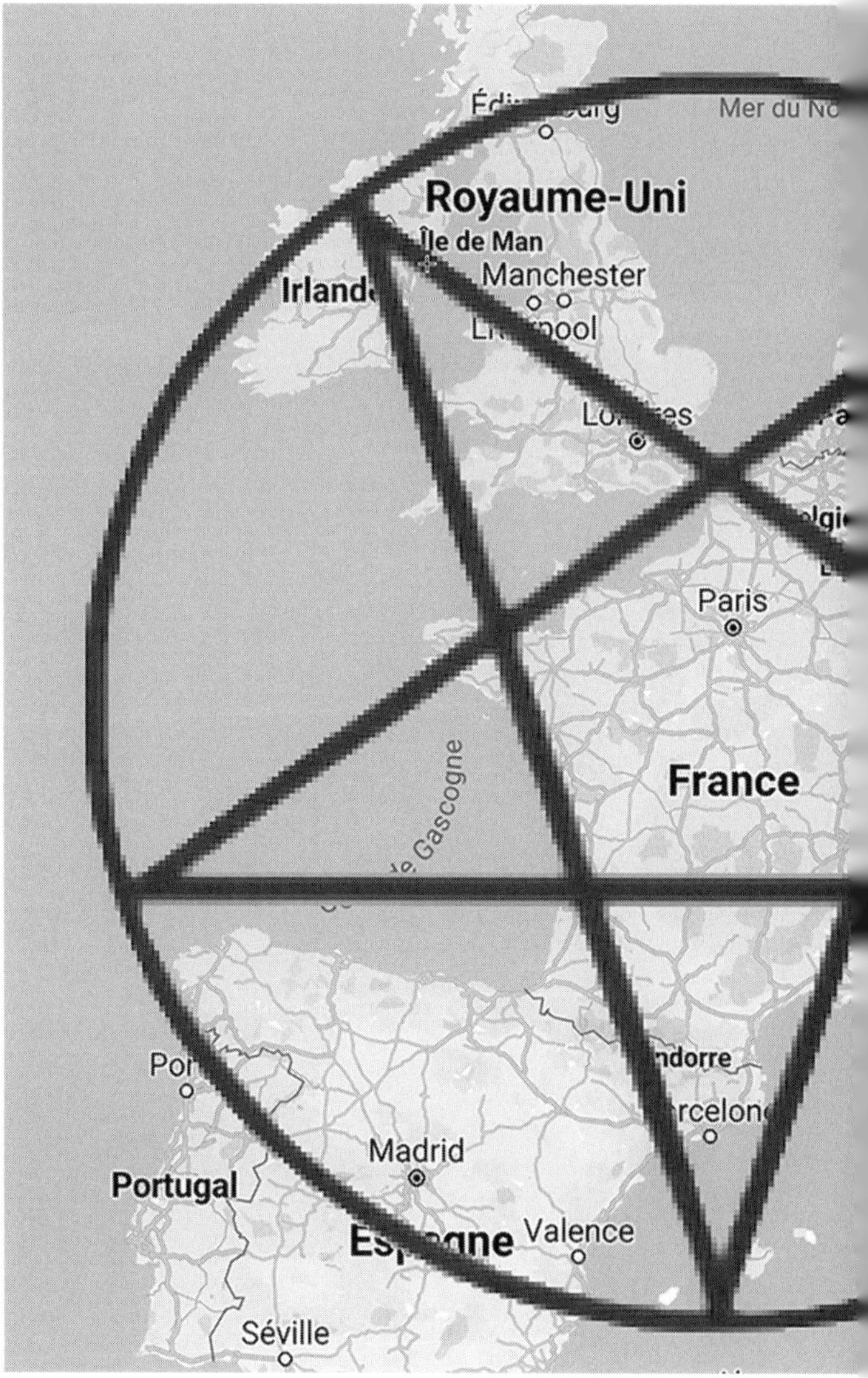
Royaume-Uni
Île de Man
Manchester
Irlande
Paris
France
Madrid
Portugal
Valence
Séville

「はい、論理的にはそう思えますね」

マルタン＝ルノーは突然立ち上がった。「これが必要だ！」と叫んで、ＯＨＰに置かれていた紙をつかんだ。「ちょっと待ってよ、ボス……」デュランは落ち着くようにと手を挙げた。「これはただの説明用の概略図ですから。もちろん、二つの地点の正確な経緯度も計算してありますよ。最初の二つのテロの経緯度はわかってたから、そんなの朝飯前でしたよ」彼はしばらく資料のなかを探したが、マルタン＝ルノーはそれをもどかしそうに見ていた。「あった！」と威勢のいい声で言って、数式が殴り書きされた紙を取り出した。「経緯度です。一つ目は、たしかにドニゴールで、ゴータホークとダンファナイーのあいだのどこか。二つ目は、クロアチアの海岸から少し沖に出たところでしたね。たぶんどこかの島です。この辺りには島がたくさんありますから」

「九時」とマルタン＝ルノーはきっぱり言って、紙を奪った。「明朝九時にわたしのオフィスに集合だ。電話をいくつかかけないといけない――相当な数になるかもしれないな」


翌日、ドゥトルモンは九時きっかりに着いた。マルタン＝ルノーはすでに来ていて、シトボン＝ノジエールも一緒だったが、この男はいつものようにめかし込んでいた。ドゥラノ・デュランは、いつもどおりのだらしない身なりで、十分ほど遅れてあらわれたが、マルタン＝ルノーは何も言わなかった。それどころか、デュランがオフィスの前に置かれた肘掛け椅子に倒れ込むと、尊敬と驚きが入り混じったような目で、彼をじっと見つめた。

「新たな動きがあった」と開口一番に言った。「重要で、大きな意味をもつ情報だ。簡単じゃなかったよ。アメリカ国家安全保障局の同業を説得するのにはえらく時間がかかった。だけど、交渉材料はあったんだ。彼らが知りたがっている情報をこっちはもっていたからね。君のおかげだよ、デュラン」とつけ加えた。デュランはさっとうなずいた。

「一つ目のアイルランドの経緯度は、彼らも最後には教えてくれたけど、ニュートリノって企業の本社と一致していた。ハイテク企業で、神経情報科学の世界的な草分けだ」部下たちに視線をゆっくりとめぐらした。みなぽかんとしたままだったが、ドゥラノ・デュランだけは例外で、ふたたびうなずいてみせたので、マルタン＝ルノーはびっくりした。神経情報科学にも詳しいのか？　こいつはいったい何者なんだ？

「いまひとつ理解できなかったのは」とマルタン＝ルノーは話を続けた。「人間の神経細胞を電気回路に組み入れるのか、人間の脳にＩＣチップを埋め込むのかってことだよ。たぶんその両方で、彼らの目標は広く言って、人間とコンピュータのハイブリッドな存在を創り出すことなんだと思う。この企業は莫大な資金を得ていて、アップルとグーグルが資本参加している。それに、軍事機密に指定されていて、その活動はこれからの戦争を大きく変えることになるだろう。彼らが開発している新型の戦闘員は、人間の兵士に取って代わるかもしれない。なぜって、共感を抱くことも、良心の呵責を感じることもないんだからね。この会社のあるドニゴールは、アイルランドでも最も人がいない地域のひとつだ。社員の住む分譲地は周辺の村から離れていて、彼らはけっしてそこから出ることはないし、専用の飛行場もある。要は、この会社は徹底して人目を避けているんだ」

「話が面白くなるのはここからだ。三日前、彼らの本社が放火されて、全焼した。試作品、設計図、電子データ、全部なくなってしまった。火災が発生したのは真夜中で、ナパーム弾と白燐弾の爆撃によって引き起こされた。デンマークの精子バンクに使用されたのと同じ燃料だよ。今回も軍事的な手段を使用している。唯一の違いは、今回は慎重さを欠いていたってことで、夜勤に三人の死者が出てしまった。アメリカ国家安全保障局はメディアへの漏洩をいっさい阻止したから、わたしが正確な経緯度を伝えたとき、あいつらには衝撃だったんだ。それで、協力して調査することに応じてくれたってわけだよ」

「二つ目の経緯度については」と少ししてから続けた。「情報を得るのはさらに難しかった。たしかに、クロアチアの島、というかフヴァル島の沖合にある小島だった。島の所有者はアメリカ人で、夏用の別荘を建てるために十年ほど前に買ったらしい。この男が何者なのかは、あいつらも最後には教えてくれたけど、シリコン・バレーの伝説的人物だそうだ。正確には技術者ではなくて、とはいっても技術的なことにものすごく詳しいんだけど、どちらかといえば投資家だね。もっぱらハイテク企業に投資していて、並外れた嗅覚をもつことで知られている。彼がスタートアップに投資すると、その企業の資産価値は二、三年で倍増する。だから、当然、彼は大金持ちだよ。でもそれだけじゃなくて、新しいテクノロジーの導師のような存在で、彼の意見は恐れられ、きわめて重んじられているんだ。政治的な野心があるとも考えられている。それが本当かはわからないけど、わたしが話したアメリカ国家安全保障局の担当者は、彼を丁重に扱おうと気にかけている様子で、この話は、あいつらが情報を知る前に、国防長官や、わたしが思うに大統領にも、伝わっているようだった。毎年夏に、彼は島で一週間のセミナーをひらいて、コンピュータやデジタル業界の経営者を五十名ばかり招待している。最上層部の人たちばかりで、社長や最高技術責任者よりも下の人間はいない。まったく形式ばらない集まりで、講演もないし、細かいプログラムもなくて、参加者は顔を合わせて、議論する機会をもつだけ。ふだん、時間がなくてできないことをやるわけだね。この会合のあいだに、多くの重要な決定がなされ、多くの企業が作られた——たとえば、さっき話したニュートリノもそうだ。次のセミナーがひらかれるのは、七月初旬。一か月ちょっと先の話だ。このセミナーのあいだにテロが計画されていると考えるのは理に適っている。それがアメリカ国家安全保障局の担当者が真っ先に考えたことでもあった」

「彼らはこれからどうするんですか？」ドゥトルモンが口をはさんだ。

「もちろん、あの連中がテロを企てるときを狙って、逮捕しようとするだろう。それに成功するかどうかは、わたしにはまったく確信がもてないけどね。この種の案件はCIAに送られる。彼らは武力を要する作戦には長《た》けているけど、繊細さを欠くことが多いから。これまでのところ、敵の連中はきわめて巧妙だったし。でも、少なくとも今回は、行動を阻止できた。こちらが一歩先を行っていたんだ。もちろん、どういう方法を使ったのかを聞かれたよ。五芒星についても説明を試みたが、理解してもらえたかはわからない。わたし自身、理解できているのか、あまり自信がないしね。とにかく、成功したのは君のおかげだよ、デュラン」

マルタン゠ルノーは彼のほうを向いた。ドゥラノ・デュランはきまり悪げにうなずいた。「それから、いまは病院にいる、あなたがたの元同僚もね……」と謙遜して言った。「難しかったのは、正五角形と星型五角形を結びつけることでした。あとのことは多かれ少なかれそこから明らかになりましたから」

「標的は、反テクノロジーの活動家グループが選びそうなものと、ぴったり一致している……」少し沈黙があったあとでシトボン゠ノジエールが指摘した。

「ああ、そのとおりだ」マルタン゠ルノーは言った。「君の分析を完璧に裏づけているよ。まったく無名の活動家が、これだけの規模の作戦を始めたなんて、考えるだけでもぞっとするね。だが、そう結論せざるを得ないようだ。意外なのは、伝統的な魔術に回帰しようとしていることだよ。これはたぶん、原始主義と関係した何かだろうね」そしてあきらめたような口調で続けた。「いずれにせよ、もうずいぶん前から、人間の行動に合理性を探し求めるのはあきらめている。そんなものは我々の仕事には必要ない。構造を見つけ出せればそれで十分なんだ」ドゥラノ・デュランのほうをふたたび向いて、その目を見つめた。「君がひとつの構造を突きとめたことは間違いない。その結果、新しいテクノロジーの分野において地球上で最も重要な企業経営者たちの命を救ったんだ。君がいいことをしたのかどうかは、結局のところ、わたしにもわからない。でもそれが君のしたことだ」

10

ポールが投票所のすぐ近くの駐車禁止場所に車をとめたとき、十九時十五分になっていた。「本当に？　投票しなくていいの？」彼は念を押した。プリュダンスは気のない様子で肩をすくめた。彼は車の鍵を妻に預けた。

　入口のテーブルで二枚の投票用紙を受け取った。まだたくさんの人がいて、仕切り[*1]の前で並んで待たなければならなかった。多くのパリ市民は週末を満喫したのだろう。場所が空いて、カーテンを後ろ手で閉めたとき、すでにサルファティの投票用紙を右手に握っていた。それを封筒のなかに滑り込ませようとしたとき、麻痺するような奇妙な感覚にとらえられ、動作を中断しなければならなかった。身動きのできない領域、一種の心理的な沈滞状態に入ったことを、数秒以内に理解した。それは、思春期の終わりごろから、幸いにもそれほど頻繁にではなかったが、時々経験してきたも

*1　有権者はこのなかで、候補者名が書かれた投票用紙を一枚選んで、封筒に入れる。

のだった。数分間、ことによるとこれから数時間、どんな小さな決心もできないだろうし、日々の習慣的な行動から少しでも外れるようなことは、どんな小さな行為でもやり遂げることは不可能だろう。それが去るのを待つことはできなかった。後ろには待っている人たちがいた。数秒間、迷うのは許されても、それ以上はダメだ。衝動的に、ポケットからフェルトペンを取り出し、サルファティの名前に線を引いて、投票用紙を封筒のなかに滑り込ませた。

　投票箱の前にも列があった。ポールは順番待ちの列に並んでから、どうしても投票したいわけではないことに気づいた。いずれにせよ、無効票を投じても、何の意味もない。列を離れると、封筒を手のなかで皺くちゃにして、ゴミ箱に捨ててから、投票所をあとにした。「投票できた？」彼がふたたびハンドルを握ってから、プリュダンスが訊いた。彼はうなずいた。その話はしたくなかった。投票できないなんてことは成人してから初めてだった。これはたぶん何かの前兆だ。でも、何の前兆だろう？

　すでに十九時三十分になっていて、レピュブリック広場へ向かう時間しか残されていなかった。二十時になったらすぐ、バンジャマン・サルファティはこの広場で短い演説をすることになっていた。その後、レセプションをひらくために、党はタンプル大通りの大きなホールを借りていた。このような計画をだいぶ前から告知して、有権者の審判をこれっぽっちも疑わないでいるのは、少し傲慢であると一部の解説者は見なしていた。

　ＶＩＰ用の駐車場はなぜか広場を通り過ぎた先のマジャンタ大通りにあった。ポールは長いことかかってやっとたどり着いた。レピュブリック広場は無駄にだだっ広く感じられた。こんな巨大な広場、何の役に立つのだろう？　彼は考えた。中心に建てられたものものしい彫像を離れたところから見られるようにするためというのが、唯一考えられる答えだった。まったく、共和国《レピュブリック》の俗悪さは、あらゆる俗悪さのなかでも群を抜いていた。共和制という概念への疑いがますます大きくなっていったが、二十時になったので、カーラジオをつけた。サルファティの得票数は五四・二パーセント、それに対して対立候補は四五・八パーセント。これははっきりとした勝利で、期待していたほどの圧勝ではなかったが、それでも勝ちははっきりとしていた。

　レピュブリック広場には黒山の人だかりができていたが、前回の選挙のときとはまったく違う人たちだった。若者が多く、いかにも郊外の連中という格好をしていた。ポールはそのとき、地区と遠回しに呼ばれているところで、サルファティが票をごっそりかき集めたことを思い出した。クリシーとモンフェルメイユでは、得票数は八五パーセント、いや九〇パーセントに達していた。この夜、明らかに、ゴロツキどもがパリに殺到していて、普通だったらサッカーＷ杯のときにしか見られないような光景が繰り広げられていた。マリファナ、ババリアビールのケース、アムステルダマー（タバコの銘柄）が行き交い始めていた。ポールは、群衆のなかをくぐり抜けながら、サルファティが「デブのベン」以外の呼び方では呼ばれていないことや、彼の当選は大方の意見では「まじでやばい」と考えられていることを理解した。いまのところ、連中は機嫌が良さそうだったが、タンプル大通りに着いて、招待状を警備員に差し出したとき、やはりほっとした気持ちになった。会場はＶＩＰだらけで、フランスの俳優やテレビ司会者のほとんどがそこにいるのを、数分のうちに見て取ることができた。さらに驚いたことには、マルタン＝ルノーが一人ぼっちで、バカでかいバーカウンターの端っこに肘をついて、ウイスキーを飲んでいた。近くに行って挨拶をしてから、彼がいることに驚いてみせた。「ああ、わかっていますよ。わたしは影の男ですから……」とふざけた調子で彼は答えた。それから、自分の部署が最近立てた手柄について説明した。内務大臣と電話した数時間後に、大統領自らが電話してきて、賛辞を述べた上で、このパーティーに招待してくれたのだった。

「つまり、テロはこれで終わりってことですか？」

「まさか」マルタン＝ルノーは首を振った。「わたしはその逆であるとさえ考えていますよ。アメリカの機関と電話協議をした二日後に、新しいメッセージがあらわれたんです。今回、メッセージは控えめで、十個程度のサーバーにしかあらわれなかったが、すべてフランスのサーバーでした。しかも短いメッセージで、三行しかなかったが、そのあとには、バスティオン通りの建物の航空写真が添付されていました。このメッセージは我々に向けられた一種の挑戦状で、こちらが知っていることはわかっていると、我々に伝えることが狙いです。それでもやはり、連中は動揺していると思いますね。我々の情報がどれほどの広がりをもつのか、あれこれ考えているに違いない」彼は口をつぐんで、ウイスキーをひと口飲んだ。「つまり、また始めるでしょう。だが、いままでとは違った手口で、もっと用意周到にね。ゲームはまだ始まったばかりだ。終わりまで見ることができるのかもわからない」

　ホールの奥にある巨大モニターの電源がついた。モニターはサルファティの演説を生中継するためにそこにあった。大半の招待客が演説に興味がないことに気づいて、ポールは驚いた。大勢が演説などおかまいなしに会話を続けていた。また、レピュブリック広場の周りに膨大な数の警官がいることにも気づいた。集まっている人たちを考えたら、たしかにそれは無駄ではなかった。略奪と車の放火で夜が終わるとしたら、ヌイイ＝シュル＝セーヌのブルジョワはそれを悪い兆候と見なすだろう。というのは、彼らも新大統領に投票していたからである。それにこれは、レポーターの連中が明日にでも今回の投票から引き出すであろう主要な教訓のひとつだった。実際、このモンフェルメイユ＝ヌイイという軸には何か画期的なものがあった。

　ブリュノの到着はそれに対してひとつの事件だった。話し声は急に静まって、その代わりにささやき声がざわざわと聞こえてきた。彼が次期内閣の実力者であることを、ホールにいた人たち全員が理解していたようだった。ポールはイヴニングドレス姿のラクサネーを初めて見た。まばゆいばかりの美しさで、首につけた銀のネックレスは、ほとんど野生的な輝きを発していた。ジャーナリストやカメラマンがホールのなかをうろついていたが、ブリュノは明らかに役目を果たすことを決めたようだった。

　数分後、こんどはサルファティと大統領が、互いに腕を組んで到着した。二人は入口で少し立ちどまって、人々の歓声を受けとめ、一緒に写真を撮ってもらうための時間を取った。それから、大統領はサルファティの腕を放して、招待客のなかに姿を消し、ある人物のほうへ向かって行ったが、それが内務大臣であることをポールは何とか見て取った。サルファティはすこぶる上機嫌で、カメラマンとテレビの撮影スタッフが仕事を済ますのを待ってから、バーカウンターのほうへ向かった。そのとき、ポールはソレーヌ・シニャルの姿を見つけた。彼女はホールの片隅にひとり佇み、大統領が招待客のあいだを移動してまわるのを、魅入られたようにじっと見ていた。大統領は、話し相手の肩に手を置き、その人を独り占めにして、一、二分のあいだ、その相手のためだけに時間を費やし、自分が興味あるのはあなただけだ、自分がここにいるのはあなたのためだけだという印象を、会う人ごとに与えるのだった。彼はやはりすごい政治屋だと、彼女は本当に名残惜しい気持ちで思った。彼はいままで、コミュニケーションの記号学の専門家にもスピンドクターにも頼らず、目覚ましい躍進を始めたころから、どんな困難も一人で切り抜けてきたのだった。彼女は大統領から目を離さずに、ポールに素早く挨拶した。大統領はマルタン＝ルノーがホールにいるのを見つけたところだった。「誰よ、あいつ。わたしの知らない人？」ソレーヌは疑問を口にした。珍しく、彼女が知らないことをポールが知っていたので、DGSIが最近立てた手柄を説明してやった。大統領には願ってもないチャンスだと、彼女はすぐに分析を始めた。経済政策の成果については文句なしだが、安全保障に関しては不十分なところがあった。この情報を利用する時間はまだ数日残されている。明日には大手新聞に載るだろうから、水曜日の退任演説でそれとなく触れることができるだろう。五年後の再選へ向けてきわめて幸先のいいスタートを切ったと言えそうだった――とりわけサルファティが誤りを犯すような場合を考えると。それは必ず起きることだけどねと、彼女はあきらめたようにつけ足した。彼女自身は何ら自分を責める必要はなかった。自分の役割は果たしたし、それ以上のこともしたのだから――約十年前、バンジャマン・サルファティを顧客として受け入れたとき、彼を共和国大統領の地位まで連れて行けるかはまったく自明ではなかった。当時同じチームだった五名のうち、それを信じていたのは彼女一人だけだった。

　二人はバーカウンターのほうへ向かった。ソレーヌ・シニャルは白ワインのグラスを手に取った。ポールはシャンパンを頼んだが、なかなか受け取ることができなかった。サルファティの取り巻きがバーカウンターの前にたむろしていて、ボトルを次から次へとかっさらっていってしまうからだった。連中は、大声で怒鳴ったり、げらげら笑ったり、大半の者はすっかり羽目を外していて、大麻とコカインも行き交い始めていた。選挙戦のあいだ、サルファティは連中をうまいこと遠ざけていたが、選挙に勝ったあと、彼らは戻って来た。これは避けられないことだった。連中はみな、テレビ業界の出身で、最初の番組のころから一緒だった仲間もいた。五年間の任期中、こいつらがエリゼ宮に住みついて、パーティーをひらき、国有調度品のソファにゲロを吐くのだ。何とも気の滅入る見通しで、とりわけ大統領邸の職員にとってはそうだったが、そこまで深刻なことではなかった。大統領は見抜いていた。サルファティはまったく恐れるに足りない。次の大統領選が彼とブリュノのあいだで争われることは、次第に明らかになりつつあった。二人の男の、距離を置いたひそかな戦いが、向こう五年間の鍵になるだろう。ソレーヌ・シニャルはうなずいた。すでにすべて予見していたのだ。いますぐブリュノに助力を申し出るようなことはしない。いずれその時機がやって来るだろう。それで、休職は？　彼女は知りたがった。この夜、彼女は本当に変で、ほとんどうわの空のように見えた。ソレーヌが仕事以外のことに関心をもつのは、ポールが彼女と知り合ってから初めてだった。そうだなと、彼は答えた。極端な話、いますぐ復職したっていい。いまの状況なら誰も気にしないだろう。でも、いま復帰してもたいした役には立たないだろうから、国民議会選挙と夏の期間をやり過ごして、八月の後半、物事が本当に動き始めるときに戻ろうと思っている。前回の任期中、ブリュノは完全に自由にふるまうことができなかった。大統領の息のかかった経済・財務《ベルシー》省の高官と折り合いをつけなければいけなかったし、大統領自身も財務検査官だった。サルファティとなら、このような問題はない。

　ソレーヌ・シニャルはうなずいた。彼女は話にじっと耳を傾けていた。おそらく、小規模な事件が起こって、新たな分断線を浮き彫りにするだろうが、大統領が本当に、自分の立ち位置を明確にし、他の候補との違いを明らかにし始めるまでには、二、三年はかかるだろう。国民議会選挙は、ずいぶん前から、ソレーヌが担当するようなレベルの問題ではなくなっていた。これから数週間、彼女は思い切って完全に休みを取ることもできるし、休みを利用して、生活を立て直したり、何かプライベートな計画を立てたりすることもできる。しかし、プライベートな生活については、他の人といるときも、一人でいるときでさえも、けっして思い起こすことがなかった。

ポールは少ししてから会場をあとにしたが、パーティーのあいだ、ブリュノはずっと大勢の人たちにかこまれていて、挨拶する時間さえなかった。サルファティの取り巻きはますます騒がしくなり、歯茎はふたたび痛み出して、不快な味が口のなかに広がった。明日の朝にでも本当に予約を取らなければならない。今回の選挙結果は、国にとってはいい知らせで、その点については何ら疑問はなかった。いずれにせよ、彼にとってはいい知らせだった。しかしながら、少し前から、投票箱に投票用紙を入れようとして体が奇妙に固まってしまったときから、ためらいと悲しみを感じていた。

第6部

1

歯科医や医師の診察を初めて受けるとき、より広く言って、何らかのサービス提供者に初めてコンタクトをとるとき、家族や友人など、誰かに推薦してもらうのが、普通である。しかし、ポールにはパリの歯科医を推薦してくれるような知り合いは、一人もいなかった。パリの歯科医を推薦してくれる知り合いがいないのは、知り合い全般がほとんどいないからだった。やはりもう少し活気のある人生を送るべきではないか。そう思って急に自分が哀れになったが、そんなふうに思うことがすぐに嫌になった。プリュダンスはいたが、数人の例外――ブリュノとセシル――を除けば、プリュダンスと二人で絶海の孤島にいるかのようだった。

よくよく考えてみると、このような人間関係の空虚は、昔から彼につきまとっていた。学生時代、さらには高校時代のような、理屈の上では人間関係を築くのに適しているはずの時期ですら、そうだった。唯一、性的な欲望だけが、壁を打ち破るだけの強さをもっていた。わたしたちがつきあう相手はたいがいが同年代の人たちである。異なる年代で、家族でもない人たち、この惑星に一緒に住んでいる数十億の人たちは、存在していないも同然である。ポールが歳を取るにつれて、当然のことながら、性的な出会いはまれになり、孤独はますます深くなっていった。

それはさておき、歯が痛かった。痛みはますますひどくなり、特に左側のほうが深刻で、舌を動かすのも困難だった。何か手を打たねばならなかった。〈ドクトリブ〉（フランスの医療予約サイト）のサイトを使って、十二区で診療をおこなっている歯科医を簡単にリストアップできた。そのうちの多くは、名前の響きから判断するかぎり、ユダヤ人だった——紋切り型の考えが正しいことがまたしても証明されたとふと思った。それでも一人選んだ。バッシャール・アル・ナズリという歯科医で、たぶんアラブ系だった。この歯科医を選んだのには、はっきりした理由はなかった。シャラントン通りへは自宅から楽に行けるということを除けば。ノートル＝ダム・ド・ラ・ナティヴィテ・ド・ベルシー教会を過ぎたら、プルードン通りに入ればよかった——実際にはこの通りは、リヨン駅を起点とする線路の下に掘られたトンネルで、ポールはＴＧＶでこの上を意識せずに何度も通っていたはずだった。それから、シャラントン通りに出る。地下鉄のデュゴミエ駅のすぐ近くだ。ノートル＝ダム・ド・ラ・ナティヴィテ・ド・ベルシー教会をこの機会にまた見られるのも嬉しかった。彼はこの教会と何かやり残したことがあるような気がしていた——たぶん、より広く言って、キリスト教に対してそのような印象を抱いていた。

「ひらいて……。大きくひらいて」ポールが椅子の上でほぼ横になると、アル・ナズリは辛抱強く繰り返した。褐色の肌をした短髪の若者で、おそらくまだ三十歳になっていなかった。マグレブ人には見えず、むしろシリア人かイラク人のようだったが、いずれにせよイスラム主義者であることを疑わせるようなものは何もなかったし、イスラム教徒ですらなさそうだった。真面目でプロ意識が高く、適切な治療法の手順と作法を完璧に心得ているように見えた。フランスで成功している移民もまだいるんだと、ポールは思った。そうした例はまれになってきているとはいえ、明らかにアル・ナズリはその一人だった。金属製のゾンデを口のなかに入れたとき、歯科医は心配そうな顔をした。右側はまだよかったが、左側の奥歯に金属の棒が触れるやいなや、ポールは凄まじい痛みを感じて、思わず叫び声を上げた。

「はい……」歯科医はゾンデをすぐに引っ込めた。「何か月も前に来てなくてはいけなかったんですよ。自分でもわかっていると思いますけど。まあ、歯を抜くのは避けられませんね。慰めになるかわかりませんが、親知らずがまだ四本残っているのは、あなたの年齢では珍しいことです。二本ならまあ標準って感じですね。それから、舌を動かすのに困難があって、時々口のなかで嫌な味がするということでしたね？」

「はい。腐ったような味で、長くは続かないんですが、とても不快です」

歯科医はラテックスの手袋をつけて、ポールの顎にそっと指を当てた。「腫れ物がありますね」としばらくしてから言った。「気づきませんでしたか？　普通、腫れ物には気づくものですけど。それじゃあ、そのままの姿勢でX線検査もしてしまいましょう」

X線検査が終わると、歯科医は椅子を起こして、ライトテーブルの上でネガをじっくりと見てから、結論を下した。「歯を二本抜くことについては、はっきりしています。それから念のために、耳鼻咽喉《いんこう》科医の連絡先を渡しておきましょう。今日にでも歯を抜いてしまいますか？」

「はい、もちろんです。こんなに早くできるなんて思ってなかったけど、そのほうがいい」

「大丈夫。ちっとも痛くありませんから。終わったあとはずっと気分が良くなっているはずです」
実際、それはあっという間で、何の痛みもなかった。麻酔は完璧に効いていた。口のなかにはすぐに、軽やかで心地よい感覚が広がったが、それは数年来味わったことのないものだった。「どうですか」とアル・ナズリは言った。「もっと早く来ればよかったでしょ。タバコを吸いますね？」ポールはうなずいた。「これからは歯石除去のために定期的に来てもらわないといけません。最低でも六か月に一度はね。それから、ナカシュと予約を取るのもお忘れなく。先ほど連絡先を渡した耳鼻咽喉科医です。歯のことなんて軽く見て、後回しにする人もいますけど、深刻な事態になることだってあるんですよ」ポールはうなずいて、その場にふさわしい神妙な態度を心掛けた。忠告をしっかり受けとめたこと、自分は歯医者を医者のなり損ないと見なすような人間ではないことを、理解してもらいたかった。しかし、シャラントン通りに出たときには、陽気で晴れやかな気分になっていた。彼が最初にしたことは、プリュダンスに電話して、歯科医から出てきたところで、診療は無事に終わったと伝えることだった。電話をかけながら、歯の治療にようやく行ったのを褒めてもらうことを期待していた。男性を励まして、自分自身を大切にするように、とりわけ健康に留意するように仕向けること、より広く言って、男性を人生につなぎとめておくことは、伝統的に女性の役割である。男性が人生に対して抱く友情は、どんなにうまくいっている場合でも、不確かなものであるから。

一月初旬以来、ポールはノートル＝ダム・ド・ラ・ナティヴィテ・ド・ベルシー教会には足を踏み入れていなかった。それは、いまでも覚えているが、プリュダンスが飾りつけをしたクリスマスツリーを目にした日の翌日だった。二人のあいだで何かがいつかふたたび可能になるのではないかと、はっきり考えたわけではなかったが、半ば無意識に初めて思い描いた日の翌日だった。当時、たぶんこのような漠然とした期待を抱いて、ロウソクに火を灯したのだ——それにしてもおかしなふるまいだった。彼は無神論者、というより不可知論者であったのだから。彼の無神論が形ばかりで脆弱だったのは、確固たる存在論を拠り所にできなかったためである。世界は物質からできているのか？　その可能性もありえたが、彼が知るかぎりでは、世界は霊的実体によって構成されていると考えることもできた。しかし、学問上、〈物質〉という言葉が正確にどのような意味で用いられているのか、そもそもこの言葉がまだ使われているのかもわからなかったが、あまりそうは思えなかった。彼の記憶ではむしろ存在の確率行列を問題にしたような気がしていたが、彼が学業に打ち込んだのははるか昔のことで、いずれにせよこの分野ではあまり先まで進まず、科学バカロレア止まりだった。当然のことながら、パリ政治学院はこの種の事柄について詳しく知れる場所ではなかった。パスカルの一節が記憶によみがえった。神の存在に関して、自然は「疑いと不安の種《たね》でない」ものは何も与えてくれないとパスカルが嘆く、キリスト教徒らしからぬ一節である。

　プリュダンスはウィッカの呪文に没頭しているところかもしれない。それはありえないことではなかった。彼らの暦によると、もうすぐリーザ祭で、これは夏至に対応していて、「病気からの治癒と恋の魔法にとりわけ適した」時期であると、昨日読んだばかりだった。実際のところ、それ以外の種類の魔法が存在するのだろうか？　郵便受けにたまにチラシを入れに来るアフリカの聖者も、ウィッカやキリスト教の信者も、それぞれの神に求めるものはみな同じ。それは、健康と愛である。人間というのは、普通に考えられているよりも、無私無欲なのだろうか？　あるいは、アングロサクソン系の国々を除いて、金銭的な問題は神が管轄するにはあまりにも卑俗であると、人々は考えているのだろうか？　とにかく、一月の初め、聖母マリアに捧げたロウソクには、思いがけない効能があった。ポールは、ロウソクを二本、また祭壇に据えた。

家に帰ると、神の存在についてより詳しく知れる本はないかと、ポールは本棚を眺めてみた。哲学の本がほとんどないとあらためて気づいたが、『哲学と現代物理学』と題する分厚い本が、自然科学系の本と一緒に並べられているのを、ついに見つけた。このテーマについて、明快な説明、もしくは少なくともいくつかの視点を、もたらしてくれそうな本だったが、それは著者が神の存在について自らの意見をはっきり述べているからではなく、世界の存在について疑念を表明していて、そしてより広く言えば、存在という概念そのものについて考えることを促しているからだった。著者は神託のような謎めいた言葉遣いで次のように断言していた。「世界は、あるものによってではなく、起こるものによって、構成されている」巻末には用語一覧表が付けられていて、「起こる」という動詞の項目もあった。著者によるとこの動詞は、「ある証明の手順に従って、観察者によって証明されること」を意味している。ポールはそこで知的探求を中断し、テレビをつけた。ピュブリック・セナ[*1]は、憲法改正案の採択のために招集された、両院合同会議の審議を生中継していた。改正案は、首相職を廃止し、中間選挙を創設するというものだった。採択は間違いなかった。今晩から、ブリュノは実質的にフランスで最も強大な権力をもつ政治家になる。状況はこれから少しずつ重みを増していきそうだった。まだぼんやりとではあるが、次期大統領選へ向けての戦いが始まりつつあった。

最高官職に就くのは特殊な人間である。ポールもそれは前からわかっていた。ただ、ブリュノがその一人であるとは思っていなかった。だが、それを予感させるような、常ならぬ会話を覚えていた。ブリュノが大統領によってエリゼ宮の会議に呼び出されたあと、その帰りを公用アパルトマンで待っていた。というのは、この会議は険悪なものとなり、戻って来てから話し相手が必要になると、予感していたからである。それは真冬で、帰宅ラッシュの時間にはすでに日が暮れていた。そして、これはますます頻繁に起こるようになっていたことなのだが、高架地下鉄沿いを徐行して走る車の洪水、どれも同じで退屈きわまる個人の運命の大群を前にして、息苦しさを感じていた。執事にワインを頼み、ボルドーがいいと伝えると、執事は数分後にサン＝ジュリアン（ボルドー産の高級赤ワイン）を持ってきて、カラフェで寝かせておこうと申し出た。だが、ポールは断った。すぐに飲む必要があった。

実際、ブリュノは落胆した様子で帰ってきた。大統領はブリュノの意に反して、約十基の原子力発電所の閉鎖を決めたのだった。それもすべて、環境保護派《エコロジスト》の票をかき集めようと期待してのことだったが、連中の票はいずれにしても過半数は獲得できていたし、環境保護派が国民連合に投票することはけっしてない。そんなことは存在論的に不可能である。原発を閉鎖してもせいぜい棄権票をいくらか減らせるだけだろう。ブリュノは、環境保護派の主張に何でもかんでも反対していたわけではなく、たとえば、個人が住宅でおこなう省エネルギー対策には、自ら率先して税額控除を拡大した。しかし、やはり全体的には、連中を危険な愚か者と見なしていて、特に原子力を放棄する

＊1　フランスの政治・議会専門のテレビ局。

のは愚の骨頂であると考えていた。これは彼がけっして意見を変えなかった点である。大統領の意見が少しも変わらなかった点をひとつでも挙げることができるだろうか？

「結局のところ」とようやくブリュノはポールに言った。「大統領は政治的な信念をひとつだけもっている。たったひとつだけね。それはこれまでのすべての大統領が抱いていたのとまったく同じもので、一文で要約することができる。『わたしは共和国大統領にふさわしい』他のすべてのこと、諸々の決定事項や公的活動の方針については、それが自らの政治的利益に適《かな》うものであると思われさえすれば、大統領はほとんどどんなことでも応じる用意がある」

ブリュノもいまは、この種の冷笑主義に侵されているのだろうか？　そのように思わせる細かな点はいくつかあったが、ポールの考えは違った。数年前から大方の雰囲気としては保護貿易が支持されていて、ブリュノも次第に保護主義を標榜するようになっていた——とは言っても、彼はまったくの本心からそうしていたのであって、彼の目にはずっと前から、フランスにとって自由貿易主義は自殺的な選択であると映っていた。その一方で、経済的愛国心によって団結を強めることができると考えていた。戦争は昔から、国民を結束させ、国家元首の人気を高めるための、最も確実な方法だった。軍事紛争は中規模国にはあまりにも金のかかるものになってしまったが、経済戦争によって同じ成果を得ることができた。ブリュノは迷うことなくこの方向を突き進み、新興国や近年勃興してきた国に対して、挑発を繰り返した。ブリュノによれば、経済戦争に参加するのを恐れてはいけない。唯一、負けることが確実な経済戦争は、勝つ気のない経済戦争であると、いつか言っていた。

夜も更けて、ポールがほとんど一人でサン＝ジュリアンのボトルを空けつつあるころ、会議のおかげですっかり気がふさいでいたブリュノは、政治活動一般がもつ可能性について、疑念を述べ始めた。政治家は物事の流れを本当に変えられるのか？　それは疑わしい。科学技術の発展であれば、そういったこともできるだろう。たぶんある程度までは、経済的な力関係も――ブリュノには経済を科学技術の副産物と見なす傾向がいくらかあった。他にもある。それは、得体の知れない暗い力で、心理学的、社会学的、または単に生物学的な性質のものである。それが何であるかはわからないが、ものすごく重要で、なぜなら他のすべてのものはそれに依存しているからだ。人口や信仰心、ひいては人間の生きる意欲や文明の未来も。衰退《デカダンス》の概念は正確には見極めがたい。しかしそれが圧倒的な現実であることに変わりはない。それもまた、そしてそれこそは特に、政治家が流れを変えることのできないものである。ド＝ゴール将軍ほどの権威的で断固たる指導者も、歴史の流れに逆らうことはできなかった。ヨーロッパ全体がアメリカ合衆国の遠く離れた一地方、老いさらばえて、少し滑稽な地方と化していた。将軍は派手な虚勢を張ったが、フランスの運命は本当に西欧の他の国と違うものだったのだろうか？

　ブリュノの声は次第に小さくなり、自分自身に向けて話しているようだったが、たしかにそれは、いついかなる場合であっても、人前では述べることのできない事柄だった。帰宅ラッシュの時間が過ぎて、ラペ河岸通りの車の流れが少しスムーズになったころだった。政治指導者が信念をもたないのは、必ずしも冷笑主義の表れではなく、むしろ分別の表れであると、ほとんどささやくような声で、彼は言うに至った。フランスの国王は政策綱領や改革案を携えてあらわれただろうか？　そんなことはけっしてない。それでも、偉大な王、あるいは反対に忌むべき王として、歴史に名を残したのは、契約書の項目を達成する能力に応じてだった。契約書の内容は、明示されていないが、厳密に定められていた。王国の領土を減らさず、反対に可能であれば、領土購入やたいていは戦争によって、国土をふやすこと。ただし、傭兵の費用を極端にふやすことは避け、より広く言えば、過度な税負担はいっさい掛けないようにすること。国内ではいっさいの内戦、とりわけいっさいの宗教戦争を防ぐこと。それらはつねに最も多くの命を奪うものであるから。支配的な宗教をはっきりと指名したのはそのためである。下位の宗教に信教が広く認められることもあったが、ただしその条件として、それらの宗教は国内の領土でせいぜい容認されているだけで、それはあくまでも君主の裁量であることを、けっして忘れさせないようにしていた。そして、場合によっては、記念建造物の建立や芸術への支援によって、王国の威信を高めること。リシュリューとルイ十三世という奇妙な二人組が、数世紀を経ても威信を保っているのは、このような申し分のない計画を実行に移した結果である。二人がどのように仕事をしたのかはよくわからないが、仕事をしたのは事実である。ルイ十四世の評価はもっと不確かなもので、国王自身も死の床でそれを認めていたことは、サン゠シモンらも証言している。〈太陽王〉が嘆いていたのは、彼が建てさせた豪華な建物のことよりも、貪欲に対外侵略したわりに、結局はつまらない成果しか得られなかったことや、民衆の苦しみにまったく耳を貸さなかったことだった。民衆の苦しみは甚だしく、飢饉に至るほどで、ヴォーバンやラ・ブリュイエール、それから当代随一の知性によって、指摘されていたというのに。共和国大統領の使命とは、とブリュノが言っていたのを、ポールは思い出した。ピュブリック・セナで両院合同会議の中継をあいかわらず見ていたが、徐々に関心を失いつつあった。共和国大統領の使命とは、進歩やより広く言えば歴史的変化の重要性への、度を越した信頼が考えさせるのとは違って、結局のところ、王の使命と同じ性質のものである。経済的対立が軍事的対立に、完全にではないがかなりの程度まで、取って代わっていた。今日重要なのは、領土よりもマーケット・シェアを獲得することである。ただし、領土問題も絶対に忘れてはならない。共和国大統領や首相や国王の使命、つまりは最高官職の保持者の使命は、これまでずっとそうであったように、共和国であれ王国であれ、彼らが責任を負う国の利益を、最善を尽くして守ることであり、企業のトップがライバル会社のけっしてなくなることのない権益に対して、自らの会社の利益を守ることを任務としているのと少し似ている。その使命は困難なものであるが、原則的には同じ種類のものであり、イデオロギーや個々の政治的方針の選択はいっさい関係がない。

ヴェルサイユでひらかれている両院合同会議は滞りなく進行していた。上院議員は一人ずつ演壇に来て、投票用紙を投票箱に入れて行った。秘密投票だった。下院議員がそれに続いた。それは単調な繰り返しで、原理からしてかなり概念的だった。ほぼ半分の議員が投票を終えたころ、ポールはソファで眠り込んだ。夢のなかで、ポールは新しい友人ができたところだった。のっぽの黒人でポルトガル語を話していて、おそらくブラジル人だった。二人は北駅と東駅の裏手の地区で出会ったが、通りは薄暗く、ほとんど人通りがなかった。そこは理屈の上では移民が多く住む地区で、数多くのコミュニティーが暮らしていた。しかし、ポールは、移民の話はまやかしでしかなく、これらの建物の内部では下劣でおぞましいポルノまがいの行為が繰り広げられていることを、すぐに理解した。そのとき、ブラジル人の友人は、自身の友人の一人であるマグレブの若者を紹介してくれたが、二人はほとんどすぐに、「食べるものを取りに行く」と言い訳して、ほぼ確実にフランツ・リスト広場である、小さな広場に、彼を置いて行った。広場は薄暗かった。さまざまな人種の移民のグループが彼を上目遣いで見ながら行ったり来たりしていた。ポールは恐怖に襲われて、暗い通りを行き当たりばったり歩き始めた。移民のなかには少し離れてあとをつけてくる者もいたが、とても驚いたことに、襲いかかって来る者は誰もいなかった。まるで神の加護を受けているかのようだった。ポールはほぼ確実にフランツ・リスト広場である広場のほうへまた向かった。そのとき、たいへん嬉しいことに、ブラジル人の友人が戻ってきて、肩を強く抱きしめてくれた。すぐあとからマグレブの友人が貝と小エビでいっぱいのかごを運んできた。二人はこれを肴に白ワインを飲むつもりだった。それから、ポールはブラジル人とその友人のマグレブ人に抱かれて、その晩を過ごすホテルの階段を上った。しかし、この自称友人たちの会話から、彼らが自分を拷問して、体を切り刻み、その一部始終を撮影しようと企んでいることを、少しずつ理解した。そのために、彼らはそこにいて、友人ぶっていたのだ。そのあとで、二人は白ワインと小エビを味わいながら、映画の完成を祝うのである。ホテルの支配人が彼らを待っていた。六十歳くらいの女性で、がっしりとたくましく、目は小さくて、白髪まじりの髪をひっつめにして小さくまとめていた。シモーヌ・ヴェイユ（フランスの政治家）に少し似ていたが、砂の大女にも少し似ていた。撮影の準備は全部できていると彼女は告げた。ポールはそのとき、彼女も撮影に参加し、しかも重要な役を演じることを理解した。先週、彼女はカメラをもって踊り場に立ち、手首のところで切断された手が中庭に落下するのを撮影するのに成功していた。

プリュダンスに肩をそっと揺さぶられて、ポールは目を覚ました。両院合同会議は終了していて、テレビ画面には政治解説者らが映っていた。「憲法改正案は採択された？」と尋ねた。妻はうなずいた。彼は立ち上がって、まだよく目が覚めていなかったが、彼女について寝室へ行き、素早く服を脱いだ。それから、妻の腕に抱かれて、すぐに眠りについた。

2

　ポールは長い間ぐっすりと眠り、目が覚めたときには十一時近くになっていた。キッチンから物音が聞こえてきてびっくりした。今日が土曜日で、プリュダンスが仕事へ行っていないことに気づくまでに、数秒かかった。休職してまだそんなに長くたっていなかったが、週末と平日のローテーションをすでに忘れかけていた。服従の習慣がすぐに消えてなくなるのは不思議である。

「あなたにプレゼントを買うのって本当に難しい……」彼がキッチンのテーブルに腰掛けると、妻は言った。「あと一週間で誕生日なのに、まだ見つからないの」

「無理しなくていいよ。誕生日を祝いたいなんて、思ったことないから」

「それでも何かしようよ。五十歳の誕生日だもの。気乗りしないなら、誰も招《よ》ばないけど、ご馳走はつくるよ。いまは普通に食べられるんだから。せめてそのくらいはしよう」

　歯科医に紹介してもらった耳鼻咽喉科医のアミット・ナカシュとの予約は、六月二十九日、ちょうど誕生日の日にあたっていた。医師はオルトラン通りで診察していたが、それはモンジュ広場とムフタール通りをつなぐ短い通りだった。ポールはこの地区に久しぶりに来られて嬉しかった。基本的には好きな地区だったから。少なくとも、この地区が話題に上ることがあると、もっともそんなことはめったになかったが、好きな地区だと言うことにしていた。それがこの地区についての彼の公的立場のようなものだった。じつのところ、いまどき、ある地区を好きになるなんてことができるのか、よくわからなかった。そんな言い方は大袈裟な気がした。たとえばそれは、いま住んでいる地区に対して彼が抱いている感情ではない。それでもこの地区は、彼と同じ教育を受け、同じ環境にいる人たちのあいだでは、全員一致の支持を得ていたのである。とはいっても、これは定番の話題であって、そのおかげで大多数の人たちはあまり感情的にならずに素直な気持ちを述べることができた。つまりそれはいい話題だった。

　耳鼻咽喉科医の診察室に通じる階段を上っていたとき、五十歳になったことに、突然気づいた。何て不思議なことだ！　人生は何て素早く過ぎ去ってしまうのだろう……！　後半はもっと早く、一瞬のうちに消え去り、風のように過ぎてしまいそうな気がした。人生なんてなにほどのものでもない。そもそも、後半という言い方はあまりにも楽観的だろう。しかし、そうとも言い切れない。今日、百歳以上の人はいっぱいいるし、百歳まで生きることが標準になりつつある。過酷な肉体労働をしていた人たちは別であるが、もちろんそれは彼のケースではなかった。

　耳鼻咽喉科医は四十歳前後の小太りの男性で、親切そうに見えたが、ひどく不安に怯えているようでもあった。ポールを坐らせて、基本的な質問をいくつかした――氏名、年齢、住所、職業、家族構成――いうなればウォーミングアップのための質問だった。ポールのほうでは、耳鼻咽喉科医に最初抱いた二つの異なる印象について考えていた。そして、不安げな親切心とは、たしかに医者にふさわしく、事実上、その職業的姿勢の定義でさえあると、納得するに至った。ポールは一連の質問に答えたあとで、アル・ナズリの手紙を差し出した。「ええ、電話をもらいましたよ」と医師は言って、それでも手紙にざっと目を通すと、補足の検査をいくつかしましょうと言って、クッションン付きでリクライニング可能な肘掛け付きの大きな椅子に彼を坐らせたが、それは歯科医の椅子をまさに思い起こさせた。歯科医のときと同じ領域にいて、それ以上のことは起こらず、小さなごたごたがたぶんいくつかあるだけだと考えると、ポールはほっとした気持ちになった。最初のうちはたしかにやすやすと事は進んだ。この医師もまた、口を大きくひらくようにと言って、それから歯茎にそっと手で触れると、明るい色の大きな木のへらを口に入れたが、その器具は金属ではなく先も尖っていなくて、歯科医が使う器具に比べてまったく無害だった。それから、ところどころに力を込めながら、長い時間をかけて首を手で触って、それは変な感じがしたが痛くはなかった。最後に、透明でやわらかい、細長いカニューレを手にして、椅子の背もたれをほぼ水平になるまで下げ、プラスチックのチューブをポールの鼻孔にそっと近づけた。最初の瞬間から、ポールは恐怖をおぼえたが、五秒後には凄まじい激痛に襲われ、思わず叫び声を上げた。プラスチックのチューブが脳みそのなかまで引っかきまわしているような感じだった。医師はすぐにチューブを抜いて、心配そうに見つめた。

「すみません」とためらいがちに言った。「鼻孔がとても敏感なようですね」

「うん、本当に痛かった」堪え切れずに涙を流していたことに、ポールはばつの悪い思いで気づいた。

「困ったことに、反対側の鼻孔も検査しなければいけないんですよ」

「ダメだよ！」思わず懇願した。

「いいですか、できるだけゆっくりやりますし、さっきほど奥までは行きません。でもあいにく、必要な検査なんですよ」

実際、とてもゆっくりと、右の鼻孔にカニューレを入れていった。前回ほど急激にではなかったが、ある意味ではもっとひどくて、痛みはどんどん激しくなり、彼はふたたび叫び声を上げた。ナカシュがカニューレを抜いたとき、またしゃくり上げて泣いていた。

「これで検査は終わりです」

「本当に終わり？　もうやらない？」

「はい、もう一度やる必要はないはずです。痛い思いをさせて、申し訳なかったです。でも、無駄ではなかったですよ。少なくとも鼻腔に合併症がないことはわかりましたからね」

「合併症って何の？」ポールは機械的に質問をしたが、涙を堪えることができず、泣き続けていた。ナカシュは迷った。難しい場面だった。「お気づきでしょうけど……」ととても小さな声で話し始めた。「歯茎に変わった腫れ物があります。現段階ではもちろん」と大急ぎで続けた。「この病変の性質はわかりません。生検をおこなう必要があります」先端に針のついた細長い注射器を取り出した。「今度は注射の針を刺さないといけません」と愛想良く明るい調子で、わざと脅すような口調でつけ加えたが、それは話題を変えたことを隠すためだった。ポールは何も反応しなかった。「腫れ物」や「病変」といった言葉は一般に「腫瘍」よりも受け入れやすいが、患者はそれでもこの段階で自問を始める。ところが、彼にはそんな気配がまったくないことに気づいて、ナカシュは当惑した。鼻孔にはもう触れないとわかって、安堵の涙を流しているのである。ポールは、文句ひとつ言わず、機械的に口をひらいたが、小さな切開などさっきのに比べたら何でもなかった。実際、それはすぐに終わって、少しちくっとしただけだった。ナカシュは採取の中身を半透明の液体が入った瓶に移して、それから急いで処方箋を書いたが、そのあいだもずっと話し続けていた。ポールは、生検のほかに、顎のMRIとPETスキャンも受けなければならなかった。これらの言葉を聞いてふと何かを思い出したが、父親のことで耳にしたことがあるような気がした。次に、新たな予約の日時を決めた。ちょうど一週間後、同じ曜日の同じ時間になった。それまでに全部の検査を受けるのはぎりぎりではないかと、ポールは言った。心配しなくていいと、ナカシュは答えた。検査を担当する医師の名前をメモしておいたが、自分からも電話はするし、必要な場合には、空きをつくってもらうこともできる。診察室を出る前、涙はすでに枯れてしまっていたが、ポールは少し恥ずかしくなって、醜態を晒したことを謝った。ナカシュは何でもないことだと言って、親しげにポールの肩に手を置き、「頑張って」と励ますように言って別れた。診察は終わった。

階段を下りて、オルトラン通りを進み、モンジュ広場のベンチに坐って、痛みの記憶が薄らいだときに初めて、ポールは自分の病気の性質について考え始めた。病変は深刻なものかもしれない。医師がこんなにも早く予約を取る約束をしてくれたのは、驚くべきことだった。「必要な場合」と言っていたが、あれは「緊急の場合」の遠回しな言い方ではないか。「頑張って」と言いながら肩に手を置いたときの同情するような様子も気がかりだった。携帯電話の電源を入れて、インターネットで検索を始めたが、彼が抱いていた疑いはすべて正しかったとすぐにわかった。指示された検査から見て、ナカシュはどうやら口腔癌を疑っているらしかった。午前十一時だった。モンジュ広場に市《いち》が立つ日で、チーズ屋、ハム・ソーセージ屋、八百屋の露店があった。市場で買い物できたらよかったのにと思った。野菜や果物を選んだり、魚屋で旬の魚介類の品定めができるくらい、市場に詳しかったらよかったのに。もう手遅れだ。そう思うと同時に、自分は死ぬことになると気づいた。五十回目の誕生日はおそらく最後の誕生日になるだろう。さまざまな年齢の女性たちが、キャスター付きカートを慎重な面持ちで引きながら、露店のあいだを行き来していたが、自分はもう彼女たちと同じ現実にはいないのだ。それからすべてが逆になって、同じ世界に属しているようにふたたび感じられた。たぶんすぐには死なないし、すべては検査の結果次第だろう。休職中なのは幸いだった。プリュダンスには話さずにおこう。もしすべてうまく行ったら、彼女はこの一件を知ることさえない。エスカレーターに乗り込んだが、モンジュ駅のこの巨大で目の眩むようなエスカレーターが昔から好きだった。とても速く、とても深く、地下へ下りて行くのに、パリの地下鉄の他のすべてのエスカレーターと違って、けっして故障することがない。ほぼ三十年前からこのエスカレーターを知っていたが、故障しているのを一度も見たことがなかった。しかしこの日は、地下の暗闇へ下りて行きながら、息苦しさを感じた。下に着いたとき、振り返ると、頭上高くに空の一角と日の光に照らされた木の枝が見えた。すぐに上り方向のエスカレーターに飛び乗った。咄嗟の行動を後悔したが、屋外に戻りたいという気持ちが勝った。タクシーで帰ることにしよう。公共交通機関はやめたほうがいい。除外されているという感覚がどこかに潜んでいて、それがいまにも姿をあらわしそうだったから。モンジュ通りの刃物雑貨屋のちょうど向かいに出たが、この店もほぼ三十年前から知っていた。彼は市場をもう一回りして、イタリア産の豚肉製品や名産地のソーセージの露店を眺めた。こういったものもすべて本当にあきらめなければいけないのか？　もちろんその可能性はあった。物事はたいていこんなふうに終わって、「彼は素晴らしい人生を送った」と人々が言って、それから葬式がおこなわれる。これは多かれ少なかれ正しいが、その一方でいつも間違っている。死を考えるとき、人生が美しいなんてことはけっしてない。パスカルが例の直截さで述べていたとおりだ。「芝居では、他のすべての場面がどれほど美しくても、最終幕は血なまぐさい。ついに頭上に土くれが投げかけられ、それで永遠に一巻の終わりだ」（『パンセ』断章一六五、塩川徹也訳）突然、世界がちっぽけで物悲しく、限りのない悲しみに満たされているように感じられた。

　タクシーに乗るのは結果としてあまりいい考えではなかった。帰り道、ピティエ＝サルペトリエール病院の横を通ることになって、そこで苦しみながら人生を終えることになるという確信に、突如としてとらえられたからである。病院は途方もなく大きく見えた。パリの中心にそびえる、苦痛と病気と死に捧げられた、巨大な要塞のようだった。そうした印象はベルシー公園まで来るとすぐに消えた。タクシー運転手にとまるように言って、最後は歩いて家まで帰った。プリュダンスに会う前に、何としても精神的な動揺を鎮めるか、せめて和らげておかなければならなかった。少なくとも、父は病院から脱出して、自分の家で、好きな環境で、人生を終えつつあった。父のためにこうした状況をつくれたのだから、自分自身のためにもできるのではないか？　それは確かではなかった。プリュダンスはこのような立場を擁護してくれるだろうかと考えた。彼女には、権威に従う傾向、専門家――この場合は医師――に信頼を寄せる傾向があった。配偶者の立場を盾に取って、医学の権威に真っ向から逆らうには、相当な努力が必要になるだろう。じつを言うと、彼自身は、父のケースでそういった努力をする必要はなかった。彼が逆らったのは行政機関であって、その愚劣さは広く認められていたが、医学的な権威に逆らったわけではないからである。この場合、それはルルー医師によって体現されていた。医学的な権威に本当に立ち向かわなければならないとき、唯一の解決法は、立派な経歴をもつ医師、最低でも有名病院で研鑽《けんさん》を積んだ医師を味方につけることだが、できれば元医局長のほうがいいし、教授の資格もあるに越したことはない。医療界で現在通用している価値体系はルイ十四世の宮廷のそれと同じくらい風変わりなものだから、プリュダンスなど手もなく一蹴されてしまうだろう。彼のほうでは、態度を固め、対決に備えなければならなかった。

家に帰ると、ジャックダニエルを大きなグラスに注いで飲んで、少しずつ落ち着きを取り戻した。それから、前に寝室として使っていた部屋へ行って、机の引き出しに処方箋をしまった。この部屋はいまは来客用の寝室になっていて、ついでに書斎も兼ねていたが、彼に書斎などほとんど必要なかった。実際、めったに足を踏み入れることはなく、プリュダンスが来ることもまずなかったから、危険はいっさいなかった。

彼女は六時過ぎに仕事から帰って来て、すぐに料理に取り掛かった。〈帆立貝のクリームリゾットのサフランソース添え〉をつくることに決めていた。リゾットは油断のできない料理で、ある程度の集中を必要とした。ソーテルヌ（白ワイン）を味わいつつ、キッチンから聞こえてくる音に耳を澄ましながら、ある種の幸福のかたちに結局はたどりつけたのだと思った。いま死ぬのは残念だった。それから、決意を新たにして、こうした考えを追い払った。予想していたとおり、プリュダンスは耳鼻咽喉科医の診察については何も言わず、覚えてさえいないようだったので、いまのところは何も心配は要らなかった。食事中、彼女は休暇の話をした。サルディーニャ島へ行きたい。ずっと前からサルディーニャ島へ行ってみたかったともつけ加えた。彼女がその話をするのは初めてだった。ところが、ずっと前からその気だったと本気で思い込んでいる。そう考えて、彼は胸が熱くなった。二十年前、コルシカ島の休暇で起きた奇跡を再現しようとしていることに、気づいていないのだ。残念ながら、もう六月の終わりだから、八月に何か予約するには遅すぎる。夏季休暇に関しては、世間と同じ時期に取ることが、省では慣例になっているが、九月に休みの一部を取ることはできるだろう。おそらく、八月に最低でも二週間の休みを取る必要があるが、サルディーニャ島ほどの人気の行き先でなくても、旅行の計画を立てるのは、どこに行くにしても、不可能。残るはサン＝ジョゼフとラルモール＝バーデンだけど、どっちがいい？　サン＝ジョゼフと、ポールは迷わず答えた。サン＝ジョゼフとラルモール＝バーデンのどちらかを選ぶのは、ある意味では二人の死にかけの老人のどちらかを選ぶことだった。彼は、父とはまだ完全にけりをつけていない、父に関してはまだ何か明らかにすべきことが残っているような気がしていた。それに対して、プリュダンスは自分の父親のことでは、何のわだかまりもないようだった。「それじゃあ、ショートパンツはやめだね……」と小さな笑みを浮かべて言った。そんなことはないと、ポールは答えた。ショートパンツでサイクリングしてもいい。あの地方にはとても素敵なサイクリングコースがあるんだから。林のなかに連れ込んでセックスだってできるだろう。ある雑誌で、たしか女性誌だったが、質問に回答した女性の百パーセントが、森のなかでセックスすることに幻想を抱いていると、読んだことがあるのを思い出した。植物には女性のホルモン分泌を活発にする何かがあるに違いない。不思議なことだ。そうだ、とてもいい休暇になるだろう。彼はそう思った。だが、最もありそうな可能性は、ピティエ＝サルペトリエール病院で夏の休暇を過ごすことだと、すぐに思い直した。

3

ナカシュが言っていたとおり、MRIとPETスキャンの予約は簡単に取れた。いまになって思い出したが、これらの検査について最初に話してくれたのはリヨンの看護師で、彼女は親切でスタイル抜群だった。ブリアンもPETスキャンの話をしていた。正式には「陽電子放出による断層撮影」と呼ぶのだという。印象に残る表現だったが、装置も負けず劣らず印象的で、湾曲して重量感があって、かすかにクリーム色がかったホワイトメタルは、SFスペクタクル映画を即座に連想させた。これひとつだけで、病院の運営予算の大半を食い尽くしているように見えた。

次の火曜の十時に、耳鼻咽喉科医の診察室をふたたび訪れた。ナカシュはポールと長々と握手して、椅子を勧めたあと、長い瞑想に一人入ってしまったようだった。この演出の目的は、告知の重大さにふさわしい不安な状態へと自分を突き落とすことではないかと、ポールは考えた。もしそれが本当なら、目的は達せられていた。

「良い知らせと悪い知らせがあります」と医師はようやく口をひらいた。「悪い知らせですが、生検の結果、歯茎にできた腫瘍は悪性であるとわかりました」

「悪性というのはつまり、癌性だって言いたいわけですか？」

医師はとがめるような目を向けた。いや、それこそがまさに言いたくないことだった。だがまあ、そのとおり。これは癌です。どうせ言わざるを得ないことなんだから。良い知らせは、と彼は急いで話をつないだ。この癌は限られた範囲にしか広がっていません。というか、首のリンパ節には広がっていますが、それはほとんど必然的なことで、いずれにせよリンパ節郭清《かくせい》をいつもおこなうんです。リンパ節まで広がっているとき、喉頭癌が口腔癌と結合している恐れもあります。でも今回は違います。「とりわけ」と彼は続けた。「PETスキャンではいかなる転移も発見できませんでした。あなたの癌は全身に広がろうとしているような状況ではまったくなくて、それは本当にとても良い知らせですよ。つまり、腫瘍があり、深刻な腫瘍であるわけですが、それを取り除くために必要なことをしていきましょう」彼の口調は、軍隊式、ベトナム戦争風になっていた。人間関係を経験的に知り尽くしていると、ポールは思った。彼自身、同じようなことは到底できそうになかった。

「転移がなければ」と医師は説明を続けた。「手術だけでほぼ十分なはずです。化学療法と放射線治療も少し必要ですが、本当にほんの少しのはずです。それから、これはあまり良くない知らせですが、腫瘍はそれなりの大きさですよ。残念なことです。せめて、二、三か月前に受診していたら、こんなことにはなっていなかったんですけどね。でもいまは、大きな手術をする必要があります」

「どういうことですか？」

「外科医から話してもらうほうがいいでしょう。わたしの理解が正しければ、あなたはいまは働いていないので、どちらかと言うと、毎日、自由なわけですよね？」

「ええ、まあ」

「金曜の朝に外科医と会えるように予約を取らせてもらいました。もちろん、わたしも同席します」

「場所はどこですか？」

「ピティエ＝サルペトリエール病院です」


薄緑色の廊下のあとに薄緑色の廊下が際限なく続いた。ポールには果てしなく続くかと思われた道のりのあとで、二人はようやくB一三二号室の前にたどり着いた。ナカシュは入口のドアの上部の曇りガラスを叩いた。彼らが入ったのは、白い壁にかこまれた小さな部屋で、同じく白いテーブルがひとつ置いてあるだけだった。二人の男がカルテを手元に置いて坐っていた。二人とも、ほぼ完全にはげていて、白衣を着て、黒いひげを生やしている――『タンタンの冒険』に出てくるデュポンとデュボンによく似ていた。ただし、ひげはそれほど濃くなく、瓜二つでもなかった。一方が少し恰幅が良く、年上に見えた。しかしどちらも、少し不機嫌そうで、かつ親切そうでもあった。まるで、病人には何も期待してはならないが、責任を負う覚悟で、救いの手を差し伸べてあげなければならないとでもいうように。これらはむしろ安心できることで、二人がすでにカルテに目を通しているという事実も同様だった――ポールは病院のレターヘッドに見覚えがあった。二人のどちらが外科医だろうと考えた。

「わたしはルサージュ医師、化学療法医です」と年上のほうが言った。

「わたしはルボン医師、放射線治療医です」ともう一人が告げた。

「マルシアル医師は少し遅れてます。彼が担当外科医です」とナカシュが教えてくれた。

当の外科医は五分後に姿をあらわした。他の二人とは違って、三十歳足らずの美男で、少し長めの髪はカールしていて、ハーレクイン・シリーズかアメリカのテレビドラマに出てくる外科医そのものだった。とはいえ、ジョージ・クルーニーとは異なり、断然くだけた格好をしていた。ジョン・B・キングのスニーカーを履いていたが、これはアメリカの若手バスケットボール選手の名前で、世界で最も稼いでいるスポーツ選手であり、レアル・マドリードのセンターフォワードの年俸を追い抜いたところだった。靴底が厚さ五センチはあって、こんなに分厚い靴底の靴はいままで見たことがなかったが、一度だけの例外は〈スウィンギング・ロンドン〉についてのドキュメンタリーで、女の子がものすごく短いミニスカート――ほとんどベルトだった――とものすごく底の厚い靴を履いていた。靴には水がいっぱい入っていて、そのなかで金魚が泳いでいた。こんな状況では、金魚は数日で死んでしまうので、動物愛護団体の運動によって、この靴はすぐさま禁止された。どうしてこんなことを思い出したのか、わからなかった。外科医は自分に向かって話していたが、話の内容はまるで頭に入ってこなかった。「レゾンさん」と呼びかけられたのはわかったが、あとの言葉は理解不能だった。下顎骨切除《マンディビュレクトミー》、舌切除《グロスクトミー》、摘除《エグゼレーズ》について話していたが、彼にはこれらの言葉は何の意味ももたなかった。この部屋に入って来てから、脳の働きが緩慢になっていて、麻酔とも魔法ともつかないものにかけられたかのようだった。それでもようやく質問を口にした。

「つまり、外科だけじゃないんですね……。放射線と化学療法もあるんですよね」とデュポンとデュポンに向かって言った。

二人は椅子に坐ったまま遠慮がちに身をくねらせた。サーカスの採用面接で自分の一番いい横顔を見せようと願うチンパンジーのようだった。

「そのとおりです」としばらくしてから放射線治療医が物憂げに述べた。「外科もあいにくなんでもできるわけじゃありませんから」マルシアルにそっと甘い視線を送ったが、相手はわずかに身を震わせただけで、何も答えなかった。「ルサージュ医師は術前の治療をおこないます」と続けた。「可能であれば腫瘍を小さくすること、少なくともこれ以上の悪化を食いとめることが目的です。わたしは術後の治療をおこないます。腫瘍の周辺に残った癌細胞を除去することが目的です」

「でも転移はないと思っていたのですが……」

ルサージュは真剣な表情でポールを見つめて、口をぱくぱくさせてから、話し始めた。たしかに、PETスキャンではいかなる転移も発見できなかった。でもそれこそが驚くべき結果である。顎の癌というのはきわめて浸潤しやすく、とりわけリンパ節まで広がっている場合、癌細胞はリンパに入り込んでいる可能性があり、リンパというのは人体のあらゆる領域を流れている。要するに、い、い、いまのところ、転移はないと言ったほうが現実的だろう。それに、PETスキャンが転移を見逃すこともありますからと、悲しげに言った。あの装置はエアバス一機分の値段はしそうなのに、役目を果たせていないとすれば、それはたしかに悲しむべきことだと、ポールは思った。

「PETスキャンはそれでもものすごい進歩ですよ」と二人の医師の若いほうがふたたび発言したが、ポールはその名前をすでに忘れていた。こいつはデュポンと呼ぶのがいい。ポの音にふさわしい何か夢想的なところがあるから。それに対して、年上のほうは、平凡で、地に足がついていそうだから、デュポンにぴったりだった。外科医については、キングと呼んで、簡略化しよう。ポールは彼に注意を移して、先ほどの手術についての説明はまったく理解できなかったと打ち明けた。たしかに、専門用語がいくつかあったし、嚙み砕いて説明したほうがよかったと、キングは認めた。摘除《エグゼレーズ》は単に腫瘍の切除のことだ。下顎区域切除《マンディビュレクトミー・セグマンテール》は下顎の一部を切除することだが、今回のケースでは、左下顎全体と下顎結合の中心部分——別の言い方をすると顎先のこと——の切除をおこなう必要がある。舌切除《グロスクトミー》についてだが、これは舌を切って取り除くことで、彼のケースでは残念ながら、可動部全体を処置しなければならない。

部屋のなかは静まり返った。ポールがいかなる反応も示さなかったので、外科医は心配になった。患者のなかには、この段階で絶望に襲われて、くずおれる者もいる。怒り出す者もいて、示された見通しを何が何でも認めようとせず、医師に悪罵を浴びせることもある。あるいはまた、取引を始める者もいる。うまいことやれば、少し軽めの手術を勝ち取れるとでもいうように。しかし、すぐに進んで手術を受け入れるような人は、いままで誰一人として見たことがなかった。ポールのように、まるで診断を聞いていなかったかのように、何の反応も示さない人も見たことがなかった。あまりに異例のことだったので、しまいに尋ねた。「わたしの言ったことはちゃんと理解しましたよね。レゾンさん？」ポールはうなずいたが、あいかわらず黙ったままだった。

「しばらく入院しないといけないのですか？」次第に重苦しくなっていた沈黙を破って、ポールは尋ねた。外科医はかすかに眉をひそめた。それは病人がいつかは必ずする質問である。しかし、最初にする質問ではない。「合併症がなくても、最低三週間の入院は見ておく必要があります」と彼は答えた。「何と言っても大変な手術ですから。手術台の上にしばらくいることになりますよ」

「どのくらいの時間ですか？」ちょっとは良くなってきたと、外科医は思った。普通の質問をするようになったからだ。「十時間から十二時間ですね。補足的な手術もたぶん一つか二つはあるでしょうけど、こちらはずっと短い。一、二時間で済むでしょう。最初の手術が一番大掛かりなものです。わたしが切除と再建を続けておこないます。こうすれば、術後に変わり果てた顔で過ごす必要はなくなるわけです。一般的な再建方法は、肩甲骨の骨を使って顎を復元し、広背筋の一部と隣接する皮膚を使って舌を復元するというものです。でも、3Dプリンターで作ったチタン製の義顎の使用も、あなたのケースならたぶん可能でしょう。同僚の意見も聞いてみないといけませんけどね。その場合、手術は少し短くなります」

　その他にはっきり言っておく必要があるのはと、外科医は続けた。移植されたばかりの舌は十分には機能しない。主な役割は口のなかを満たすこと。この舌には味蕾《みらい》も筋肉もない。通常の人間の舌には十七個の筋肉があるのにもかかわらず。これを動かせるようになるためには、舌の付け根に残っている筋肉を使うしかない。いずれにしてもこの部分を切除すると舌全体の壊死《えし》は免れないのだが。長期のリハビリのあとで、最低三か月は見ておく必要があるが、そのあとでようやく、ほぼ通常どおりに食べたり話したりできるようになる。最初は胃瘻《いろう》で栄養をとらなければならない。その上、最初の一週間は、呼吸のために気管切開も必要になるだろう。

　ナカシュは心配そうな目で見たが、ポールはあいかわらず何の反応もしなかった。心ここにあらずといった様子で、自分には関係がないとでもいうふうだった。ふたたび沈黙が流れたあと、ポールは口をひらいて、手術は急を要するのかと尋ねた。残念ながらそうだと、外科医は答えた。待てば待つほど、腫瘍に増殖する時間を与えることになる。今月末まで、遅くとも八月の初めには、手術しないと。じつは、よくよく考えてみると、チタン製の義顎という選択肢はおそらく外すことになる。現在、この義顎はアメリカでしか作られていなくて、届くまでに時間が掛かりすぎるから。
ポールは黙ったままうなずいた。他に質問はなかった。

ポールはナカシュと果てしなく続く薄緑色の廊下を反対方向に歩いた。十台ほどのタクシーが病院の正面玄関の前で待っていたが、歩いて家まで帰ることにした。十五分か、せいぜい二十分の道のりだ。ナカシュはタクシーに乗ろうとしていた。ポールのほうを振り向いたが、何を言っていいかわからず、言葉を探していた。「ショックでしょうね。こんなに急に手術することになるなんて。わかりますよ……」とやっとのことで言った。ポールはそっけない目を向け、落ち着き払って答えた。

「あんな手術を受けるなんて論外です。化学療法と放射線治療はいいでしょう。手術はお断りします」

「そんな、ちょっと、待ってくださいよ」とナカシュはあわてて叫んだ。「そんなことを言っちゃいけません！　あなたの癌は深刻なんですよ。いまの状況でも、骨まで広がっている場合、予後はよくありません。他の頭頸部癌に比べてもそうなんです。五年で二五パーセントですよ。手術を拒むなら、もっと下がるでしょう」

「つまり」とポールは相手をさえぎった。「四分の一の生存率のために、顎を取っ払って、舌をちょん切らなきゃいけないってことですか？」

ナカシュは急に黙った。やっぱりそうなんだとポールは悟った。耳鼻咽喉科医は明らかに困惑していて、口を滑らせたことを後悔していた。でも、やっぱりそうなんだ。「もう一度、よく話し合いましょう……」とナカシュはあわただしく答えた。「予約簿をいまは持っていないので、明日か今夜にでも電話してください。時間をつくりますから」ポールは無言でうなずいたが、何もしないと決めていた。決心はもうついていた。

ポールはベルシー橋の真ん中で立ちどまった。左手には、正面に経済・財務省があって、その先にリヨン駅の大時計が見えた。右手には、ベルシー公園が広がっていた。まったく、狭い空間で人生を送ってきたものだと、彼は思った。最後までそれが変わることはなさそうだった。というのは、背後にはピティエ＝サルペトリエール病院が広がっていて、十中八九、そこで人生を終えることになりそうだったからである。それにしたって、何て不思議なことだろう！　限りなく不思議なことだった。三週間前、彼は普通の人だった。性欲を感じることも、休暇の計画を立てることも、先の長いたぶん幸せな人生を思い描くこともできた。実際、プリュダンスと仲直りしてからというもの、かつてないほど、そうした人生を思い描くことができていたのだ。彼女をずっと愛してきたし、彼女も自分をずっと愛してくれていたことは、いまや明らかだった。それから、医師の診察をいくつか受けているあいだに、状況は一変、彼の上で罠が閉じた。罠が緩むことはない。それどころか、痛みはますます激しくなるだろう。腫瘍は肉体をむさぼり続け、ついには彼を滅ぼす。訳の分からない滑り台のようなものに突き落とされ、その唯一の出口は死だった。どのくらいの時間が残されているのだろう？　一か月？　三か月？　一年？　医師に訊いてみなければ。そのあとは、無だ。あと戻りのできない、根源的な無だ。もう何も見えない、何も聞こえない、何にも触れない、何も感じない、けっして。意識は完全に消えてしまい、彼は元から存在しなかったかのように、肉体は土のなかで腐っていくだろう――火葬によるより徹底した破壊を選ばないかぎりは。世界は存在し続け、人間たちは性交し、欲望を感じ、目標を追いかけ、夢を育む。しかしそうしたことは彼なしでおこなわれるのだ。彼は人々の記憶のなかにかすかな痕跡を残すだろう。それからこの痕跡も消えてなくなる。突然、セシルとそのバカげた信仰に対して、正真正銘の憎しみの感情が込み上げてきた。パスカルは例によって正しかった。「ついに頭上に土くれが投げかけられ、それで永遠に一巻の終わりだ」

まずはプリュダンスに話さなければならなかった。これ以上、先延ばしにはできない。幸いにも今日は金曜日だ。翌日彼女が仕事に行かなければいけないとわかっていて、平日にこんなことを告げるなんて、想像できなかった。土曜日に話すのもあまり想像できないが、本当を言うと、彼女に話すことがまったく想像できなかった。だが、話さなければならなかった。

4

実際にポールが妻に話をできたのは、日曜の昼近くになってからで、いつもよりも長く時間を掛けてセックスしたあとだった。いつも以上の快感を与えたと確信していたが、現在直面している問題に見合うものでは当然なかった。大地を震わせるような絶対的なオルガスム、それひとつだけで生を正当化できるようなオルガスム、そのようなものが必要だった。つまり、ヘミングウェイの小説を除いてはおそらく存在しないようなものが必要だった。『誰がために鐘は鳴る』の飛び抜けてバカげた一節を思い出した。

ポールは、じっくりと詳細に、十分以上、話をした。何も隠し立てせず、嘘をつこうとさえしなかった。妻は、ベッドの上で二個の枕を背にして坐って、一言も発さずに、話を聞いた。急に泣き崩れるようなことはなかったし、ほとんどいかなる反応もしなかったが、時々、右手で宙を叩くような仕草をした。時々、息を深く吸うこともあった。話が終わると、一、二分黙っていたが、こちらを向くと、とても冷淡に、ほとんど敵意を込めて、言った。

「他の意見も聞いてみないと。他の医者の意見をね」

「どの医者？」

「わからない。ブリュノに電話して」

「どうしてブリュノなの？　医療のことなんて、彼は何も知らないだろ」

「ブリュノはお父さんのために保健大臣に話をつけてくれた。二人は知り合いで、関係も悪くないってことでしょ。保健大臣は、この分野で一番の医者は誰か、知っているはず。保健大臣だったら、医療関係のことはある程度知っていると思うの」

「たしかに、そうかもね」

「いま、電話して」

「今日は日曜だよ」

「そんなことわかってる。いま、電話して」


ブリュノの仕事のリズムがどんなものだったのかは忘れかけていたが、ほとんどすぐに電話をかけ直してきてくれた。彼は何も言わずに話を聞いて、結論を下した。「何本か電話をかけないといけない。その返事を待つ必要もある。二、三時間後にまた電話するんでいいかい？」

二人は電話を待っているあいだ、〈アルテ〉（独仏共同運営の文化放送局）で「ディマンシュ・マルタン」[*1]のアーカイブ映像を見ていた。ジャック・マルタン（『ディマンシュ・マルタン』の司会者）は二十世紀後半を通してフランスのテレビ界の顔役の一人だったが、いまや文化遺産になろうとしていた。ミシェル・ドリュケール[*2]もそうなるに違いないが、もっと早く、死後数週間のうちにそうなるだろう。

ブリュノはちょうど二時間後にかけ直してきた。「明日の朝十時にボコブザ教授に診てもらうんだ。口腔癌の外科治療では欧州随一の専門医だよ。ヴィルジュイフのギュスターヴ・ルシー研究所に勤めている。今日の午後、ナカシュ医師が――君が診てもらった耳鼻咽喉科医だね？――彼にカルテをメールで送ることになっている」

ポールは、高速6号線をアジェンデ大統領通りで降りると、マルセル・グロメニル通りに入ってから、研究所のあるエドゥアール・ヴァイヤン通りに進んだ。

イポリット・グロメニルとジュリアンヌ・フリュイの息子マルセル・グロメニルは、初等教育の修了証書を得たあと、三年間の徒弟奉公をしてから、プロヴァンの騎兵隊で兵役を務めた。旋盤工の職人となり、一九二五年十月三十一日にマリ＝マチュリーヌ・カドレと結婚。夫婦はベルナールという息子をもうけた。一家はヴィルジュイフのジャンティィ通り十番地に居を構え、妻はそこで店を持った。彼はパリの十四区でイスパノ・スイザの旋盤工として働いていたが、一九三五年にエンジンメーカーのノーム・エ・ローヌに入社。同年五月には、ポール・ヴァイヤン＝クチュリエが筆頭を務める候補者名簿の一員として、ヴィルジュイフの市議会議員に選出されている。県参事会は、一九四〇年二月二十九日、共産党所属を理由に、彼を罷免した。一九四〇年六月三十日、「大脱出《エクソダス》」（独軍侵攻時の集団避難）に加わったことを雇用主に告発されるが、一九四一年四月二十三日にはふたたび雇用さ

＊1　一九八〇年から九八年まで毎週日曜に放送されていたテレビ番組。
＊2　「ディマンシュ・マルタン」の後継番組「ヴィヴマン・ディマンシュ」の司会者。

れている。アルジェリアで自由フランス軍に加わろうとしていたとき、友人のレーモン・プツァールとともに逮捕され、ボルドーで投獄、次いでコンピエーニュで収監されたあと、ドイツのオラニエンブルク強制収容所に移送されて、そこで一九四五年の春に死去した。一九四八年十二月十四日、「フランスのために死んだ」と認められた。

ヴィルジュイフは一般に、「赤い郊外」を長らく象徴する自治体で、一九二五年から二〇一四年まで途切れることなく共産党の市長が率いていたが、近年の人口変動によってその流れは変わった。まず、ユダヤ人はもうあまり多くなくて、反対に、イスラム主義者による数多くのテロや未遂事件によって、この自治体は知られている。二〇一五年一月、アメディ・クリバリは、ポルト・ド・ヴァンセンヌの小型スーパー「イペル・カシェル」で人質事件を起こし、四人を殺害するが、その前にヴィルジュイフで車を一台爆破している。二〇一五年の春、アルジェリア人学生のシド・アフメド・グフラムは、ヴィルジュイフの二つの教会で日曜のミサの時間に、銃火器によるテロを目論んでいたところを逮捕された。二〇一五年十一月十三日、同日夜の少し前にパリで百二十九人の死者を出した虐殺への称賛のしるしとして、市役所の玄関ホールが燃やされた。ポールは、病院へ向かってエドゥアール・ヴァイヤン通りを進む途中、オート・ブリュイエール県立公園の横を通ったが、この公園ではイスラム教に改宗した精神障害者が二〇二〇年一月に通行人をナイフで襲って、一人を殺害、二人に重傷を負わせた。地下鉄で来たほうが良かったのではないかと、彼は考え始めていた。病院の前に駐車場があるのを見つけたのは嬉しい驚きだった。病院のファサードは、鮮やかな色彩のタッチで明るく飾り立てられていて、リヨンのサン＝リュック病院を少し思い出させた。PETスキャンを受け、気管切開と胃瘻造設が必要になると告げられたあとで、こんなファサードを見るなんて……。父親が通った道に少しずつ足を踏み入れていると、曖昧で複雑な気持ちで思った。

ボコブザ教授は、病院の白衣の下に明るいグレーの三つ揃いのスーツをめかし込み、さらにボルドーの蝶ネクタイを締めていて、映画やテレビドラマで広められた医学部の大物教授のイメージにぴったりだった。それはポールには非常に安心できることのように思えた。結局のところ、現実が紋切り型のイメージに一致するのは、つねに好ましいことである。いかめしい顔、細いメタルフレームの眼鏡、じつを言うと、彼のすべてが、この上ない安心感を与えた。ピティエ＝サルペトリエール病院の外科医は、たぶん髪を少し長く伸ばしすぎていて、そして何と言ってもスニーカーの靴底が厚すぎた。ポールは自分がこんなにも旧弊で、こんなにも昔風だとは思っていなかったが、生きるか死ぬかが問題になり始めてから、どうやらそうなっていたらしい。こういった場合は誰でも多かれ少なかれそうなるに違いないと、彼は考えた。

「さて、保健大臣のご友人だそうですね……」ボコブザは正面に坐るとすぐに微笑を浮かべて言った。

「正確には違います」とポールは答えた。「むしろその同僚の友人です」

「身びいきや特権や情実といったものへの批判は、わたしもよく知っています。もちろんそれはもっともなことですけど、誰だってコネがあるときは使っていますよ。社会の最底辺に位置する人々でさえね。過度な規制によって行き詰まってしまった状況を、そうやって打開できることもあるってことは、ちゃんと認めないといけない。今回の場合については、あなたの癌は深刻な状況であるということも、言っておかなければいけませんね。当然、あなたには可能なかぎり最良の治療を受ける権利がある。はっきりさせておきたいことがあります。あなたが置かれているような状況で、医師のセカンド・オピニオンを欲しいと思うのは、まったく特別なことではない。しかし、こうしたやり方はやはりありふれたものではないのですよ。あなたがそうしようと思ったのは、現在の外科医を信頼していないからですか？」

「わかりません」としばらく考えたあとでポールは言った。「最初、それを望んだのは妻でした。それに、あんな手術をするのが気に入らなかったというのも、言っておかなければいけません。でも、外科医が気に入らないのか、手術そのものが気に入らないのかは、本当にわからないんです。どちらも少しずつだと思います」

「あなたが不信感を抱いていることはわかりました」とボコブザはすぐに言った。「わたしにはそれで十分です。手術を担当する外科医に絶対的な信頼を寄せていないのなら――それが理屈に合わない、あるいは正当化できないとしても――その外科医に手術してもらうべきではありません。フィリップ・ランソンの『切れ端』は読みましたか？」

「いいえ。聞いたことはあります。『シャルリ・エブド』のジャーナリストで、イスラム原理主義者の犠牲になった一人ですよね？」

「そのとおり。顔面にカラシニコフの銃撃を浴びて、そのために顎を再建することになったのですが、その状況はあなたが顎を切除したあとの状況とかなり近いものがあります。わたしがこの話をしているのは、彼の本を読むと、外科医との信頼関係がいかに重要であるかが理解できるからですよ。その上、本の大部分はピティエ＝サルペトリエール病院を舞台にしていますからね。というわけで、よく書けた本ですから、お薦めしておきますけど、患者にとっては必ずしも励みになるような内容ではないと、言っておかないといけませんね。作者は数え切れないほどの外科手術を受けていて、十回か十五回か、正確な数がわからなくなるほどです。病院では合計して二年間過ごしています。これは例外的なケースで、あなたの場合には同じようなことにはならないと、はっきり言っておく必要があります。この本が書かれたのは十年以上前で、それからいろいろ進歩してますからね。移植が難しい手術であることに変わりはないし、失敗するケースも数多くあります。でも、義顎と3Dイメージングの技術は我々に本当に多くのものをもたらしてくれました」

「ピティエの外科医の考えでは、それはわたしのケースでは使えないってことでした。手術は緊急で、義顎はアメリカでつくらないといけないから、時間がないとかって」

「そうですね、その点については、同僚の意見に反対だと言わざるを得ません。あなたの癌は進行性ですが、浸潤の恐れはそれほどありませんから。適切な化学療法で、腫瘍を小さくするか、とにかく数か月は進行を遅らせて、そのあいだに義顎をつくればいい。ルサージュは優秀な化学療法医で、わたしも全幅の信頼を置いています。わたしが担当するなら、いますぐに義顎の作製を始めて、手術は十月末に予定します。手術はここでして、化学療法と放射線治療はピティエ＝サルペトリエール病院で実施することも、もちろん可能です。むしろそうすることを勧めます。疲れる治療ですから、移動は最小限に抑えたほうがいい。いずれにしても、担当外科医を無理に務めることはしたくありません。決めるのはもちろんあなたです。じっくり考えて、ナカシュともまた話したほうがいいでしょう。彼は良い医者ですよ。あなたは運がいい」

　ポールが現に話したいのはプリュダンスだった。結局、彼女以外、彼の死に関わりがある者、本当に関わりがある者が、他に誰かいるだろうか？　ある意味では彼自身がそうだ。しかしほんの少ししか関わりがないという気もした。死は、死ぬ本人には、ほとんど関係がない。エピクロスは例によって正しかった。まあいい、いまのところは、そのことは考えずにおこう。

「ナカシュによると、生存率は四分の一くらいだそうですね」とポールは不思議と他人事のような口調で続けたが、何でこんな口調なのかは自分でもわからなかった。

「はい」とボコブザは冷静に答えた。「骨が侵されている場合は、だいたいその数字です。そうは言っても、あなたの場合、転移がまったくないこと、浸潤の恐れがあまりない癌であることを考えると、二分の一まで上がると言っていいでしょうね」

「二分の一の可能性。映画みたいじゃないですか？」

「あなたには冗談を言う権利があります」と外科医は少し悲しげな口調で答えた。「もちろん、わたしの側には、そんな資格はない。でもあなたには自分の余命について冗談を言う権利がある。言ってみれば、人権の一部ですよ」

「もう一つ質問があります。自分の骨をチタン製の義顎に取り替えるのはそんなに嫌じゃなくて、歯には悩まされっぱなしだったから、かえってほっとするくらいなんですよ。それに対して、どうも別の外科医の話によると、舌に関しては現時点ではいい解決策はないようですね」

ボコブザはうつむいて、こんどはいかにも疲れた様子でため息をついてから、答えた。

「そのとおり。たしかに、この分野では準備は十分に整っていません。食べ物はこれまでとは同じ味がしなくなるし、発話には困難がともなうでしょうね。そもそも舌の動きは限られたものになります」

「舌の処置はせずに、顎だけ手術するわけにはいきませんか？」

外科医は思わず微笑を浮かべた。「自分がしようとしていることがわかっていますか？　取引を始めようとしているんですよ。お薦めしたい本がもう一冊あります。エリザベス・キューブラー＝ロス。喪失の五段階説を提唱した人物です。この理論は、自分自身の死や近親者の死だけではなく、より広くあらゆる種類の喪失に当てはまります。離婚や切断手術の場合もありえる」真剣な表情に戻って、悲しげに頭を振った。「あなたの話に戻ると、残念ながら返事はいいえです。腫瘍の一部を切除しても何の役にも立たないし、癌の播種《はしゅ》をかえって促す恐れもある」

「じゃあ、外科手術を全部拒否したら？　化学療法と放射線治療だけにしたらどうなりますか？」

「その場合、生き延びる可能性はずっと低くなります。そうは言っても、確かなことはわかりませんよ。完璧な予測は不可能ですから。化学療法だけで治癒に至ることはありません。でもどういうわけか、放射線治療が腫瘍の悪化を食いとめ、さらにはそれを小さくして、ついには完全に消滅させてしまうことはあります。滅多にないことだけど、あるにはある」

「もし何もしなかったら、わたしにはどれだけの時間がありますか？」

「およそ一か月ですね」

　ポールは大きな笑い声を上げて、すぐに黙り込んだ。ボコブザは困惑してうつむき、数秒後に顔を上げたが、ポールの頬をゆっくりと静かに流れる涙を見て、さらに困惑した。

「質問はもうありません」とポールはしばらくして落ち着いた声で言った。

「もちろん、わたしとしては手術を受け入れてほしいのですが……」とドアまで見送りながらボコブザは言った。ポールが廊下に出る直前、袖をつかみ、目をまっすぐに見て、つけ加えた。「最後にひとつだけ。化学療法と放射線治療がうまくいかなかった場合、あらためて手術を試みることは可能です。さらに難しくなりますけどね。組織がもろくなって、皮弁が拒絶される恐れが高まりますから。でも不可能じゃない。以前、そういった手術を試みたことがあるんです——そのときは成功しました」

5

ポールは家に帰る前に、ラ・クール・サン＝テミリオンにあるベルシー・ヴィラージュのFNAC（大型書店チェーン）に寄った。フィリップ・ランソンの本はすぐに見つかった。〈リーヴル・ド・ポッシュ〉[*1]の「スピリチュアリティ」叢書から、エリザベス・キューブラー＝ロスの『死、生の扉』（邦題『生命尽くして――生と死のワークショップ』）を選んだ。どうも納得のいかないタイトルだ。一見してその逆がむしろ真実であると思われた。熟考の末、『死は新しい太陽である』も追加した。これもまたバカげたタイトルで、何かを連想させたが、それが何かはわからなかった。最後に、ダヴィド・セルバン＝シュレベールとかいう人の小ぶりな本を加えて買い物を終えた。この本は見たところ、癌患者向けの心理的アドバイスから成っていた。これはあまりいい選択ではないとすぐに気づいた。著者はポジティブ・シンキングにすっかり染まっていて、楽しいひとときをもち続ける必要性を説いていた。友人たちと美味

＊1　リブレリー・ジェネラル・フランセーズ社から刊行されている文庫本。

しい料理をかこんで、地ワインをほどほどに飲み、その合間にバカ笑いすること。著者はベルギー・ジョークまで褒めたたえていた。こういったもの、特にバカ笑いには、むしろ目を閉じて死にたい気分にさせられたが、じつを言うとかなり前から、地ワインやバカ笑いの称賛には、ほとほとうんざりしていた。要するに、自分向きの本ではなかった。エリザベス・キューブラー＝ロスもかろうじてマシなだけで、喪失の五段階説にはちっとも納得できなかった。最初の二つの段階の〈否認〉と〈怒り〉は、彼の場合、単純に起こらなかったようだ。三つ目の〈取引〉はかろうじてあった。最後の〈受容〉は、彼の考えでは、純然たる冗談に属していた。結局のところ、現実的に思えたのは、四つ目の〈抑鬱〉の段階だけだった。こんな理論は目くらましでしかない。『死、生の扉』はさっさと放り出してしまった。『死は新しい太陽である』をひらいて、このタイトルが何を連想させていたのか、不意に思い当たった。ラ・ロシュフコーが、愚かにも死と太陽を比較して、そのどちらも直視することはできないと断言していたのだった。太陽の場合はそれがどう考えても間違いであることは、毎朝、日の出のときにわかることだし、日没のときもたいていはそうだった。タイトルはバカげていたが、この二冊目の本は一冊目よりもはるかに面白かった。著者のスイス人医師は、臨死体験《ニア・デス・エクスペリアンス》の記述にかけては、草分け的存在だった。これについては、アメリカのロマンチック・コメディーで見て、漠然と記憶していたが、映画の内容はすっかり忘れてしまっていた。ＦＮＡＣに引き返して、もう一人の先駆者であるレイモンド・ムーディの本を買ったが、映画よりはるかに面白く、すぐに夢中になった。最初に起こるのは体外離脱で、肉体から抜け出て、病室や事故車の近くで、自分の体の数メートル上を漂う。それから、授業再開を知らせる高校のチャイムのような、鋭い鐘の音が鳴って、暗いトンネルに吸い込まれ、凄まじいスピードで転がり落ちていく。次に、トンネルから投げ出されて、見たことのない、ほとんど抽象的な空間にいる。ここで自分の生涯がおびただしい数の短い映像の連なりになって再生されるのを見る者もいる。次に、光の存在があらわれる。まず、先に亡くなった親しい者たちが集まっていて、次の展開を教えてくれる。全員の顔を覚えていて、祖父母も年上の友人も、その一人一人を見分けることができる。最終局面では、原初の光を目にする。原初の光はこのときだけ目に見える姿を取ってあらわれたのだ。ここに来て、光はつねにそこにあるが、いまは親しい者たちに案内を任せているのだと、理解する。

これらの証言は、素朴で語彙の乏しい、作り話などできそうにない人々によって語られているだけに、いっそう美しく説得的だった。体外離脱の体験が、間違いなく最も重要だった。ポールには、生命が肉体を離れるなど、想像不可能で、ありえないことに思えた。しかしそれこそがまさに人々が目覚めたときに記憶していることだったのである。そのあとの行程を特徴づける記憶が、調和と光に満ちているのとは違って、この記憶には特に快いところも、不快なところもなかった。大半の人たちは自分の肉体に対してどちらかというと無関心で、そこに戻りたいと思うこともやはり時にはあったが、それは単に自分の肉体に慣れ親しんでいたからにすぎなかった。彼らの心を占めていたのは、極度の不確かさだった。たとえば、ウォルマートのレジ打ちが証言しているように。「たぶん死んだんだって思ったの。でも気になるのは、死んだことよりも、これからどこへ行くことになっているのかがわからないってこと。『これからどうなるの？　どこへ行けばいいの？』って思ったの。それから、『わたし、死んじゃった！　信じられない！』ってね。それから、この大騒ぎが終わるのを待とう、わたしの体が運び去られるのを待とうって、やっと決めたの。どこへ行ったらいいかは、そのあとでわかると思って」次の指令を待つ彼女の姿は感動的だった。存命中は優秀なレジ打ちであったに違いない。これらの話はエンドルフィンの過剰分泌によるものだと疑ってはいけない。恍惚としたところは少しもなく、ただただ徹底して不可解なだけだった。いずれにせよ、こうした瞬間は、生還者の人生観に決定的な変化をもたらしていた。たぶん、自分もこの種の体験をしていたら、死を受け入れるのにいかなる苦労もしないだろうと、ポールは思った。自分自身の死、死の状態そのものを思い出せるというだけで、人類は大いに安堵するはずだ。そのことは臨床死の生存者の証言に目を通せば理解できる。たとえば、アリゾナ州の農場主はこんな証言をしている。「俺がひたすら感じたのは、それまで一度も感じたことのない、心地良い熱気と限りない充足感だった。こんなふうに考えたのを覚えているよ。『俺は死んだに違いない』ってね」あるいは、コネチカット州の冶金工はこんな証言をしている。「安らぎ、励まし、充足感、平静さ以外は、まったく何も感じなかった。悩みは全部消えたような気がした。それで思ったんだ。『何て心地よくて、安らかなんだ、もうどこも痛くない』って」証言はたいてい単純かつ具体的だったが、原初の光を描こうとする際は、崇高の域に達していた。ポールもこんな体験をするチャンスがあったら、少しも恐れずに死を待てたのに。しかし、実際にはそうではなく、死は、完全な消滅、無への恐ろしい落下であると、ポールには感じられていた。どのような記述も、それがどれほど心を揺さぶるものであろうと、現実の体験の代わりにはならないと思われた。それでも、午後いっぱいは夢中になって読み続けたが、もしプリュダンスがこの本を見つけたら、死を覚悟していると思うのではないかと、ふと考えた。書斎に隠しておいて、妻が留守のときに読まなければいけない。残るはランソンの本だけだった。しかし、ページをめくってみて、状況が違うことにすぐ気がついた。当時、

3Dプリンターはまだ未来の夢だった。何より、ジャーナリストは顎を粉砕されたが、舌は無傷だった。結局のところ、二人の症例はほとんど何の関係もなかった。というわけで、他人の助けは借りずに、プリュダンスのためにもっともらしい説明をこしらえることにした。彼女は帰宅したら間を置かず、すぐに訊いてくるだろう。しかし、その前に電話をかけてくることはないと、彼は考えていた。あまりにも重要な問題だから、面と向かって話す必要があった。説明を仕上げるのにはまだ少し時間が残されていた。

　完璧な嘘とは、さまざまな真実を並べて、そのところどころを省略したものである。それは主として、故意の言い落としであり、時に程よい誇張を織り交ぜたものである。ボコブザ教授は優秀な医師に見えたし、彼には全幅の信頼を置いていた。ピティエ＝サルペトリエールの医師よりもよっぽど良かった。こういった話をすることはできたし、それは本当のことだった。プリュダンスはあっさり信じた。彼女はブリュノの推薦を信頼し切っていた。二つの治療方法があって、一つは外科手術に頼る方法、もう一つは放射線治療と化学療法に頼る方法だ。これも本当の話だ。だが、二つの方法は両立可能であること、成功する可能性は同じではないこと、ボコブザ教授は一つ目の方法をはっきりと勧めていたことは、話さずにおいた。すぐに、この面倒な話は忘れてしまおうとした。良い嘘とは本人もしまいには信じ込んでしまう嘘である。ポールは、説明を進めるうちに、自分は上手に嘘をついていて、プリュダンスの不信も少しずつ消えていっていると感じた。彼自身、現実をじきに忘れてしまいそうだった。少なくともしばらくのあいだは。

　あまりに安心できる話というのも信憑性を欠く。何と言っても癌なのだから、不安を抱かせ、つらい気持ちにさせるような情報も、取り入れる必要がある。それには放射線治療と化学療法が打って付けだ。山のように副作用があり、資料の裏付けもばっちりだった。極度の疲労、嘔吐、食欲不振、赤血球や白血球や血小板の急激な減少、時には脱毛もある。その上、口腔癌に関しては悪臭がするという耐えがたい特性があった。彼の口からも腐ったような臭いが徐々にするようになると、ポールは伝えた。化学治療で臭いは抑えられるが、完全になくすことはできない。二人の会話は二時間に及んだ。ポールは最後まで同じ態度を貫いたものの、徐々に困難を感じ、迷いが生じることもあった。それでも、厳密な意味で嘘はいっさい口にしなかったが、真実を打ち明けたいという気持ちがだんだんと強くなった。それには抵抗した。自分は正しいとわかっていたから。もちろん病状は絶望的で、遅かれ早かれ、おそらくそう遠くない時期に、妻も気づくだろうが、彼女自身が自分のペースで、気づく必要があった。それはつらいことだろう。二人はやはり子供をもつべきだったのかもしれない。何だかんだ言っても、それは何か大事なもので、二人の愛の代わりになっていたのではないか。こうした考えが胸をよぎったことは、いままでの人生でもたびたびあったが、バカげた考えだと追い払ってきた。彼が若かったころ、さまざまな雑誌記事によって、〈利己的遺伝子〉に関するアメリカの社会生物学者たちの考え方が広く知られるようになっていた。アメリカの社会生物学者たちは生殖を遺伝子の原始の叫びのようなものと見なしていた。遺伝子は、自らの生存を確実にするためなら、媒体となる個々の生物体の最も基本的な利益に反するようなことも含めて、どんなことでもやってのける。遺伝子は個々の生物体に思い切ったペテンを仕掛ける。子孫を残すことで死に打ち克つことができると信じ込ませるのである。当然のことながら、真実はその逆である。生殖はあらゆる動物にとって、死を直接引き起こすものでなくとも、死への決定的な一歩である。いずれにせよ、この遺伝子の部分的生存というのは、本当の生存のくだらないパロディにすぎない。父に関する記憶で、こんな図式に一致するものは、皆無だった。フランス軍の勝利に人生を捧げてきた父が、この国の秩序と安全の守護者の一人を自認していたことは、彼も知っていた。ことによると、もっと広く言って、西側諸国の秩序と安全を背負っているつもりかもしれなかった。DGSIに対するポールの態度に、父は失望していた。オーレリアンへの失望はそれをはるかに上回り、自らの人生の指針を拒絶されたように感じていた。そういうわけで、父親の愛情の大部分はセシルに注がれ、後には彼女の夫にも向けられたのである。こうしたことに遺伝はいっさい関係なく、純粋に文化伝達の問題だった。

バカバカしいほど単純化された、アメリカの社会生物学者のこのような考え方は、古くからあるアメリカ的な子供観を奇妙なことに裏打ちしていた。この子供観は現代のアメリカの小説にも表れている。そこでは、友人や恋人との仲や仕事上のつきあいが、この上なく不愉快な冷笑主義でもって描写されているのに対して、子供との関係は、一種の魔法の空間、利己主義の大海に浮かぶ魅惑の小島として描かれている。こうしたことは赤ん坊の場合ならまだ理解できる。ただし、赤ん坊が柔らかな肉を肩にもたせかけてくるとき、それは天国であるが、数秒のうちに地獄へと大人たちを連れ去って、理由もなく怒り狂い、横暴で威圧的な性格を早くもあらわにする。八歳の子供も、野球の練習相手やいたずらっ子としてちやほやされているうちは、まだかわいい。だが、誰もが知るとおり、それも長くは続かない。子供に対する両親の愛は証明されており、特に女性にとって、それは一種の自然現象である。しかし、子供はけっしてその愛には応えず、けっして愛されるに値しない。両親に対する子供の愛は自然の摂理にまったく反している。もし運悪く子供をもっていたら、プリュダンスと仲直りする機会はけっして得られなかったと、ポールは思った。子供が思春期の入ロに達してすぐ、自らに課す最初の使命は、両親の関係を破壊すること、とりわけ性的な面においてそれを破壊することである。子供はいかなる場合にも両親の性行為を我慢できないし、両親同士の場合はなおさらである。自分はもう生まれたのだから、この行為にはもはやいかなる存在理由もなく、老人どもの気色悪い悪習にすぎないと、子供は筋道立てて考える。これはフロイトの教えとは必ずしも一致しない。だがいずれにしても、フロイトはたいして理解できていなかったのだ。子供は両親の関係を破壊したあと、こんどはその一人一人を亡き者にしようとする。十九世紀のフランス写実主義文学が明らかにしたとおり、子供の主要な関心事は、両親が死んで、遺産を受け取れるようになるのを、待つことである。モーパッサンの小説のように、子供が受け取り日を早めるようなことをしないなら、まだ幸せであると思っていい。モーパッサンは作り話をしていたのではない。誰よりもよくノルマンディー地方の農民を知っていたのだ。要するに、子供をもつとたいていはこんなふうになる。

二人は犬を飼うべきだったのかもしれないが、それもしなかった。いまはもう自分たちしかいないが、最期の時までそれで十分だろう。カップルという存在、より正確には異性愛のカップルという存在は、愛情表現の主要な実践的手段であり続けているが、プリュダンスはそれを、数か月後、もしかすると数週間後に、永久に失う。それからこんどは彼女が死ぬ。その時はすぐにやって来るだろう。その最期は困難なものになるだろうが、それは彼女自身が死ぬからではなく、彼女が自分の死なんてどうでもいいと思っているからだ。女性は、自らの役割にたやすく一体化して、その役割が終わるとき、人生そのものが終わると考えがちである——男性が置かれている状況はより複雑である。さまざまな歴史的理由により、男性は自分の存在に合わせてその役割を決めることが往々にして可能だった。少なくともそう信じていた。そのため、理の当然として、自分の存在そのものを特に重視するようになり、それが終わりを迎えるとき、あわてふためいてしまうのである。プリュダンスの最期が困難なのは、単にそれが孤独で不条理だからだ。何のために生きるのか？　生きて何になるのか？

見たところ安心した様子で、妻は彼の腕のなかで眠りについた。誰かが、とりわけ女性が、何かを熱烈に欲するとき、そのとおりになると説得するのはけっして難しいことではない。ブリュノに対してはそれほど簡単ではないだろう。ブリュノはボコブザが外科医だと知っているし、彼とおそらく話もしているだろう。明日にでも電話しなければならなかった。

実のところ、ポールの周りで通用している礼儀作法のひとつとして、死が迫っているのを隠すことが義務になったのは、つい最近のことだった。まず、病気一般が汚らわしいものとなり、一九五〇年代以降、この現象はアングロサクソン系の国々を端緒として西洋に広がった。いまやすべての病気がある意味では恥ずべき病気であり、死に至る病気は当然のことながらあらゆる病気のなかで最も恥ずべきものだった。死に関して言えば、それは下品極まりなく、可能なかぎり隠すべきであるとすぐに取り決められた。葬式は短縮された——火葬の技術的革新のおかげでこの過程は一気にスピードアップし、一九八〇年代以降、問題はほとんど解決を見た。もっと最近になると、社会の最も進歩的で最も教養のある階層の人々が、同じように死に際の苦しみも隠そうと企てるようになった。これは避けられないことになったが、瀕死人は周囲の人々の期待を裏切り、多くの場合、自らの死を盛大なパーティーを催す機会と考えることを嫌がったため、不快な出来事が生じた。こうした状況のなか、社会の最も進歩的で最も教養のある階層の人々は、入院について口を閉ざすことを決め、入院を休暇期間と説明することが、配偶者、さもなければ、最も近い親族の務めとなった。入院が長引く場合、サバティカル・イヤーという相当危なっかしい作り話が持ち出されることもあったが、大学関係者でもなければ信憑性がなかった。いずれにしても、そういった作り話はめったに必要なくなった。長期入院はまれになり、たいていの場合、数週間、いや数日間で、安楽死が決断された。散灰は、家族がいる場合はその一員によって、いない場合は公証人役場の若い書記によって、人知れずおこなわれた。この孤独な死、人類の歴史が始まって以来、かつてないほど孤独な死は、種々の自己啓発本の著者たちによって、近ごろ称揚されていたが、その同じ著者たちが、数年前はダライ・ラマを褒めそやし、最近では基礎生態学に転向していた。彼らはそこにある種の動物の知恵への回帰を見出し、それを時宜に適ったものと考えていたのである。オーストラリアの作家の有名なベストセラーで、それよりももっと有名でもっと儲かったテレビシリーズを生み出した小説の仏語タイトルに倣って言えば[*1]、隠れて死ぬのは鳥だけではなかった。大半の動物は、狼や象のようにきわめて高度な社会性をもつ種に属する場合でも、死の訪れを感じたとき、グループから離れたいと感じるのだという。このように自然の声は太古の知恵に従って語っていると、種々の自己啓発本の著者たちは力説している。

　教養あるブルジョワたちのあいだで新たに通用し始めたこれらの礼儀作法を、ブリュノがまったく支持していないことは、ポールも知っていた。ブリュノはむしろ物事に正面から取り組むタイプで、率直な物言いを好み、現実を取り繕うための努力などこれっぽっちもしなかった。実際には、ブリュノが先に電話してきたので、ポールには前もって説明を準備する時間がなかった。それでも割とうまく切り抜けたと、少なくとも自分ではそう思った。一次治療で外科手術を拒んだため、生存の可能性が下がったことは、率直に打ち明けた。ただし、放射線治療がうまくいかなかった場合、そのあとで外科治療に戻ることは可能だ。その場合、手術が成功する可能性がずっと低くなることは、言わずにおいた。二つの真実とそれに続く一つの故意の言い落とし。プリュダンスに用いたのと同じ嘘のテクニックであり、ブリュノに対してもうまくいったようだった。近況を訊くため、定期的に連絡しようと言って、ブリュノは電話を切った。

翌日、デュポンとデュボンと面談することになっていた。今回は化学療法医のオフィスへ行くことになった。壁に緑色のビロードが張られた、居心地の良い小さな部屋で、病院にこんな場所があるとは、驚きだった。ポールは部屋の右側の小さなソファに腰掛けた。デュボンはデスクの後ろの回転椅子に、デュポンは正面のヴォルテール椅子（背の高い、後ろに反った肘掛け椅子）に、それぞれ坐っていた。デュポンはポールのほうを向き、じっと見つめてから、言った。「もちろん、我々はできるだけのことをやります」そのあきらめた口調からだけでも、失敗する可能性が高いと考えていることは明らかに思えた。「病状についてはボコブザ先生が詳しく説明しましたよね」とデュボンが続けた。誰も彼もがボコブザに途方もない尊敬の念を抱いているようだった。ブリュノですら、同輩や同僚のあいだで、これほどまでに全面的な支持を得たことはなかった。ポールは、ボコブザの目の前に数分間いたのに、専門医であり、その分野の卓越した専門家であるこの人物に、もっと注意を払わなかっ

＊1　コリーン・マッカラの小説『ソーン・バーズ』のこと。仏語タイトルは「鳥は隠れて死ぬ」。

たことを後悔した。この男は、巨大な組織の原動力となり、社会機構の活動を可能にしている人物の一人であるというのに――こうした人物は、数千人、いや数百人しかいなくて、けっしてそれ以上は存在しない。

　デュボンにはいかなる場合にも生存を保証することなどできなかった。たぶん神を除いて、それは誰にもできない。別様の社会の執政官にはできるかもしれないが、そうした社会はむしろ未来のもので、韓国がたぶんそのおおよその姿を漠然とではあるが示している。デュポンにできるのはこの国の現在の社会環境のなかで最大限の努力をすると請け合うことだけだった。フランスはたしかに衰退しつつあったが、それでもまだベネズエラやニジェールよりは技術的に有利な機会に恵まれていた。

　治療医の二人はそれから生き生きとした掛け合いを始めた。その基礎の部分はおそらくすべての患者に共通していたが、細部は一人一人に合わせて即興でつくられていて、その目的は、これは簡単なことじゃない、ひどく苦しい思いさえすると、そんな考えに患者を慣れさせることだった――ポールの場合には特にそうであると思われた。外科手術を放棄した結果、大量の照射で腫瘍を手加減なしに攻撃することが必要になったから。疲労、嘔吐、吐き気は避けられない。相当痩せることも予想される。というのは、癌細胞は正常な細胞よりもはるかに膨大な量のエネルギーを消費するから。そう、皮肉ですよ、とデュボンは悲しげに認めた。癌細胞はエネルギーを大量に消費する。人体に取り込まれたエネルギーを、癌細胞が好きなだけ奪ってしまうなんて、皮肉で残酷なことだ。癌っていうのは本当に嫌な野郎だ。それは疑いようがなかった。

6

次の月曜日の昼近く、ポールは最初の治療を受けるために病院へ向かった。七月十九日だった。街からはすでに住民がいなくなり始めていて、二週間後には最も静かな時が訪れる。ふだんならばパリにいるのを好んだ時期だった。

一つ目の診療場所を見つけるのにいくらか苦労した。プレハブの巨大な平屋建てで、中庭にぽつんと建てられていた――一度も来たことのない場所だった。十名ほどの患者がガラス張りの廊下で待っていた。受付の看護師に名前を告げてから、彼らにまじって腰掛けると、みなが頭を上げて、ちらりとこちらに目を向けたが、すぐに顔を逸らした。誰一人として会話も読書もしていなかった。彼らの孤独は完全なものだった。時々、パスカルの言うように、「苦悩のうちに、そして希望もなく」、お互いを見て、それからまた自分の世界に戻って行く。やはりパスカルが言うように、明らかにこれは「人間の境遇の絵姿」だったが、それでもまだ古き文明社会という恵まれたケースだった。このような待機の日々を人々が死への通路で、虐殺の陶酔に浸って過ごすような場所が、世界には数多くある。刑場への同胞の出発、同僚の出発が、無関心ではなく、残忍な喜びの爆発とともに、迎え入れられるような場所が、世界には数多くある。

ポールはフィリップ・ランソンの本を持って来ていたが、それをひらく気がしないことに気づいて、自分でも驚いた。数週間前、重症患者の仲間入りをすると考えて不安になっていたときに、買っておくべきだった。いまとなっては遅すぎる。フィリップ・ランソンは重傷を負ったが、それは一生治らない傷であって、これからずっと同胞たちに嫌悪感を抱かせ続けるだろうし、ある意味ではもう二度と同胞をもつことはない。だが、ポール自身、不治の病に侵されていると知ってから、同胞を探し求める段階をすでに超えていた。不治の病人や死を宣告された人たちにかこまれ、共同体ならざる共同体、物言わぬ共同体のなかにいた。この共同体では周囲から少しずつ人が消えていく。彼は〈死の陰の谷〉（旧約聖書詩篇二十三）を歩んでいて、この言葉の真の意味が初めてわかったような気がしていた。ポールは残滓《ざんし》のような奇妙な生の形式を知りつつあった。それは、他から完全に切り離され、生者の心をかき乱す事柄とはまったく異なる事柄を中心にまわっていた。

まもなく、廊下左手の部屋に呼ばれた。部屋の中央には巨大な装置が鎮座していたが、ＰＥＴスキャンと同じくクリーム色のホワイトメタルでできていて、やはり「スター・ウォーズ」から出てきたかのようだった。看護師を付き従えたデュポンは、まるでこの機械をつかさどる司祭のように見えた。寝台の上のフェルトペンで描かれた線のあいだにポールを寝かせると、硬質樹脂製のお面を取り出した。「これを頭にかぶってもらいます」と彼は言った。「健康な部位への照射を避けるため、治療中はじっとしている必要があります」それからお面をクリップで寝台に固定した。ポールは思わずびくっとしたが、顔と肩はしっかり固定されていた。「心配しないでください」と医師は小声で言った。「こんなふうに固定されるのが嫌なのはわかります。でもそんなに長くはかかりませんし、けっして痛くはありませんから」ポールは目を閉じた。

治療後、デュポンが起き上がるのを手伝ってくれた。少しめまいがしたが、それは普通のことだと、医師は言った。部屋を出る前に隣のベッドで休むのがいい。化学療法は十三時から始まるが、軽食をとりたければその時間はある。病院内のカフェテリアは悪くない。しかし、あまり空腹を感じることはないだろう。ポールは横になるとすぐ、激しい吐き気に襲われ、トイレに駆け込んだが、苦い胆汁を少し吐いただけだった。

化学療法が実施されていたのは、病院の別の区域で、そこも知らない場所だった。この病院は本当に巨大だ。ポールが入ったのは、天井が高く、同型のベッドが数メートルおきに置かれて長い列を成している、古そうな部屋だった。一九一〇年に作られた部屋だと、デュボンが教えてくれた。一世紀前、いや二世紀前から、ほぼすべての時代の痕跡がこの病院には残されている。当然、患者は新しい部屋を好むが、設備はもちろんどこも同じだから、実際にはどうでもいいことだった。たしかに、養護施設みたいな雰囲気は、気を滅入らせるものがあって、誰もここで眠りたいとは思わないだろうが、そもそもこの場所は外来診療にしか使用されていなかった。化学療法自体については、「ちょっとしたカクテルを用意しておきました」と言って、おどけた表情をつくろうとしたが、それはあまりうまくいっていなかった。彼の顔はおどけた表情には向いていなかった。「これは最も不快な側面を和らげてくれるはずです」と真面目な口調になって続けた。「臭いは？」とポールは訊いた。「はい、特に臭いをね」彼は悲しげに首を振った。「あなたの腫瘍も本当に悪臭を発し始めますよ。親しい人たちが離れて行くのを見るのがどれほどつらいことかは、わたしもよくわかっています。彼らを責めることはできません。だって、本当にものすごい悪臭を発することもあるんですから。でも、それは避けられるって保証しますよ」治療は静脈注射でおこなう。看護師が点滴バッグをすぐに取り付けに来るだろう。ポールは唖然とした。投与時間は約六時間。問題がないかを確かるために、一、二時間後にまた来るつもりだ。点滴を六時間なんて、予想だにしていなかった。そうです、長時間拘束されることになりますと、デュボンは認めた。でも、それが最も効率的な方法だった。将来的には、すべて順調に進んだら、経口投与も検討できるかもしれない。しかしいまのところは点滴が必要だった。看護師がキャスター付きの点滴スタンドを押して、早くも近づいて来ていた。「奥さんが迎えに来ますよね?」と医師は訊いた。彼は肯定した。そのほうがいいと、医師は言った。通常、副作用は夜遅くになってからしかあらわれない。それでもやはり、迎えに来てもらったほうがいい。

　医師が出て行くと、ポールは周りを見渡した。部屋はがらんとして、患者が十名ほどいるだけだったが、彼らは不完全な星座のように、互いに遠く離れた場所にいた。彼のように横になっている者がほとんどだったが、点滴のそばで肘掛け椅子に腰掛けている者もいた。高い窓から差し込んだ日の光がほこりのなかを揺れ動いていた。水を打ったように静かだった。点滴を一日六時間、それを週五日なんて、いくらなんでもひどいと思った。これに耐えるには本が必要だ。でもどんな? 何と言っても、生死がかかっているのだ。それにふさわしい本が必要だろう。ごく単純に、パスカルがいいかもしれない。さもなければ、全然違うもの、ジョン・バカンやコナン・ドイルのような、娯楽小説や冒険ミステリー小説がいいだろうか。

デュボンが十九時過ぎに戻って来て、すぐに点滴から解放してくれた。十五時に来たが、眠っていたと、医師は言った。帰る前、副作用のリストを、ポールに手渡した。すでに説明されたことがより詳しく書かれていた。採血は週末に実施することになるだろう。血液細胞は少し時間がたってから減少し始めることもあるから。

プリュダンスは病院の正面玄関の近くで待っていた。ポールに心配そうな視線を向け、腰に手をまわすと、タクシーのほうへ連れて行った。そんなに調子は悪くないと、彼は言い張った。でも実際には、アパルトマンに着くとすぐに横になりたいと感じ、そのあともポタージュスープを数口飲むのがやっとで、それから抑えがたい吐き気に襲われた。かわいそうなプリュダンスと、彼は思った。彼女は野菜やその他のあれこれをミキサーにかけていた。それでも少しは栄養をとらないといけないと、彼女は言った。病院でもらった説明書では、ジャガイモ、パスタ、豆類が推奨されていた。特に最初が大変だけど、数日後には良くなると医師は約束してくれたと、彼は答えた。そんなことは何一つとして約束してもらっていなかった。その話をしながら気がついたのだが、プリュダンスが夫の言うことを信じたのは、よい知らせであれば何でも信じたいと思っていたからだけではなく、そもそも、嘘をつくことや嘘を考えることができないからだった。そういったことは彼女の性格にそぐわなかった。

シャーロック・ホームズ全集は自宅の本棚ですぐに見つかった。〈ブカン〉叢書[*1]から刊行されて

*1　ロベール・ラフォン社が刊行していた叢書。

いる二巻本だった。翌日の午後、こんなにも早く自分の人生を忘れて、天才探偵の推理とモリアーティ教授の暗躍に夢中になれることに、驚かされた。本の他には何がこのような効果を生み出せるだろう？　映画ではないし、音楽はもっと違う。音楽は健康な人に向いている。だが、哲学もふさわしくないし、詩も死にかけている人には向いていない。何が何でも物語作品が必要である。自分以外の誰かの人生が語られていなければならない。じつのところ、それらの他の人生は魅力的である必要さえなく、アーサー・コナン・ドイルのようなたぐいまれな想像力やストーリーテラーの才能も求められていないと、彼は思った。語られる人生が、彼の人生と同じくらい、陰鬱でつまらないものであっても、不都合はない。それが他の人生でありさえすればいいのだ。その一方、もっと謎めいた理由により、その人生は創作されたものでなければならない。伝記や自伝はダメだった。「我が人生は何と波瀾万丈な小説だったことか！」とナポレオンは叫んだが、彼は間違っている。その自伝『セント＝ヘレナ回想録』はひどく退屈な読み物で、そこらの郵便局員の自叙伝と大差ない。現実の人生ではやはり不足なのだ。ナポレオンのような人物の人生であれば時々は関心に値することもあるかもしれない――たとえば、ヴァグラムやアウステルリッツでは大暴れしたと考えられる。だからといって、それを地下鉄の駅名にするなんて、調子に乗ってはいけない。

　才能や天才、または作者を何と呼ぼうと同じことだが、彼らによって美化させられた、平凡でつまらない人生には、自分自身の人生もそれほど無意味ではなかったと、気づかせてくれるという利点もある。プリュダンスと過ごしたコルシカ島のバカンスは、そこそこのポルノ映画の水準には達していたし、とりわけモリアニの海辺の場面はそうだった。たしかに、この浜辺はそういう名前だったと、いまになって思い出した。ブリュノと交わした会話のなかには、政治スリラーに出てきても恥ずかしくないものだってある。要するに、彼は生きたのだ。

金曜の午後、『恐怖の谷』に没頭していたとき、より正確には、マクマードが〈スコウラーズ〉の入団式を驚くべき勇敢さで耐えている場面を読んでいたとき、妹が面会に来ていると、看護師が知らせに来た。「妹？」とバカみたいに繰り返した。「妹さんはいますよね？」看護師は心配そうに言った。誰彼構わず入れることはできない。責任が掛かっているのだから。はい、妹はいますと、ポールはゆっくりと認めた。本から抜け出すのに恐ろしく苦労した。

セシルがベッドから三メートルのところに来たとき、これはまずい、妹は怒りを抑えられないと、ポールはすぐに察した。「手術……！」と彼女は声を上げ、それから口をつぐんだ。憤りのあまり息を詰まらせ、あとを続けることができなかった。「ごまかさないで」と言葉を継いだ。「耳鼻咽喉科の先生に会ってきたんだから」彼は驚いて、医師の守秘義務がどうのこうのとしどろもどろに言った。

「守秘義務に背くことは何もしてない。手術をやめたのを知ってるって、わたしから言ったの。兄さんはそういうことをするだろうってわかってたから。兄さんの癌のことをインターネットで読んで、兄さんが何を考えてるか、だんだんわかってきた。考え直すよう口添えしてほしいって、医者には言ったの。できればそうしたいけど、予約の電話さえかけ直してこなかったって言ってたよ。病院と直接話をつけてしまったんだってね」

「いずれにしたって、遅すぎるよ……」ポールは弱々しい声で言った。

「うん、わかってる。医者にもそう言われた。ここまで来たら、放射線治療を続けたほうがいいって。治療は七週間続くから、そのあとで再検査してもらえばいい」

「七週間ってどうして?」

「そんなことも訊いてないの!」妹は激高して声を上げた。またもや爆発寸前のようだった。「週五回治療すると七週間で七十グレイに達するけど、それが人間が耐えられる最大被曝線量。担当医も言ってたけど、放射線治療は無害じゃない、副次的な被害があるの。でも、手術をしないで済めば、あとはどうでもいいみたいね。ポール、わたしには理解できないよ。ヨーロッパで一番の外科医が手術するって言ってくれたんでしょ。男が臆病なのは知ってたけど、まさかここまでとはね……。どうせ、奥さんにも嘘をついたんでしょ?」

「いや、それはない」

「そう? じゃあ、言ってないことがあるんでしょ?」

「ああ、むしろそれだね」

「そういうことか。本物の嘘をつく勇気さえないってことね」彼が不安そうな目をしているのを見て、妹は続けた。「心配しないで……。彼女には何も言わない。夫婦のことに首を突っ込むつもりはないから。どっちみち、いまからじゃ治療法を変えられないんだから、どうしようもないことでつらい思いをさせても仕方ない。でもね、わたしが本当に疑問に思っているのは、いつになったら真実を告げるつもりなのかってこと……」

ポールは何も言わなかった。じつは、彼自身も同じことを考えていたところだった。こんどはセシルが口を閉ざした。どうやら落ち着いてきたらしい。怒りは少しずつ悲しみに変わっていた。

「オーレリアンも今年死んだ。こんなことにはもううんざり」と妹はようやく言った。「兄弟二人に自殺されて楽しいと思う?」

「それは関係ないだろ……！　僕は自殺するんじゃない。ある治療法をやめて他の治療法を選んだだけだよ。放射線治療で治ることだってあるんだ。医者に訊いてみろよ。本当だって教えてくれるから」

妹は、かなり訝しげに、ほとんど蔑むように口をとがらせた。ナカシュが放射線治療をあまり良く言わなかったことは明らかだった。

「難しい病気だけど、このやり方で良くなれるんだ」とポールは言い張った。「それに僕のために祈ってくれたっていいんだぜ」

「やめて！」妹は急に立ち上がった。怒りがすべていちどきに戻って来た。「いますぐやめて！」何かまずいことでも言ったのだろうか？　彼女の宗教はまったく理解できない。「兄さんのために祈っても何の意味もない」と妹は大声で叫んだ。「そんなのほとんど冒瀆だよ。祈っても、兄さんには効かない。だって、生きたいと願っていないんだから。命は神様の贈り物。もし兄さんが自分で自分を助けようとするなら、神様は兄さんを助けてくれる。でも、神様の贈り物を拒むなら、神様は兄さんのためには何もできない。本当はそれを拒む権利さえないんだけどね。自分の命は自分のものだってたぶん思っているだろうけど、それは間違いだよ。兄さんの命は兄さんを愛する人たちのものなの。兄さんはまずプリュダンスのもので、でも少しはわたしのものでもあって、わたしが知らない人たちのものでもあるかもしれない。兄さんは他の人たちのものなの。たとえ兄さんがそれを知らなくても」

妹は困惑した様子で腰を下ろした。少しずつ落ち着きを取り戻し、呼吸もまたふだんどおりになった。話を続けられるようになるまでに、一分は必要だった。「ほんと、わたしってバカだよね。

兄さんは点滴をしているのに、怒鳴り込みに来たんだから……。でも、いてもたってもいられなくなっちゃって。手術を拒否したのはショックだったよ。ポール、わたしは兄さんに死んでほしくない」

ほとんど聞こえない、弱々しい声で、ポールは答えた。「舌を切られたくないんだ」

妹は深々とため息をつき、立ち上がった。「ごめんね。わたしが言ったことは、どれもこれも本当にバカげてたよ。もう行くね。落ち着いて、少し考えないと。ただね、兄さんに、これだけは知っておいてもらいたいの」ポールの目をじっと見つめた。優しく澄み切った表情に戻っていたが、妹にはこのほうが似合っていた。怒って説教するなんて明らかに向いていなかった。「何があっても、いつでも電話していいからね。わたしは全部放り出して、兄さんの枕元に駆けつける。数時間しか掛からないから。たとえそれが本当に最期の瞬間でも、その前に一度も電話していなくても、何も知らせてくれていなくても、電話して。駆けつけるから」

病室の出口へ向かいながら、妹は何度も振り返って、小さく手を振った。どうしたわけか、その姿が次第にぼやけていくように見えた。その他もろもろの障害に加えて、視力にも問題があるのかもしれない。

第7部

1

セシルが病室を出て行った瞬間、妹にはもう二度と会うことはないと、ポールは確信のように、はっきりと感じた——エルヴェにも、ましてやアンヌ＝リーズにも、会うことはない。この世ではもう多くの人に会うことはないだろうが、その都度、今生の別れという印象を与えないように、精一杯努めるだろう。程良く楽観的でユーモアのある態度を捨てず、みなと同じようにふるまい、死が迫っていることをひた隠しにするだろう。同世代や同時代をいくら軽蔑しても憎んでも無駄である。望もうが望むまいが、そこに属していて、その流れに従って行動している。そこから抜け出すにはたぐいまれな精神力が必要だが、彼がそんな力をもったことはなかった。数日前、これが最後かもしれないが、ブリュノと電話で話をした。ブリュノはいつものように、有能で、献身的で、てきぱきとしていた。セシルと会ったが、セシルもいつものように、優しく、激しやすく、感情的だった。父にも会うつもりだ。いつかはまだ正確にはわからないが、最後にもう一度会う必要があった。それはずっとあっさりしたものになるだろう。父親は、現在の状態からして、不可解で、謎めいて、何も話さないとしか考えられなかったが、これまでもずっとそうだった。結局、人と人との関係は、生涯を通してさほど変わることなく、出会った瞬間、あるいはその前から決められていた図式に、従うものなのだ。

　最後は、プリュダンスと二人きりになり、かつてないほど水入らずで過ごすことになるだろう。プリュダンスにだけは、肉体の衰えという試練、衰弱と苦痛に寄り添うという試練を課すことが認められていると、ポールは感じていた。妻は夫の体に責任があり、それこそが結婚の意味であると、彼は考えていた。プリュダンスに自分の体を委ねたが、結局はそれで良かったのだ。彼女なら最後の最後まで面倒を見てくれるだろう。どこか現実離れした妙に晴れやかな気持ちに満たされて、心も軽くマクマードとスキャンランとマギンティの冒険にふたたび没頭した。一週間のあいだ、シャーロック・ホームズの捜査にひたり続け、そのおかげで毎日六時間の点滴も難なく耐えることができた。デュボンは毎日午後半ばにやって来て、舌圧子を使って口蓋を診察し、時には腫瘍の採取をおこなって、満足げな様子を見せた。腫瘍は進行しておらず、わずかに後退しているかもしれない。もちろん、むなしい期待を抱かせたくはない。いつまた悪化してもおかしくないし、それが予測不能であることに変わりはないから。

　プリュダンスのほうは、ポールが消化できて、吐き気を催すことなく食べられるものを、ようやくいくつか見つけた。ゆでたジャガイモ、ソースなしのパスタ、〈ヴァッシュ・キ・リ〉[*1]のような大味のチーズが、主だった。美食の面で彼の人生の終わりに特筆すべきことは何もなかった。

　性的な面では、はっきりしなかった。ポールはすっかり衰弱して、アパルトマンのなかの移動はベッドと肘掛け椅子のあいだに少しずつ限られてきて、まるでジャック・ブレルのシャンソンのようだったが、最後の段階、「ベッドからベッドまで」にはまだ達していなかった。[*2] 立ち上がることはできたが、数メートル歩かないうちに足がふらつき、坐らざるを得なくなる。ベッドに戻るだけで、途方もない努力が必要だった。こんな状況では、セックスするなんてとても考えられそうになかった。ところが、ほとんどふだんどおりに勃起した。ペニスはどうやら彼の健康状態などおかまいなく、自分本位に、体の他の部分とは独立して生きているようだった。じつを言うと、脳も同じだった。本を読むのに、何の苦労も要らなかった。作者の機知やほのめかしも容易《たやす》く理解できたし、文体の効果を見極めることもできた。こうしたことはどれも奇妙に首尾一貫していた。

ルーナサ祭は八月一日だった。スコット・カニンガムによれば、「夜が長くなるにつれて男神が力を徐々に失う」ときである。「女神はこの状況を悲しみと喜びとともに見守る。男神は死に瀕しているが、彼女のなかで、その子供のように生き続けることを、女神は理解している」八月一日の日曜日、十八時ごろのことだった。ポールは、夫婦のベッドで枕二個にもたれて坐り、一種の医学的な奇跡で終わるあの素晴らしい短編小説『白面の兵士』を読み終えたところだった。そして、キリスト教の神や異教の神々に、あるいはどんな存在にでもよかったが、奇跡をせがむことにだんだんとためらいを感じなくなりそうだと考えていた。そのとき、プリュダンスが、下半身に何もつけず、丈の短いTシャツだけを着た格好で、ベッドに近づいて来て、フェラチオしようかと言った。

＊1　フランスの代表的なプロセスチーズ。

＊2　ジャック・ブレルのシャンソン「老夫婦」に「ベッドから窓まで、そしてベッドから肘掛け椅子まで、そしてベッドからベッドまで」という歌詞がある。

数日前からこの話をするのをさんざんためらっていた。というのは、フェラチオしようと切り出すのは、ポールはもうセックスできない、本当の挿入はもうできないと、認めるも同然だったから。だが、その日の午後、プリュダンスははっきりと悟った。夫は疲れ切っていて、性生活を続けたければ、どのみちやり方を変える必要がある、現実を直視しなければならない。それにフェラチオは昔から得意だった。天分に恵まれていたのだ。

夢のなかにいるような、とても長いフェラチオだった――十八時過ぎに始まって、二十一時ごろに終わった。途方もない快楽を味わった。人生で経験した最も大きな快楽のひとつだった。彼女が一息つくため中断しているあいだに、クンニリングスを試みた。彼女ほどの才能はなかったが、オーラルセックスをまあ何とかやってのけた。そして、舌の切除が二人の関係にもたらす影響について、皮肉を言おうとした。しかし、この話題は皮肉には向いていないとすぐに気づいた。

八月の前半、静寂の二週間を迎えた。パリ全体がひとつの病院であるように思えたが、ただし不安をかき立てるようなところはなく、むしろ療養施設のようだった。八月三日火曜日の昼下がり、ポールは看護師に点滴をつけてもらうとすぐ、『最後の挨拶』を、正確には短編集の掉尾《とうび》を飾る同名の小説を読み始めた。第一次世界大戦の勃発直前、シャーロック・ホームズは、引退して養蜂を営んでいたのを中断して、祖国のため、ドイツ人スパイのフォン・ボルクの逮捕に乗り出す。ポールは最後のページについて長々と思案をめぐらせた。これをコナン・ドイルの遺言と見なすことはできないが――そのあとも多くの作品を書いているから――、その最も偉大な登場人物の遺言と見なすことはできるかもしれない。

「ワトスン、東風《こち》が吹いてきたよ」
「ホームズ、それは違うよ。ずいぶん暖かいじゃないか」
「ねえ、ワトスン！　変化してやまない時代にあって、君だけがいつまでも変わらないね。やはり、東風《こち》は吹いている。いままで、イギリスに吹きつけたことのないような風だ。冷たくて、肌を刺すような風になりそうだよ、ワトスン。わたしたちのうちの多くの者が、風が落ち着くときには、いなくなっているだろう。でもこれは、神の風だよ。嵐がやんだときには、より清らかで、より優れた、よりたくましい国が、日の光の下に姿をあらわすだろう。エンジンをかけよう、ワトスン。出発の時間だ」

欧州の他の国々と同じで、イギリスがそれまでよりもさらに強い国になって第一次世界大戦を終えたとは、ポールにはとても信じられなかった。それどころか、この愚かな殺戮が欧州衰退の最終段階の発端になったことは明らかであると思われた。だが、イギリスは新しい国に生まれ変わって大戦を終えるという確信を、コナン・ドイルが抱いたのであれば、それはそれでよかった。シャーロック・ホームズを二巻とも読み終えたあと、この十日間、点滴やら癌やらをきれいさっぱり忘れさせてくれたアーサー・コナン・ドイルに対して、ポールは温かい感謝の念をおぼえていた。アガサ・クリスティ全集全十五巻を最近買ったが、これがあれば放射線治療と化学療法には十分だろう――セシルの話によれば、六週間弱残っていた。

厄介な問題がすぐに生じた。アガサ・クリスティは優れた作家であるが、コナン・ドイルの水準には達していなかったのである。彼女の本はそれほど魅力的ではなく、本がもたらす効果もそれほど徹底したものではなかったので、点滴や腕に刺された注射針をすぐに思い出して、針を抜きたい欲求に駆られた。眠ってしまうのが一番よかったが、仰向けでうまく眠れたためしがなかった。この姿勢はフランス王の横臥像を思い起こさせた。墓石の上で、彼らは数世紀ものあいだ、祈りのために手を組み、しゃちこばった格好で、身動きひとつせずにいる。これは彼が考える安らかな夜の眠りではない。うつ伏せで寝るのも大差なかった。それが本当に快適なのは、食べ過ぎてしまったあとだけで、実際、腹一杯になった動物の愚かしい眠りを思い起こさせた。結局、彼が好んでいて、これまでもずっと好んできたのは、横向きで眠ることだった。横向きになって体を丸めれば、胎児の姿勢という、いくつになっても癒しがたい懐旧の情を呼び起こす、あの姿勢を取り戻せた。

　横向きで眠るのを好んだだけでなく、とりわけプリュダンスが相手のときは、横向きでセックスするのも昔から好きだった。ポールの考えでは、正常位と後背位にはほとんど違いはなく、いずれの場合も、腰の動きによって、性交のリズムや荒々しさをコントロールするのは、男性である。女性はいずれの場合にも——股をひらくのであれ、尻を突き出すのであれ——、服従する立場に置かれる。このことは、これらの体位が支持される有力な理由のひとつであったが、女性が動物の世界のおこないを直に取り入れることになるため、特に後背位の場合には、その限界にもなっていた。逆に、女性が男性の上になる体位は、あまりにも仰々しいと思われた。この体位では、男根をたたえる一種の儀式を執りおこなう女神のような立場に、女性は置かれる。自分も自分の男根もこのような大仰さを正当化することはないように思われた。側位は何と言っても、プリュダンスに挿入したまま、彼女を強く抱きしめて愛撫できる、唯一の体位であり、特に乳房を愛撫できたが、彼女は昔からそれが好きだった。ポールの考えでは、この体位はあらゆる性交体位のなかで、最も愛情深く、最も人間的だった。

人生の多くの局面で、彼は横向きでいると居心地がいいと感じてきた。水泳のようなそれほど本質的ではない活動の場合でも、〈インド式泳法〉とも呼ばれる横向きの泳ぎが、昔からお気に入りだった。鼻と口を水の外にずっと出しておくことができて、泳ぎのスピードに左右されず、泳ぎ手が完全に自分のリズムで呼吸できる、唯一の泳法である。つまり、水泳を毒にも薬にもならない活動に変える、唯一の泳法だった。たしかに、背泳ぎもこれらの基準に合致するかもしれない。だが、この泳法は進路を正確にコントロールできないため、泳ぐことの原則に反しており――泳ぐのは、歩くのと同じく、ある地点から他の地点への移動手段である――、不自然で無意味な運動にとどまっていた。要するに、ポールについては、ほとんどいつも横向きに生きようとしてきたと言える。

2

八月六日金曜日、ポールは点滴に相当な苛立ちをおぼえるようになり、いくつかのポアロものを除いては、アガサ・クリスティの本ではもはや気を紛らせられないほどになったため、デュボンに相談することに決めた。週一度の診察の日だった。医師は、驚くことなく、いくらかあきらめた様子さえ見せながら、話を聞いたあと、書類ケースからカルテを取り出した。「三週間、持ちこたえましたね。不平も言わずに」と述べた。「平均くらいです。点滴を最後まで耐えられる人はほとんどいません。残念なことですよ。場合によっては、治癒の見込みもあるわけですから。でもたしかに、あなたの場合はそうじゃない。せいぜい、症状の悪化を食いとめているだけです」ポールの場合はその代わり、新たな治療法、これまでとまったく違う治療法を試せるかもしれない。確実ではないから、癌細胞を採取して、分子解析をおこなってからでないと、判断はできない。採取は今日にでも実施できる。ポールはうなずいた。嫌でなければ、一週間はやはり点滴を続けて、そのあとで決めることにしようと、デュボンは続けた。ポールはふたたびうなずいた。

デュボンは一週間たってから、八月十三日金曜日の夕方近くに、ふたたびやって来た。ポールは、点滴のことはほとんど忘れて、『死との約束』に没頭していた。これは割合よくできたポアロもので、ボイントン夫人という暴君のような人物が見ものだった。まさに怪物のように描かれていて、子供たちは夫人を前にすると恐怖で震え上がり、彼女が死なないかぎり自分たちが解放されることはないと考えるまでになっていた。分子解析に少し時間を要したと、デュボンは言った。それからたどたどしく説明を試みたが、要するにこれは画期的な治療法であり、効果は実証されていないことを理解しておく必要がある。「いまの僕になら、試せるってわけですね……」ポールは言った。医師は思わず微笑んだ。「ええ、別の言い方をしたかったのですが、間違ってはいません」と言った。彼が提案するのは、少量の化学療法——経口投与でおこなう——を免疫療法と組みあわせることだが、この免疫療法というのはまったく異なる原理にもとづいている。腫瘍を直接攻撃するのではなく、免疫システムに癌細胞を識別させ、破壊するように仕向けるのである。実際には、点滴も続けることになるが、時間は短くなるし、自宅でおこなうことができて、何と言っても回数が減る。二週間に一回の注射で十分だろう。

「すごいですね……！」ポールは叫んだ。「断然、いいじゃないですか！」

「ある意味ではそうですけど、でもちゃんと理解してもらわないと。免疫療法については、正当な判断をできる状況にありません。臨床試験が足りていないんです。要するに、結果は全然保証されていなくて、我々の知らない副作用だってあるかもしれない」

「いつ始められるんです？」ポールは訊いた。医師の警告はほとんど聞いていなかった。

「来週の月曜日です」

デュボンが帰って行ったとき、十九時近くになっていた。数分後にはプリュダンスが迎えに来るが、ポールは初めて嘘をつく必要がなくなったことに気づいて、喜びで胸がいっぱいになった。画期的な治療法であると強調することもできる。危険をともなうことは詳しく触れないでおけばいい。とにかく、来週月曜からは、午後一時には家に帰れるし、放射線治療も三週間後には終わるから、九月の初めにはもう病院へ行く必要もなくなって、パリを離れる計画も立てられる。

　ポールは家に着くのを待ってから妻に話を切り出した。彼女は知らせを聞いて、あふれんばかりの感激と希望を感じずにはいられなかった。今度こそうまく行く、夫は快方に向かうと、確信せずにはいられなかった。ポールは妻がこんなにも嬉しそうにしているのを見た覚えがなかった。その舞い上がりようを冷静に眺めてみる勇気もなかった。だが、いぜんとしてまったく違う展開になる可能性があることもわかっていた。ナカシュと違って、デュポンとデュボンは物事を都合良く見せようとはせず、むしろ過度な期待を抱かせないように細心の注意を払っていた。彼らの正直さはほとんど度を越していて、たいがいの医者はこんなふうにはふるまわないだろうと思われた。二人はたとえば、ＭＲＩやＣＴでは完全に消えてなくなったように見える腫瘍が、実際には検知できないほど小さくなっただけで、少しあとにふたたび大きくなることもあると、隠さずに伝えた。また、最初は有効だった化学療法が、腫瘍が適応した結果、突然効かなくなることがあるということも。ポールはこれらの情報をどれもしっかりと覚えていた。たいていは、理性的に頭を働かせ、自分はもう助からないと考えたが、また別のときには、事態をいまひとつ受け入れられずにいた。結局、自分自身の死に向き合うことがまだできていなかった。

それでも、恐ろしい考えが不意に脳裏をよぎり、死に向き合わされることも、時にはあった。それはいつも他の人にかこまれているときで、けっして一人でいるときではなかった。たとえ少人数のグループであっても、少しずつ人混みを恐れるようになっていた。周りの人たちを見たときに、彼が抱く最初の感情、最も恐ろしい感情は、純然たる嫉妬だった。彼らは、明日も明後日も、ことによると数十年のあいだ、事物や生物にかこまれて生き続け、その肉体的な存在を感じ続ける。それに対して、彼にはもう何もない。終わりのない夜、凍った泥に埋められている自分の姿を想像した。寒さが全身に行き渡り、一、二時間、震えたままで、立ち直るのに丸一日掛かることもあった。反対に、そのすぐあとで、狂ったような楽観主義にとらえられることもあった。きっと治る、免疫療法は奇跡的な発見で、デュボンは天才医師なのだから、と。だが、それもけっして長くは続かず、せいぜい数分のことだった。

　二人は生活空間に坐っていた。太陽はベルシー公園に沈みかけていた。免疫療法の話をしてからというもの、プリュダンスは明らかに彼の回復を信じるようになっていた。しかも全力で信じようとしていた。よくよく考えてみれば、ありえないことではない。現実に医学は進歩しているのだし、そういうことが起こることもある。そういうわけで、彼自身、楽観的な考えにとらえられて、大量の酒を飲み始めた。翌朝、まだ少し意識が朦朧としているとき、プリュダンスが自分のものを口に含んだことに気づいた。それははっきりと目が覚める前に、彼女がよくやってくれていたことだった。日はとっくに昇っているようだったが、カーテンが閉まっていて、ほとんど何も見えない。彼女は何か奇妙な動きをしているようだった。体を起こして、右手でペニスをしごいていた。左手で自分の性器を触っていることもすぐにわかった。それはまったく初めてのことだった。彼女が上にまたがり、ペニスをつかんで自分のなかに挿れたとき、びしょびしょに濡れていて、ペニスを迎え入れるのに何の困難もなかったことも、すぐにわかった。それから、プリュダンスはリズミカルに腰を動かし始めた。最初はゆっくりだったが次第に速くなり、性器の根もとまで来るとふたたび腰を上げ始め、亀頭に達するころにはゆっくりとした動きになって、そしてペニスをますます強く締めつけながら、また腰を下ろした。じつに自在に膣を操っていて、ポールは快感が高まるのを抑えられなかった。我慢できるかどうかを考える余裕さえなく、彼女のなかで射精した。それから、彼女は倒れ込み、ポールの首に腕をまわして、少しずつ呼吸を整えた。「変な感じがするよ。いままでこんなふうにしたことなかったよね。どうしてかはわからないけど……」ポールは、いま死ぬのは間が悪いとふと思いながら、言った。「わたしにもわからない」と彼女は答えて、少しあとに続けた。「結局、受け身でいるほうが自然だったんだろうね。とにかくそれを変えようと思ったことは一度もなかった。少なくともこれはあなたの病気のおかげってことになるね」彼女は二人の未来を考え続けていて、夫はこれからも生きると確信していた。彼はそのためにしばらくいたたまれない気持ちになったが、自分もそう信じようと努めた。それは、一種のトレーニング、慣れの問題で、たいがいはうまく行った。だが今回は、死の想念がすぐにまたあらわれ、それが腹に一撃を食らったように強烈で、数秒間、息が切れた。問題はプリュダンスがそのときすべてを悟ったことだ。彼女はすぐに反応して、無力な悲しみで顔をかすかに震わせた。やがて、もうまもなく、妻の前では恥も慎みもかなぐり捨てることになると、ポールは感じていた。そうなれば、二人はかつてなく一体となり、さっきのセックスのあいだそうだったように、つねに固く結ばれ、〈死の陰の谷〉をともに歩むだろう。最後まで性行為は続けるだろうし、彼女なら何とかやってくれるだろう。どんな方法であれ、彼女なら何とかしてくれる。腫瘍が本当に悪臭を発し始めたとしても、目をちょっとほそめ、嗅覚を眠らせることに集中して、何とか愛してくれるだろう。蝕まれた夫の臓腑から、吐く息に乗って立ち昇る糞の臭いに、こうして対処してきた愛情深い妻たちもいる。たしかに、この場合は、糞の臭いよりもずっとひどくて、腫瘍から発するのは、死体の臭い、腐敗する肉の臭いである。自然はこのように事を進めるのであり、これが母なる自然であって、そのやり方である。しかし、いずれにしても、そこまでにはならない。化学療法のおかげで臭いは相当軽減されると、デュボンは約束してくれた。デュボンには悪ふざけをしたりおどけたりするようなところはまったくなかった。デュボンが約束をしたなら、その約束どおりになる。

　奇妙なことに、ポールの思考は政治的な方面に向かうこともあった。普通なら、そんなことを考えるには遅すぎた。しかし、実際にはそんなふうに考えることはなかったとはいえ、長年、政治の世界で過ごしてきたのだ。彼の意見が特に重要なものであったことはこれまで一度もなかったし、いまではまったく重要でなくなっていた。唯一大事なのは、彼の肉体を舞台に癌細胞と免疫細胞のあいだで繰り広げられている予測不能な闘いであり、短期的に見れば、この闘いに彼の生死がかかっていた。それでも、わずかではあれ、いくらか考えをめぐらすことはできたが、彼の知的欲求はこれまでも取るに足らないものだった。それは意識の周縁をときおり漂っているだけだった。その点、彼は大多数の男たちに似ていて、自分では解決できないとわかっていても、一般的な問題をまったく考えないでいることができなかった。

　いったんした約束はけっして取り消さない男たちを、ポールは知っていた。彼らとなら誓約を交わす必要さえなかった。驚くべきことに、このような男たちはいまなお存在し、極端に珍しいわけでもなかった。ボコブザはおそらくこうしたタイプだったが、もっと身近に知っていたのはデュボンであり、とりわけブリュノだった。およそ一世紀前から、他の男たちがあらわれて、徐々にふえていった。この男たちは陽気だが嫌らしい性格で、猿のような無邪気ささえなく、あらゆる絆を蝕み、人間的なもの、なくてはならないものをすべて滅ぼすという、悪魔的な使命に導かれていた。不幸にして彼らは、大衆、一般庶民に浸透するに至った。教養のある人々はずっと前から、名前を挙げるのもうんざりするような思想家たちの影響で、退廃《デカダンス》の原理に共鳴していた。しかし、それはたいして重要ではなく、肝心なのは大衆であって、ビートルズ以降、そしてたぶんエルヴィス・プレスリー以降、大衆はあらゆることに認可を与える規範になっていた。教養のある階級は、倫理的な面でも美学的な面でも過ちを犯し、それに加えて知的な面でもひどく評判を落としたために、その役割をもはや担うことができなくなっていた。大衆がこうして、あらゆることに認可を与える権限を得たいま、その堕落が着々と進行しているのは、きわめて不吉なことであり、暴力的で痛ましい結末に至るのではないかと、ポールは考えていた。

最初の一週間、デュボンは放射線治療のすぐあとの休憩時間に、毎日診察に来た。いつも舌圧子を使って、臨床検査をおこない、採血をした。何か難しい考えに心を奪われている様子だった。ポールはというと、鏡の前で腫瘍を見ないように注意していた。それは見るからにひどく汚らしかったが、少なくともそれほど臭ってはいなかった。プリュダンスの唇にまたキスをするつもりはなかったが、臭いはまだ耐えられるものだった。

八月二十日金曜日、最初の週の終わり、免疫療法には良い反応を示していると、デュボンは告げた。明らかな副作用はなく、このまま続けることができるだろう。説明の終わりまで来たとき、同僚のデュポンが部屋に入って来て、同じようにベッドのそばに坐った。これからする話はあまり明るい内容ではないと、単刀直入に切り出した。取り返しのつかない壊死を避けるために、放射線治療を予定日よりも一週間早く終わらせたほうがいいようだ。これは珍しいことではないし、憂慮すべきことでもない。照射に対する耐性は患者によって異なり、ポールの場合は七十グレイよりも六十グレイのほうが合っているようだ。ポールは、治療には効果があったのか、結果には満足しているのかと、訊いた。それはたしかにきわめて重要な問題ではあるが、いまは断言できない。放射線治療をやめたあとで腫瘍が退縮し続けることもある。せめてあと一か月、つまり十月初旬まで、待つ必要がある。もちろん、化学療法と免疫療法は続けながら。それから、一連の検査――ＣＴ、ＭＲＩ、ＰＥＴスキャン、精密検査――をふたたびおこなう。放射線治療をもう一週間続けて、状況を変えられるかは疑わしい。だが、絶対に不可能ではない。それに対して、彼の体が七十グレイの線量を耐えられないのは確実であり、回復不能な損傷を負うのは間違いなかった。癌治療にはこの種のジレンマがつきものだ。折衷案を採ってはどうかと、ポールは提案した。それもひとつの手だと、デュポンは答えた。カルテを手に取り、素早く計算をした。六十五グレイの線量が本当の最大値であると考えられる。八月三十一日に治療をやめればこの数字に達するだろう。

3

そういうわけで、八月三十一日、ポールはデュポンのもとで最後の治療を受けるために、ピティエ＝サルペトリエール病院へ行った。デュポンに会うのはこれがたぶん最後だろう。ピティエ＝サルペトリエール病院を見るのもこれが最後かもしれない。病院で死ぬとしても、おそらくヴィルジュイフのほうだろう。いまや、何かをするたびに、永遠の別れを告げているような気がしていた。時々、シャーロック・ホームズの最後のセリフ――「エンジンをかけよう、ワトスン。出発の時間だ」――をふと思い出して、そのたびに泣き出しそうになった。この世界に別れを告げたくなかった。そんなことはしたくなかった。でも、そうしなければならなかった。

　フィリップ・ランソンはその著書で、ピティエ＝サルペトリエール病院の敷地内には、際立った美しさや歴史的な特色をもつ旧跡がいくつもあると指摘している。ポールはそんなものはひとつも見なかった。たしかに、ランソンは二年間入院していたから、観光をする時間があったのだろう。ポールの状況から見て、いま考えられるのは、インターネットによる観光だけだった。〈パリ散策《www.paris-》

者ドットコム《promeneurs.com》〉のサイトで、〈プティット・フォルス〉の旧監獄についての記事を偶然見つけた。この監獄は病院の敷地内にあって、「癌患者、疥癬《かいせん》患者、瘰癧《るいれき》患者、白癬《はくせん》患者、癲癇《てんかん》患者」、言い換えれば当時の不治の病人を受け入れていたが、いまは精神科が入っていた。旧体制下には、売春婦を新しい植民地に移送するまでのあいだ、収監するのに使用された。彼女たちは新植民地の人口増加に寄与することになっていた。革命のあいだ、この監獄は九月虐殺の舞台の一つになった。ランソンは著書で触れていないが、おそらくこの場所は訪れなかったのだろう。サイトの写真では、見苦しく、ひどく陰気だった——ここで起きた事件と同じくらい陰気だった。薄暗い小さな中庭は、灰色の建物にかこまれ、日の光が届くことはけっしてなさそうだった。虐殺には打ってつけの場所だ。

〈プティット・フォルス〉の監獄は他の監獄と同じく、一七九二年九月にサン＝キュロットの群衆によって占拠された。歴史家の言によれば、群衆は貴族を探し出して皆殺しにするため、自発的に行動を起こした。他の監獄と同じで、無断で釈放された囚人もいたが、喉を掻き切られ、文字どおり切り刻まれた囚人もいた。さらに読み進めていくと、ポールはサド侯爵の手紙に行き当たった。この期間中、パリにいたサドは、事件を次のように報告している。「一万人の囚人が、九月三日のうちに殺されました。ランバル公爵夫人も犠牲者の一人でした。槍の先に突き立てられた彼女の首は、王と王妃の目の前に差し出され、その哀れな肉体は、あらゆる種類の卑猥きわまりない辱しめを受けた末に、街中を引きずりまわされたということです」伝記作者のジルベール・レリーはさらに詳しい説明を加えているが、その話は想像を否応なくかき立てるものである。「彼女は乳房と性器を切られた。虐殺者はこの甘美なる器官を口ひげにして、〈革命派〉をどっと笑わせた。彼は叫んだ。『売女め！　これでもう誰もお前を犯すことはあるまい！』」

老人が歴史に興味をもつのは当然だろう。著名で重要な人物であっても、たとえ絶大な権力をもっていても、塵に返ることに変わりはない。これらの人物の運命をたどることで、老人は自らの死を相対化できるのである。すでに生きた年数でなく、これから生きる年数で実年齢を測るなら、ポールは非常に高齢だった。ジョゼフ・ド・メーストルに関心を抱いたのはおそらくそのためだったが、この著者については父親がその熱心な読者であったことを最近発見したばかりだった。主要作品を一冊にまとめた本を買った。アガサ・クリスティと交互に読めるだろうし、それは程良いミックスに思えた。サヴォワ出身の著者の主要な命題はすぐに理解できた。フランス革命は、徹頭徹尾、悪魔の所業である。その起源である啓蒙思想の哲学者たちは、ルターとまったく同じように、そして彼の数世紀後に、悪魔から直接指令を受けたのだという。王党派カトリックという間違いなく特異な視点に立てば、この解釈にもそれなりの一貫性が備わっていることを、認めなければならない。

放射線治療にこれほど疲弊させられていたとは、自分でもまったく気づいていなかった。疲れはじわじわと広がっていた。ところが、九月一日以降、体力が急激に回復したことには、驚かされた。効果は一週間後にすでにあらわれ、二週間後にはすっかり明らかなものになった。歩くのが楽になって、ベルシー公園でかなり長い散歩もできるようになっただけでなく、プリュダンスと横向きでセックスできるようにもなった。後背位や正常位はいまでも考えられないし、これからもずっとそうだろうが、側位をふたたびできるようになっただけで、十分に幸福だった。射精後は、妻を腕に抱いたまま眠り込み、一、二時間はたぶん眠ってから、目を覚まして、ふたたび勃起し、すぐにセックスして、また眠りにつき、同じサイクルを一、二時間後にまた繰り返したが、彼女はほとんどつねに濡れていた。完璧で理想的な生き方であり、たいして金はかからなかった。アパルトマンの支払いを済ませたいま、プリュダンスの半日分の給与があれば十分だった。

二週目の終わり、体調がだいぶ良くなってきたので、ポールはサン＝ジョゼフに数日行こうと提案した。プリュダンスはすぐに承諾した。彼は父にふたたび会う必要があった。彼女もそれを知っていたが、それがなぜかはもちろん彼以上にわかっていなかった。次の土曜に出発して、三日滞在すれば、二十一日の夜には帰って来られる。それは、秋が始まる日であり、何であれ戻って来るには、理想的な日である。ポールは、アポリネールの詩「しるし」、とりわけ一行目の「ぼくは〝秋のしるしの長《おさ》〟に従う」を昔から気に入っていて、毎回、壮麗な神秘のポーチの下をくぐるような気がしていた。その代わり、最終行の「今宵、鳩は最後の旅に飛び立つ」にはいつも少しいらいらさせられた。鳩？　どの鳩？　鳩のクソったれにいったい何の関係がある《ワッツ・ザ・ファック・ウィズ・ザ・ファッキング・ダヴス》わけ？

体調が良くなったとはいえ、ポールは運転できる状態ではなかったので、プリュダンスの運転で、十八日土曜の昼下がりに出発した。最初の森に到達してすぐ、この旅は素晴らしい思いつきで、これから数日間、とても幸せな時間を過ごせると確信した。ただしこれが最後かもしれない。とにかくこれが二人の最後の旅であることは確実だった。プリュダンスの運転は上手だった。落ち着いてゆったりとハンドルを握っていた。二人はほとんど話さなかったが、話す必要はなかった。ブルゴーニュ地方に入ってから、美しい景色が広がっていたが、マコンを通り過ぎて、本来の意味でのボージョレに着くと、まばゆいばかりの美しさに変わった。ブドウ畑は深紅と黄金に輝き、その美しさはいまだかつてないほどだったが、それは単に彼がもうすぐ死ぬから、子供のころから好きだったこの景色をもう二度と見られなくなるからかもしれなかった。

　マドレーヌにはプリュダンスから現在の状況をオブラートに包んで説明してあった。体調は悪く、何と言っても癌ではあるが、治療は続けていて、きっと良くなる、と。ブルジョワ的な慎みはマドレーヌには望むべくもなかった。戸口に立つポールの姿を見て――ブドウ畑を照らす光は魅惑的で、残酷なまでに美しかった――、彼女は叫び声を上げずにいられなかった。「すっかり痩せてしまって！」

　たしかに、彼は痩せた。癌細胞だけで並の大人二人分のエネルギーを消費していたし、食事をとるのにもあいかわらずひどく苦労していた。プリュダンスが状況を楽観的に説明しようとしたのは、ブルジョワ的な慎みのためだけではなく、それ以上に、自分が作った話を自分でも信じるようになっていたからだった。マドレーヌはそのことを数秒のうちに理解し、へまをやらかしたことにも気づいた。プリュダンスのきらめく視線を感じて顔を伏せ、使用人の務めに戻ることで、何とか平静を取り戻した。「部屋の準備はできています」と彼女は言った。「お休みになれますよ。休息が必要でしょう」実際にはそうでもなかった。高速道路の楽な道を四時間走ってきただけだから。でも何か言わなければいけない。ポールは今晩は食事しないとプリュダンスが言った。疲れているから、父親に会うのも明日にする。でも、野菜のポタージュスープがあるといい。あと、もしかしたらマッシュポテトも少し。

　実際、ほとんどすぐ、横になって十分ほどで、眠りについた。二人の女性のあいだで何があったのかはよくわからないままだったが、これはやはり異常な事態で、マドレーヌはそれに慣れなければいけなかった。普通、息子は父親より先に死なないし、これは二回目で、今回は長男だった。プリュダンスはポールの目を覚まして、部屋まで運んで来た軽い夜食を食べさせた。放射線治療が終わってからは、吐き気もおさまっていた。彼はいまでは、病気になった幼い息子か、体の一部に障害をかかえた年老いた父親のようだった。その一方で、彼女はかつてないほどペニスを愛していたが、こうしたことはまったく気にしていなかった。彼はいちどきに、息子であり、父親であり、情夫であることができた。どのような象徴体系が作用しているのかはまったくどうでもよくて、大事なのは彼がそこにいることだった。

　翌朝、ポールは昔の自分の部屋で数時間過ごしたくなった。プリュダンスは優しくうなずいた。ポールがすでにほとんど大人になっていながら、彼女にはまだ出会っていない数年間に思いを馳せて、プリュダンスはあらゆる恋する女と同じように心動かされていた。それは、空っぽであると同時に、並外れた可能性に満ちた数年間であり、そのあいだに、二人はそれぞれ否応なしに青春時代に別れを告げ、人間という存在の重さに耐えることに慣れ始めたのである。

　事実、ポールは部屋のドアを開けてすぐに、カート・コバーンとはもう完全に終わったことを理解した。キアヌ・リーヴスについては、それほどはっきりしなかった。キャリー＝アン・モスとは間違いなく終わっていなくて、その逆ですらあった。これらの写真を処分しなければならないとすぐに理解した。いまやるか永久にやらないかだったが、実際にはいまやるしかなかった。

　昼食を済ませると――昼食はどちらかと言うとうまくいって、ふだんより少し多く食べられたが、食事の最中にまた横になりたくなった――、マドレーヌが父は温室にいると告げに来た。彼を待っているとは言わなかったが、それがまさに伝えたいことだった。立ち上がるのにまだ少し苦労したが、特に心配はしていなかった。こういった支障はしばらく続くだろうが、それに特別な意味はないと、放射線治療医から言われていた。プリュダンスが階段を下りるのを手伝ってくれた。それから、彼女は父が使っていた標準タイプの車椅子を探しに行った。

プリュダンスに車椅子を押されてガラス張りの渡り廊下に入った瞬間、森とブドウ畑の光景にふたたび衝撃を受けた。緑と深紅と黄金の取り合わせは、彼が最後まで、最後の瞬間まで、取っておきたいと願うイメージのひとつだった。それから二人は温室に入った。父親は小さな円卓の後ろに、車椅子の背もたれを倒して坐っていた。プリュダンスはそれを起こして、二人がお互いをよく見ることができるように、ポールを円卓の反対側、真向かいに坐らせた。

「いつ迎えに来てほしい？」立ち去る前に彼女は訊いた。

「夕食の少し前かな」

「そんなに長く？　午後のあいだずっと？」

「僕が話したいのは、簡単なことじゃないんだ」

十九時過ぎ、彼女が戻って来たとき、ポールは父親と並んで窓の外を向いていた。二人が眺めている風景は、ちょうど夕日に照らされて、この世のものとは思えない美しさだった。彼女ははっと立ちすくんだ。もともとはエドゥアールに、ポールを連れて行くこと、まもなく夕食の時間で、マドレーヌがすぐに迎えに来ることを、知らせるつもりでいた。もちろんそれはするけど、いますぐにではない。夕食は少し遅くなったって構わない。二人が日没をじっと眺めているのを中断するのは考えられなかった。クロード・ジュレ、通称〈ル・ロラン〉[*1]も、いくつかの絵画で、同じくらい見事に、あるいはこれほど見事ではないやり方で、日没を描いている。この画家は、我々の喜びが完全なものになるような、より美しい世界へのうっとりするような旅立ちの誘惑を、人間のうちに決定的に植えつけた。普通、このような旅立ちがおこなわれるのは日没時であるが、それは象徴でしかなく、本当の旅立ちのときは、死である。この夕日は永遠の別れではなく、夜はすぐに明けて、絶対的な夜明け、世界の歴史の始まりを告げる絶対的な夜明けが、訪れるだろう。クロード・ジュレ、通称〈ル・ロラン〉の絵をじっと眺めていると、そしてまたボージョレの丘に沈む太陽をじっと眺めていると、いつしかこんな想像をするようになると、ポールは考えた。

しばらくのち、せいぜい十五分もすると真っ暗になり、プリュダンスはポールを連れてダイニングルームへ向かった。彼が黙ったままだったので、到着する直前、マドレーヌと顔を合わせる前に、彼女は尋ねた。

「どうだった、お父さんとは？」

「何も言わなかったよ」

「何もってどういうこと？」

「特に何も、新しいことは何も。僕は病気で、癌だけど、しっかり治療してもらっていて、きっと良くなるって、話しただけだよ」

それはまったくの嘘ではなかったが、かなり単純化した説明だった。「お父さんにはもっと言いたいことがあるって思ってたけど……」プリュダンスはしばらくしてから言った。

「僕もそう思ってた。けど、違ったんだ」

＊1　（301頁）風景画家クロード・ロランのこと。ロレーヌ地方出身であることから、〈ル・ロラン〉（ロレーヌの人）と呼ばれる。

4

翌日の午前半ば、二人は車で遠出した。ポールは、フュ＝ダヴナス峠からボージュー方面へ下る、あのうねうねとした小さな県道を、また通ってみたいと思っていた。ベルヴィル＝アン＝ボージョレの病院にいる父に初めて会いに行ったときに、当時は一人で通った道だった。オーレリアンがマリーズと一緒に同じ道をたどったこと、それが二人の恋、つまり弟の哀れな人生で唯一の喜びの始まりであったことは、知らなかった。そんなひとときが、現にあったのだ。なくてもおかしくはなかったのに。機会はあったりなかったりで、それによって人生は変わり、破壊されることもある。だからといって、何を言えよう？　何をできよう？　どうすることもできない。

　プリュダンスは車椅子を折り畳んで、車のトランクにしまった。きっとどこかで車から降りたくなるだろうから。ショートパンツに関するかなりおかしな考えが頭に浮かんだ。彼女はそれを三着持ってきていたが、明らかにいまのところは使うことはできなかった。

　実際、ポールは、ボージューへ向かう道の半ば、数か月前とまったく同じ場所で、車をとめるように頼んだ。彼女が車椅子を広げると、彼は風景と向き合うように坐った。彼女はその横であぐらを組んだ。二人の前に広がる広大な森は静止しておらず、かすかな風が木の葉を揺らしていたが、このとてもかすかな動きは、完全な静止状態よりもはるかに心を和ませるものだった。森は静かに息づいているようだった。その呼吸はどんな動物の呼吸よりもはるかに静かで、あらゆる動揺やあらゆる感情を超越していた。ただし、純粋な鉱物とは違って、もっと壊れやすく、もっと柔らかく、物質と人間の中間のような存在だった。森は、生命の本質であり、闘いも痛みも知らない、穏やかな生命である。永遠を思い起こさせることはなく、それは問題ではなかったが、我を忘れてじっと眺めていると、死はそれほど重要ではないと思われてくるのだった。

二人は、二時間あまり深い静謐にひたってから、車に乗った。「明日、予定どおり出発しよう」とポールはプリュダンスが車を発進させる前に言った。「君がもっといたかったら別だけど」プリュダンスはまた来ればいいからと言った。彼はそうだねと答えたが、彼女はほんのちょっとした声の抑揚にも恐ろしく敏感になっていて、その返事の何かに胸を締めつけられた。夫はまた来られるとはなから信じていない、全部最後のつもりで、一種の記念行事のような感覚でここに来ていると、彼女は気づいた。ある意味では、夫はすでに遠くに、手の届かないところに行ってしまった。しかし、いままでにないほど、自分がそばにいるのを必要としていることにも、彼女は気づいていた。

二人は一杯飲もうとボージューで車をとめた。ここでもまた、ポールはそうとは知らずに、数か月前、オーレリアンがマリーズと一緒に立ち寄ったカフェ〈ルタントン〉に入った。

短い滞在だったけれど、期待していたことは全部できたと、彼はプリュダンスに言った。父の生きる意志が確固としていて、どうやらびくともしないことには、あらためて驚かされた。ポール自身の意志の弱さとは際立った対照を成している。気の毒な弟の話はするまでもない。それから、彼は一般化を試みた。それは男性の原罪のようなもので、男性は一般化が好きなのである。ある意味では、男性の偉大さであるとも言えるかもしれない。一般化もせず、何の理論もなかったら、どうなってしまうだろう？　ウェイターがビールを持って来たとき、ブリュノとの会話を思い出した。アディスアベバから帰ってすぐ、二人が交わした長い会話で、というよりブリュノがほとんど一人で話していたのだが、そのときの話題は、彼の主要な強迫観念のひとつであると、少しずつ気づき始めていた事柄だった。〈ベビーブーマー〉は、〈ベビーブーム〉そのものとまったく同じように、非常に驚くべき現象であると、当時、ブリュノは指摘していた。一般に、戦争のあとには、精神的な崩壊とともに、出生率の低下が続く。人間の条件の不条理を明るみに出すことによって、戦争は人々から生きる気力を奪い去る効果をもつ。特に、第一次世界大戦の場合がそうだった。この大戦の不条理さは前代未聞の水準に達していて、その上、塹壕で塗炭の苦しみをなめた兵士と銃後でぬくぬくと甘い汁を吸った者の落差を考えると、甚だしく反道徳的だった。したがって、この大戦のあとに、凡庸で冷笑的で覇気のない世代が続いたのは、きわめて理に適っていた——それに何と言っても人口の少ない世代だった。一九三五年以降、フランスでは、出生数が死亡数を下回りさえした。一九五〇年代にはまったく反対のことが起きたが、じつは戦争の真っ最中の一九四〇年代からそれは始まっていた。このことは、第二次世界大戦のイデオロギー的、政治的、道徳的な性格によってしか説明できないと、ブリュノが言っていたのをポールは思い出した。ナチズムとの戦いは、それがいかに凄惨なものであれ、単なる領土をめぐる争いではなく、愚かな戦いでもなかった。ヒトラーに勝利した世代は〈善〉の陣営で戦っているという明確な意識をもって戦ったのだ。第二次世界大戦は通常の対外戦争であっただけではなく、ある意味では市民戦争でもあり、人々はくだらない愛国的な利益のためではなく、ある道徳法則の名の下に戦ったのだった。つまりこの大戦は、革命、特にあらゆる革命の起源であるフランス革命と比較できて、ナポレオン戦争はそのバカげた延長でしかなかった。ナチズムもひとつの革命運動であり、既存の価値体系に取って代わることを目指していた。欧州の他の国々を攻撃したのも、侵略のためだけではなく、それらの国々の価値体系を刷新するためだった。ド・メストルによればフランス革命がそうであったように、ナチズムが悪魔に由来することは明白だった。このように、細かい点を別にすれば、〈ベビーブーム〉の世代、ナチズムに勝利した世代は、ロマン主義世代、フランス革命に勝利した世代に比肩すると、ブリュノが考えていたことをポールは思い出した。この世代の登場は、世界史上初めて、大衆文化がエリート文化を美的に上回った特別な時期にも、一致していた。当時、推理小説やSF小説などのジャンル小説のほうが純文学《メインストリーム》の小説よりも格段に優れていた。マンガは造形芸術の公的代表者の創作をはるかに凌駕していた。そしてとりわけ、ポピュラー・ミュージックは助成金で成り立っている「実験」音楽の試みを滑稽なものにしてしまった。それでもやはり、この世代の主要な芸術現象であるロックがロマン派の詩の美しさに到底達していないことは、認めなければならない。ただし、両者は、創造性、エネルギー、一種の無邪気さを共有していた。初期のロマン主義者たちは、革命の残虐行為に対して、神と王を擁護し、カトリックと王政の復権を呼びかけ、騎士道と中世の精神をよみがえらせようとしたが、そうすることによって、ナチズムと戦った人々と同じく、〈善〉の陣営にいると確信していた。このことが『ローラ』ほどはっきりとわかるものは他にないと、ブリュノは断言した。この長編物語詩は、十九歳の青年の自殺を描いていて、彼はその前に十五歳の娼婦と放蕩の一夜を過ごすのだが、彼女は善良でほとんど聖女のような存在で、おまけにすごく良かった。ミュッセはこういったことをはぐらかすような男ではない。しかし、青年の絶望はあまりにも深く、彼を生に連れ戻すことは、少女にもできなかった。この詩は本当に感動的で、ドストエフスキーも同等の場面でこれ以上にうまくは書いていないと、ブリュノは断言した。この絶望が前の世代の破壊的な無神論によってもたらされたものであることは、ミュッセもはっきりと述べている。

　ポールはそのとき、ブリュノがデスクから立ち上がって、『ローラ』を朗唱し始めたのを見て、まったく呆然とした。真夜中を過ぎて、庁舎には誰もいなかった。ブリュノが歴史的考察に関心をもっていることには前にも驚かされたが、ミュッセの詩に精通しているのには唖然とさせられた。理工科学校や国立行政学院で学べることではない。政治家のなかにはユルム街（高等師範学校の所在地）の文科出身の者もいるから、それならまだわかる。しかし、ブリュノはその例ではなかった。

俺は信じない、キリストよ、お前の聖なる言葉を、
俺はあまりにも年老いた世界にあまりにも遅くにやって来た。
希望のない世紀から怖いもの知らずの世紀が生まれる、
俺たちの世紀の彗星で、天には誰もいなくなった。

　ミュッセはその後、詩の最終部で、このような文明の破局をもたらした者たち、彼がその張本人と考える人物を、名指しで非難している。ミュッセもみなと同じで、ルソーにはある程度寛容だっ

た。その点については、ブリュノは賛成ではなかった。彼に言わせれば、ルソーは革命を引き起こした張本人であり、その責任は他の誰よりも重い。ルソーは、救いようのないバカで、極めつけのゲス野郎だった。ともかくミュッセは、いまなお名高い次の詩節で、もう一人の啓蒙思想家をこき下ろしてしている。

満足して眠っているか、ヴォルテールよ、お前の醜い笑みは
肉の落ちたお前の骨の上にまだ浮かんでいるか？
お前の世紀はお前を読むにはまだ若すぎたと人々は言う、
俺たちの世紀をお前は気に入るはずだ、お前の手下どもが生まれたのだから。

この詩節を朗唱したあと、ポールがもうほとんど聞いていないことに気づいて、ブリュノはばつが悪そうに口をつぐんだ。続く数か月間、ブリュノは実際的な問題にしか触れなかった。それでも、テーヌ、ルナン、トインビー、シュペングラーを読み続けていたが、これらの問題について、話し相手を得ることはけっしてないと、少しずつあきらめていった。ブリュノが、自分でもはっきり意識することなく、大統領への野心を育みはじめたのはたぶんこの時期だと、ポールは言った。ジャック・シラクのように無定見で人気取りしか考えていない政治家が相手の場合を除いて、あるいは、知力は乏しいのにアホどもに人気があるおかげで選挙に勝ち、不運にも分不相応な地位に就いた地方の名士が相手の場合を除いて、フランスでは伝統的に、共和国大統領が最低限の歴史的ヴィジョンをもつこと、歴史について、せめてフランスの歴史について、たとえわずかでも熟慮した経験を

もつことが、期待されている。ブリュノにはそれがあった。このときすでに、ブリュノのなかの何かが、大臣以上の存在になるように、彼を駆り立てていたと、ポールは続けて述べた。プリュダンスは優しく耳を傾け、夫が病気や父親との再会以外のことも考えていることに、ほっと胸を撫で下ろしていた。父親との再会は、本人の言とは裏腹にちょっと期待外れだったのではないかと、彼女は思っていた。リベルテ広場に夕闇が迫り、〈ルタントン〉のウェイターはディナーのテーブルを準備し始めた。この店の〈ボジョノミー料理〉[*1]は、季節と思いつきを導き手にしつつ、味と質にもこだわっていて、同僚との食事にも女性だけのパーティーにも、カップルのロマンチックなディナーにも打ってつけであると、パンフレットには謳われていた。しかし、またも数か月前のオーレリアンとマリーズと同じように、二人はサン＝ジョゼフにまっすぐ帰って、セックスすることにした。意外なことに、朝はまだひどい疲れを感じていたのに、ポールは楽に体を動かせるようになっていた。ベッドランプが小さな暖かい光の輪を投げかけていた。ゆっくりとして、だんだんと速くなっていって、時々、こまやかでポルノのような愛撫が長々と繰り返された。「ここでできてよかったね」とプリュダンスは階下へ夕食に行く前に言った。

翌日九時ごろ、ポールは助手席に坐ってから、最後にもう一度、父に会いたいと言った。プリュダンスはエンジンを切った。ポールは十分ほどして戻って来て、黙ったままで席に着いた。彼女はもの問いたげな目で見たが、口はひらかずに、しばらくして、高速道路のランプに入る直前に、尋ねた。また何も言わなかったと、彼は答えた。黙ったまま、父を見ただけだった。

＊1　ボージョレとガストロノミー（美食）を合わせた造語。

5

画像検査は九月の最終週にまとめて実施された。前回、夏の初めに訪れたのと同じ検査機関だった。しかし、今回は、ＭＲＩ、ＣＴ、ＰＥＴスキャン、どの検査を受けるときも、医師や看護師、受付係までもが、いつになくおごそかな態度で自分と接しているような印象をポールは受けた。ある種の哀れみ、優しさすら感じられた。死相がすでにあらわれていて、今回は生死がかかっているのを、誰もが意識しているかのようだった。これは気のせいではないとポールは思った――ただし、受付係については少し考えすぎだったかもしれない。ともかく、画像検査は予定どおりに進んだ。最後の検査は十月一日にギュスターヴ・ルシー研究所でおこなわれたが、この日はボコブザ教授が全身麻酔をして他に腫瘍がないかを探すことになっていた――ついでに生検も実施する予定だった。

ポールは十七時過ぎに麻酔から覚めた。プリュダンスは十八時に迎えに来ることになっていたが、その前に数分、ボコブザ教授と話をした。ポールが知りたかったのは、次に何をするのかだけだった。

実際、やることはたくさんある。各分野の専門家による協議が近々おこなわれる予定で、ボコブザ自身に加えて、ポールも面識のある、ルボン医師とルサージュ医師――少し迷ってからデュポンとデュボンに名前を変換した――、ナカシュ医師も主治医として、それから他の専門医――生検を分析してくれる病理解剖医、ＰＥＴスキャンの解析を手伝ってくれる核医学専門医――も来ることになっている。どのような治療を提案するかを決める前に、異なる分野の専門家によるこの種の会合を、何回かおそらくひらく必要がある。要するに、西洋社会がその技術的なリソース――いまでも非アジア圏では最も充実しており、侮ることはできない――を総動員して、ポールの延命を図ろうとしていた。

「それから」と言って、ボコブザは話を締めくくろうとした。「今後の見通しを検討するため、面談をしましょう。十月十五日ごろになるでしょうね。それについて、お尋ねしたかったのですが、診察には最初から一人で来ていますね……」ポールはうなずいた。

「立ち入った話で恐縮ですが、お連れ合いの方がいますよね。これから迎えに来る方がそうですよね？」ポールはふたたびうなずいた。

「差し出がましいようですが、そろそろ知らせるべきではないですか？　わたしが言いたいのは、本当のことを知らせるということです。相手のことを守りたいのはわかりますよ。それでもやはり、ある段階まで来たら、包み隠さずに話したほうがいい。そう思いませんか？」

「たしかに、死んだことを隠すのは難しいでしょうね」とポールは言い返したが、ボコブザが不愉快そうに顔を歪めたのを見て、すぐに自分の言葉を後悔した。実際、このボコブザというのは、いいやつだった。顎の癌に関して欧州随一の外科医であるだけでなく、できるかぎり手を尽くしてくれている。プリュダンスと一緒に来ると、しばらくしてから返事をした。

十月十五日の朝、小雨がぱらつき、高速6号線のヴィルジュイフ方面は車もまばらだった。会議室は長く明るい廊下の奥に難なく見つかった。ナカシュは親しげに表情を崩した。デュポンとデュポンは反射的にうなずいただけで、顔をこわばらせていた。一方、ナカシュは話をしたそうな様子で、これはどう解釈すべきかわからなかった。隣に坐ったプリュダンスは怯えた目をしていた。医者がこんなにいることを前もって知らせるのを忘れていた。ポールは妻の手を強く握りしめた。数秒後、ボコブザが部屋に入って来て、小脇にかかえていた分厚い資料をどさりと置くと、席について——不機嫌そうで、退屈な業務会議に嫌々呼び出されたような様子だった——、参加者を素早く見まわしてから、話し始めた。検査と分析の結果は驚くべきものであると、ボコブザは最初に述べた。というのは、対照的なものであったからである。放射線治療の効果は顎に関しては素晴らしいもので、腫瘍は根絶されたらしく、手術はもはやほとんど必要ないと思われるほどだった。残念ながら、舌に関してはそうではない。それどころか、腫瘍は付け根のほうへ広がり、完全な切除なしに腫瘍を根絶することはいまでは考えられない。ポールはそのとき理解し、かすかに戦慄に襲われた。デュポンとデュポンも理解し、二人そろって、突然背中を丸めた。その上、検査の結果、口蓋のあたりにも広がっていることがわかったと、ボコブザは続けた。彼はあらためてテーブルを見まわした。こんどは誰も、事の重要性に気づいていないようだった。とにかく、結論を述べなければならない。それが役割だから。何回もゆっくり呼吸してから、続けた。「このような状況で、外科処置を提案することはできません。手術をすれば患者の体は甚だしく損傷し、術後の生活の質が悪化するのは確実です。さらに、全身の衰弱状態から考えて、大手術に耐えられるとは思えません」

こんどばかりはプリュダンスも理解し、静かに泣き始め、あふれ出す涙を拭おうともしなかった。彼女が泣き崩れるのを見るのは、これが初めて、病気がわかってから初めてだと、ポールは思った。彼は手を握ろうとしたが、妻は避けるように体を縮めた。みながテーブルを気まずそうにじっと見つめ、どのように続けていいかわからずにいた。沈黙が一分以上続いてから、プリュダンスが顔を上げた。彼女はすでに泣きやんでいた。「わたしの理解が正しければ」と彼女は言って、デュポンのほうを向いた。彼は平手打ちされたかのように、姿勢を正した。「放射線治療はもうこれ以上続けられないわけですね」彼は打ちしおれた様子でうなずいてから、下を向いた。彼女はそれからボコブザのほうを向いた。彼も恐る恐る顔を上げた。「手術をするのももはや不可能なんですね」と彼女は続けた。ボコブザは相手の視線に耐えられず、しばらく黙っていた。どうやら何か言おうとしたらしかったが、同意するように顔をしかめ、やはり下を向いた。「ということは」と言ってプリュダンスはデュボンのほうをゆっくり向いた。「ということは、あなたしか残っていないわけですね」彼は縮こまったままで、三十秒近く一言も発さなかったが、それから小さな声で答えた。「そのとおりです」デュボンにはそれがすべてでないことはわかっていたが、あとを続けるにはさらに三十秒必要だった。「レゾンさんにはすでにお伝えしたように、化学療法は症状を緩和できても、治癒はできません。免疫療法については、正直なところ、たいしたことは何もわかっていないのです。いくつかの癌、特に肺癌で、思いがけない寛解が観察されたことはあります。でも残念ながら、いまのところ、口腔癌では観察されていません」デュボンは誠実で申し訳なさそうなまなざしをプリュダンスにじっと注いでいた。彼女は、先ほどよりももっと静かに、泣き始めた。

ケリをつけるときだと、ポールは考えて、そそくさと立ち上がった。結局のところ、これは彼の会議であって、彼が言ってみれば司会者だった。ボコブザも立ち上がり、近づいて来て、話しかけるつもりだったのだろうが、何も言わず腕を強くつかんだだけだった。不思議なことだと、ポールは思った。何十回も同じことをしてきたはずなのに、いまだにうまくできずにいるなんて。さらに驚いたことに、外科医はプリュダンスのほうを向いて、車で来たのか、帰りも運転できそうかと、訊いた。運転できなければ、家まで送らせることもできる、と。いかにも男性的なふるまいだと、ポールは思った。男というのは、実務能力を発揮せずにはいられない。窮地に陥ったとき、何でもいいから実務面で、状況をコントロールしようとせずにはいられない。しかし、プリュダンスは少し迷ってから大丈夫だと答えた。運転はできそうだし、気分転換にもなるから、と。

帰宅後、二人ともその話はせず、ポールはグラン・マルニエを二杯飲むと、いくらか気分がよくなった。体を動かす力はなかったが、丈の短いTシャツとショートパンツ姿のプリュダンスが、部屋の奥と浴室を行ったり来たりするのを見ているのは、心地よかった。本当にトリニティによく似ていると思った。でも、ショートパンツ姿のトリニティ、他の映画のトリニティだ。いずれにせよ、思っていたとおり、妻は勇敢だ。トリニティも、ネオに死が迫ったとき、勇敢だった。その最期はもっと短かったが。

6

翌日、目を覚ましたとき、プリュダンスがストリングをつけているのに気づいて、ポールは嬉しくなった。妻は羽毛布団にうつぶせになって寝ていた。彼女の尻に手を伸ばそうとしたが、腕を数センチ上げるのもやっとで、手足が恐ろしく重く感じられ、ため息とともに腕を下ろした。プリュダンスも目を覚まし、こちらの胸に腕を乗せてきた。

「大丈夫？　今朝は疲れてるの？　起き上がれそう？」

「大丈夫だと思う」

実際、ポールは三十分後には起き上がって、難なく歩けたし、自力で階段を下りることもできた。体調がこんなに急に変わるのには、本当に当惑させられる。やはり一番いいのは、ベッドを生活空間に降ろしてしまうことだろう。その日の夕方、引っ越し業者が二人やって来て、下の階のガラス窓の近くに、ベッドを移動してくれた。

一つの部屋で寝起きするのは不思議な感じだった。二人が若かったころ、初めて一緒に暮らしたフイヤンティーヌ通りの住居を、思い出した。それはプリュダンスが借りていたワンルームで、大きな庭に面していて、ポールの部屋よりもずっと快適だった。プリュダンスのほうが昔から趣味がよく、現在のアパルトマンを見つけたのも彼女で、ベルシー公園の眺めは冬が近づいてもあいかわらず美しかった。ポールはいま、そこで死を迎えようとしていた。時々、彼はベッドから出て、ソファに坐ろうとした。床ずれを少し恐れていたからだが、床ずれができるほどの時間がなさそうなこともよくわかっていた。しかしたいていは、重ねた枕に寄りかかって、ゆったりと過ごしていた。プリュダンスは上の階に行ったり、買い物に出かけたりすることもあったが、ふだんは下にいたので、キッチンコーナーや浴室を行き来するのを視線で追うことができた。彼女はストリングしか身につけていないこともあったが、最期まで乳房と尻を見せられることを、嬉しく思うだろうし、最期まで勃起させられることを、誇りに思うだろう。彼自身、まだ勃起することに愕然としていた。それは予想外のことであり、愚かしく、突飛で、グロテスクでさえあって、ある意味ではほとんど恥ずべきことだった。彼が抱いていた死の直前のイメージとはまったく一致しなかった。まったくのところ、種は、個体の目的とは関係なく、自らの目的を追求していた。しかし、種は個体に優しさをもたらし、その後押しもしている。したがって、別の角度から見れば、性的快楽は、優しさの単なる延長であるとも考えられた。それに対して、もはや何の重要性もないもの、それは言葉だった。一日中、二人は一言も交わさないこともあった。

翌週初め、デュボンの最後の診察に出かけた。ほぼ三か月前に診療を開始してから、彼の診察室には来ていなかった。今回、彼はデスクの向かいのヴォルテール椅子に坐っていた。記憶していたよりもずっと魅力的な部屋で、窓が小さな庭に面していたことなど、忘れていた。たしかに、春に死ぬのはつらいに違いない。しかし、自分はそうはならないだろう。冬までもつかも定かではないが、それは訊いてみないといけなかった。

　さて、激しい疲労感が時々あるわけですね、とデュボンは驚いた様子だった。しかし、貧血はなかった。貧血はよくある副作用だが、ポールの場合は血球数もほぼ正常だった。「また痩せたことには気づいていますか？」しばらくしてから医師は尋ねた。腫瘍が大量のエネルギーを消費していて、その消費量はどんどんふえていっているから、無理にでもたくさん食べなければいけない。それに吐き気はおさまりましたよね？　ポールはそうだと伝えた。「わかりました」とデュボンは言った。「もっとたくさん食べれば大丈夫。急に疲れを感じることもなくなるでしょう」いまでもたくさん食べていると、ポールは言い返した。しかも、溶かしたバターをかけたマッシュポテトを一皿丸ごととか、ブリア・サヴァランやマスカルポーネのような脂肪分の多いチーズとか、非常にカロリーの高い食品を。しかし、体重を量るとはっきりしていて、前回の診察からまた二キロ痩せていた。

　デュボンは内線をかけて、ＣＴをすぐ実施するように指示した。検査室から戻ると、ポールは数分待った。医師は別の患者を診ていた。デュボンは彼を入室させ、坐らせると、ＣＴ画像にざっと目を通し、わきに置いた。ようやく口をひらくと、そろそろ奥さんに常時ついていてもらったほうがいいかもしれないと言った。看護課の番号も伝えておく。十分もあれば誰か駆けつけてくれるだろうから。

デュボンは、ため息をつきながら、書類をふたたび手に取った。疲れ切った様子で、見るからに無理をして、いくつかのページに集中して目を通したあと、しっかりした口調で続けた。「治療については、これまでどおり、免疫療法と化学療法を続けましょう。ただし、今後数週間のうちに、腫瘍の痛みは増すかもしれません。モルヒネの投与を始めます。セブルドールとスケナンを配合した経口剤で十分でしょう。それほど激しい痛みはないはずですから。モルヒネの点滴ポンプを自宅に設置する必要はないと思いますよ。でももちろん、わたしが間違っていたら、問題があったら、すぐに電話してください。それに、奥さんはあなたを愛している」彼は突然黙って、顔をこわばらせ、赤くなった。困惑せざるを得ない、ほとんど不穏な事態だった。このはげのいかめしい五十男が顔を赤らめたのだ。

「本当にすみません」と彼は口ごもりながら言った。「こんなことを言うつもりじゃなかった。もちろん、プライベートなことに口出しするつもりはありませんよ」

「いいえ、いいんです」ポールはとても小さな声で言った。「話してください。別にプライバシーなんてこだわっていませんから」

「そうですか……」デュボンはまた数秒ためらってから続けた。「不幸なことに、わたしはその方面でも多くの経験を積む機会がありました。モルヒネを投与されている人たち、というよりも、過去に投与されていた人たちは、この話題に夢中になっています。彼らはモルヒネを使うことで苦しみに打ち勝っただけではなく、そのおかげで調和と平穏と幸福の世界に入って行ったんです。普通、放射線治療が失敗して、外科手術はできないと判断されたとき、もっとひどい場合は、手術がうまくいかなかったとき、重体に陥った患者さんにはホスピスに入ってもらいます。というのは、自宅にいるのが単純に不可能になるからです。連帯や家族といったことについては、たくさんの綺麗事が言われていますけど、でも、年寄りはたいてい一人で死ぬんです。離婚しているか、一度も結婚したことがないか、子供がいないか、いても連絡を取っていないかです。一人で歳を取るのも楽なことじゃありません。でも、一人で死ぬのは最悪ですよ。それでも例外はあって、訪問看護師を雇える金持ちがそうです。そうした場合、ホスピスに入ってもらうメリットはないと思いますね。同じものを処方してもらえるんですから。誰だって自分の家で死ぬのがいいわけで、それは万人の願いですよ。こうした場合も、わたしが最後まで担当医を務めます。わたしはたくさんの金持ちが死ぬのを見てきましたが、本当にね、こうしたときに、金持ちであるのはたいしたことじゃない。個人的には、モルヒネの点滴ポンプを使用させることには何の躊躇もありません。望むときに、ボタンを押しさえすれば、モルヒネを一定量注入できて、優しい光の輪に包まれ、世界と和解することができます。好きなときに打つことのできる人工的な愛のドラッグのようなものですよ」

「それから」とデュボンはまた少しためらってから続けた。「最期まで愛される人たちもいます。たとえば、幸せな結婚をした人たちです。一般的なケースと言うには程遠いですけどね。この場合、モルヒネの点滴ポンプは余計でしょう。愛だけで十分です。それに、点滴は苦手でしたよね」

ポールはうなずいた。デュボンのデスクに額に入った写真が何枚かあった。わざわざ見るまでもなく、それが家族の写真であること、デュボン自身も幸せな家庭生活を送っていることを、すぐに確信した。

最後に訊いておきたいことがひとつあった。こんどは彼が少しためらった。それでも、知りたかった。

「先生の考えは？」とようやく訊いた。「わたしにはどれだけの時間が残されてますか？」

「ああ……。わからないと答えることもできますけど、それは少し嘘になりますね。おおよその見当はついています。数週間かもしれないし、数か月かもしれない。統計からすると、一か月から二か月でしょうね」

「つまり、秋が終わるころに死ぬわけですね？　日がふたたび長くなり始める前に？」

「おそらくはそうです」

診察室を出る前に、免疫療法はあきらめずに続ける、最後の希望はまだ残っていると、医師は繰り返した。ポールはそっけなくうなずいた。医師も自分と同程度にしかそれを信じていないことはわかっていた。それから、デュボンは出口まで送ってくれたが、その顔にはかすかに怨みの感情があらわれていた。医師は握手をして、診察室の扉を閉めた。

7

一年でも急激に日が短くなるこの時期、毛布がちょっとずつ顔にかぶさり、やがてすっぽり闇に包まれる感覚が、ポールは昔から好きだった。プリュダンスが病院の入口で待っていた。モルヒネを投与されることになったとだけ告げた。妻は少し身を震わせたが、それ以上は何の反応も示さなかった。彼女はそれが何を意味するかを知っていた。覚悟はできていた。

帰りにセブルドールとスケナンを買った。ポールは翌朝から飲み始めた。すると痛みはすぐにおさまった。続く二週間、最も驚いたのは、何も変化がないことだった。しかし、死は間近に迫っていて、それは疑いようがなかった。だが、死には、まだある地点までしか近づけないような気がしていた。断崖のふちをつねに歩いていて、時にバランスを崩すような感じだった。最初に、恐ろしいほどゆっくりと落下していくのを感じ、衝突の瞬間が近づくにつれて、息のつまるような恐怖をおぼえる。次に、強い衝撃を感じる。内臓は破裂し、折れた骨が皮膚を突き破り、頭蓋はつぶれ、脳漿《のうしょう》まじりの血溜まりと化す。しかし、それはまだ死ではなく、死に際して必ずや体験すると思われる苦しみの前触れだった。死それ自体はたぶんその次の段階で、そのときには、眼球から折れた骨の髄に至るまで、通りがかった鳥が肉をくちばしでつついて、むさぼり食うだろう。しかし、そこまで行き着くことはけっしてなく、最後の瞬間に我に返って、断崖に沿ってふたたび歩き始めるのだった。

プリュダンスはこれらの段階を、わざわざ話してもらわなくても、呼吸の変化だけで、少しずつ見分けられるようになっていた。彼女が最初に考えたのは、ポールを両腕で抱きしめることだったが、彼の不安な気持ちはなかなか鎮まらなかった。ある日の午後、ポールがいつにも増して不安にさいなまれているようだったので、プリュダンスはパジャマのボタンを外しながら、彼の腹部の上から下へと唇を這わせていった。たぶんダメだよ、と彼は言った。彼女は訝しげに口をとがらせて、最後のボタンを外した。まったく驚くべきことに、ポールはすぐに勃起して、五分もたたないうちに、死の想念は霧消した。嘘みたいな、猥褻で、バカげた話だが、そんなふうだった。二人はそのままセックスもした。側位は難しくなっていたので、プリュダンスが上になった。あるときは、向き合ったまま、まっすぐに目を見つめて、愛情を込めて、そして絶望的な気持ちで、彼女は腰を動かした。またあるときは、体の向きを変えて、お尻の動きを見せてくれた。どちらの姿勢も二人に同等の快楽をもたらした。

あと一週間で十月三十一日、ウィッカの暦によればサムハイン祭の日だったが、プリュダンスはまったく気に掛けていないようだった。しかし、彼らの教義では、この日はこれまでの一年間、さらにはこれまでの人生を振り返り、死の心構えをする日だった。彼女の宗教がこの問題でたいして助けにならないのは、ちょっとがっかりだと、ポールは思った。宗教はそのためにあるのに。たいがいの宗教は、諸々のテーマについて、滑稽な制限や戒律を取り入れつつ、あれこれ御託を並べているが、あらゆる宗教の真のテーマは、死、自分の死と他人の死である。ウィッカがたいして助けにならないのは残念なことだと、ポールは考えた。

ウィッカは思いのほか助けになってくれたのだが、ポールがそれに気づいたのは、三十一日、サムハイン祭の当日、カトリックの暦の万聖節の前日のことだった。それは日曜日で、昼近くにプリュダンスが森へ散歩に行こうと言い出した。二人はコンピエーニュの〈ビストロ・デュ・シャトー〉で昼食をとった。この季節にしてはじつに暖かく、思いがけずテラス席に坐れた。二人はそれから近くの国有林へ向かった。広大な森だった。あらゆるものが巨大で、樫《かし》か橅《ぶな》かわからないが、二、三抱えはある堂々たる樹木が、間隔をおいて、空高くそびえていた。

一直線の広い散歩道が、直角に交わり、延々と続いていた。黄金色と緋色の落ち葉に埋め尽くされ、それはおのずと死を想起させたが、この場合は、安らかな死、長い眠りを連想させる死だった。キリスト教徒によれば、神に選ばれた者は、新しいエルサレムのまばゆい光のなかで目を覚ますという。しかし、ポールは、神の栄光を見たいとは思わなかった。彼が特に欲していたのは、眠ること、そしてたぶん時々は半ば目を覚ますことだったが、それも数秒程度、そばに身を横たえた愛する人の体に手を置く時間があれば、十分だった。この日、日曜の午後にしては森は閑散としていて、二人は道に迷ってもおかしくなかった。長いこと歩いたが、ポールは少しも疲れを感じなかった。秋の葉は、いよいよ美しく、いよいよぎっしりと、散歩道を埋め尽くしていた。やがて、二人は立ちどまって、木を背にして坐った。まだ完全に死の季節ではないと、ポールは思った。周囲の色はあまりに暖かく、まばゆかった。落ち葉が輝きを失い、泥に少し混じって、それにもっと寒くなり、長い冬の訪れを早朝の空気に感じられるようになるのを、待たなければならなかった。しかし、数週間か数日後にはそうなるだろうし、そのときには本当に別れのときが訪れるだろう。そんなことを考えているうちに、現実のはるか遠くへと連れ去られ、何も考えずにプリュダンスに尋ねた。

「ねえ、準備はできている？」

プリュダンスは、驚いた素振りも見せずに振り返ると、うなずいて、微笑んだ。それは不可解な微笑みで、妻が優しい声でこう続けたとき、ポールはめまいを覚えた。「心配しないで。わたしもじきに行くから」一瞬、何を言い出すのかと思ったが、はっと気づいた。輪廻転生の話は久しくしていなかったが、彼女はいまでも、しかもかつてないほど強く、それを信じているのだ。以前、プリュダンスが簡単に説明してくれた、基本的な考え方をはっきりと思い出した。死を迎えたとき、魂はどことも知れぬ空間をしばらく漂ってから、新しい肉体にたどりつく。彼の人生には目立った功績も罪過もなかったし、善行を多く積む機会も悪行を多く為す機会もほとんどなかったから、魂についてはその位置はほとんど変わらない。人間の姿で生まれ変わることはほぼ確実で、胎児の性別はおそらく男だろう。少しあとで、プリュダンスにも同じことが起きるが、彼女は女に生まれ変わる。一般に、カルマの法則は、宇宙は二つの要素に分けられるという前提に立っているからである。それから、二人は再会する。新たな生は、二人がそれぞれの魂を成長させるだけではなく、二人の愛を育む新たな機会となる。二人はお互いの姿をひそかに認め、ふたたび愛し合うが、前世を思い出すことはない。ごく一握りのヒンドゥー教の托鉢僧だけが前世を思い出せると言われているが、プリュダンスは疑っていた。それでも、もし二人が来世にまた一緒になり、いつか秋の日に、コンピエーニュの国有林の並木道に来るとしたら、既視感《デジャヴュ》と呼ばれる不思議な胸のざわめきをおぼえることになるだろう。

　これと同じことがいくつもの生を通して、たぶん何十もの生を通して、繰り返されたあとで、二人は輪廻転生のサイクルを抜け出て、向こう岸へと渡り、そこで神の光に包まれて、世界の魂と時を超えて溶け合わさり、涅槃《ニルヴァーナ》に達する。こんなにも長く、こんなにも険しい道のりは、二人で歩んだほうがよかった。プリュダンスは彼に頭をもたせかけて、夢を見ているようで、もう何も考えていないようだった。じきに夜になろうとしていて、少し寒くなってきた。彼女は体をすり寄せて、それから尋ねた。あるいは、思いを述べただけかもしれない。それが質問かどうかは定かでなかった。「わたしたちは生きることにはあまり向いていなかったね」それは悲しい考えで、妻がいまにも泣き出しそうにしているのがわかった。結局、世界は正しかったのかもしれないと、ポールは思った。たぶん、現実の世界に二人の居場所はなく、訳も分からずびくびくしながら旅して来ただけだった。でも、二人は運が良かった、とても運が良かった。たいがいの人にとって、最初から最後まで、旅は孤独なものだから。

「僕たちの力ではどうすることもできなかった」とポールはやっと口にした。凍てつくような風が吹いてきて、妻をいっそう強く抱きしめた。

「そうだね」彼女はかすかに笑みを浮かべて、彼の目をまっすぐに見たが、その顔には涙が光っていた。「私たちには素敵な嘘が必要だったの」

謝辞

もし事実に関して不正確な部分があるとすれば、それは単にわたしの間違いというばかりではなく、とりわけ現実の意図的な改変に由来するものだ。結局のところこれは小説であり、現実は素材にすぎない。とはいえ少しでも現実を知っておく必要はある。そこで、特に医療の分野で取材を試みた。

何よりもまず、メス＝チオンヴィル地方医療センター神経内科主任グザヴィエ・デュクロ教授に感謝したい。人間の脳を理解するのがこれほど難しく、我々が我々自身にとってかくも異質であるというのは厄介なことだ。いずれにせよ、この領域でわたしの知識が多少向上したとすれば、それはデュクロ教授のおかげである。

次いで教授は、障害者の治療に直接関わっている方々を紹介してくださった。まずご紹介いただいたのは、ストラスブール近郊でＥＶＣ－ＥＰＲ施設を率いていた（今はもう引退されただろう）ベルナール・ジャンブラン博士である。わたしの物語ではルルー医師に相当する。

「アストリッド・ニルセンは気丈に夫を看護している」などと書いたなら、ご本人はいやがるかもしれない。だからそうは書かず、この場を借りて、アストリッドに直接は言えなかった別のことを伝えたい。

一日彼女の家で過ごしてから、夜、チオンヴィル駅に戻る途中で、わたしは初めて、何が起ころうともこの本を完成させなければならないと思ったのだった。

小説のさらに先の部分に関しては、公証人のジュリアン・ロテル氏から多くの情報を得た。情報に加えて用語もご提供いただいた。ただし「公証人の出し物」でエルヴェが用いている表現に、面白みを優先させた部分があるのも確かだが。

小説の最後では別の病気を扱っているので、他の専門家たちの助言を仰いだ。まず、歯科医のファニー・アンリ博士に感謝する。本書で描かれている病院巡りは、彼女のように良心的な歯科医の治療室からスタートすべきものだった。

わたしが定期的に診てもらっている医師たちのうち、耳鼻咽喉科医のアラン・コレ博士は間違いなく最も大きな責務を負わされている。これまでの生活習慣からして、わたしは喉頭癌をわずらっても当然なのだ。貴重な医学的情報に加え、作中でナカシュ医師が「ベトナム戦争風」の調子で発する表現もコレ博士に負うものである。感謝申し上げたい。

主人公の病状悪化にともない、コレ博士には、パリのA・ド・ロチルド財団病院の癌治療部門主任を務める耳鼻咽喉科外科医シルヴァン・ベンザキン博士をご紹介いただいた。やりとりしたメールを読み返すと、ベンザキン博士の回答の正確さと、多忙にもかかわらず回答のために費やしてくださった時間に、いまさらながら言葉を失う。

結局のところ、フランスの作家はもっと積極的に取材をおこなうべきだろう。自分の仕事を愛し、素人にも喜んで説明してくれる人たちがたくさんいるのだ。こうして幸いにも、建設的な結論にたどり着いた。ここで筆をおくとしよう。

訳者解説

上梓《じょうし》する小説がことごとく話題を呼び、ときにスキャンダルをも招き寄せるウエルベックだが、二〇二二年、新たな作品によってまたも読者を驚かせた。驚きはまず、装丁によってもたらされた。純白の表紙に赤い文字で anéantir とタイトルが小文字で刻印された一巻は、七〇〇頁を超えるずしりとした手応えのハードカバーだった。これまでの作品はすべてペーパーバックだったし、そもそもフランスの文芸書新刊がハードカバーで刊行されることはまずない。ただならぬ、異様な気迫が漂ってきた。「滅ぼす」「絶滅させる」「無に帰せしめる」といった意味の他動詞を不定詞で用いたタイトル自体、何とも威《い》嚇《かく》的だ。不定詞は命令の意味を帯びうるから、「滅ぼせ」と指示を発しているとも受け取れる。

小説の内容自体、驚きに満ちたものだった。物語の舞台は次なる大統領選挙の前年、二〇二六年のフランスである。まず登場するのは、フランス内務省直下の情報機関、ＤＧＳＩ（国内治安総局）に勤務するバスチャン・ドゥトルモン。最近、経済・財務大臣ブリュノ・ジュージュが断頭される光景の動画がネット上で拡散され、行政機関のサイトにまで侵入していた。バスチャンはその異様なまでに精巧にできた合成映像の調査にあたっている。だが小説の主人公は彼ではなく、続いて登場する大臣執務室のスタッフ、ポール・レゾンである。ポールは大臣の信頼厚く、彼の「腹心役」を務めている。ポールを中心に据えることで、小説は二つの方向に広がり出す。一方では、大統領選挙を間近に控えた、フランスの政治中枢にかかわる物語が展開される。他方では、ポールとその妻や家族の直面する試練が語られていく。

開巻早々、ギロチンの図版が禍々《まがまが》しさをかきたてる。そこにはテロの語の起源となった大革命のテロルの血塗られた記憶を現代に直結させようとする著者の思惑があるだろう。体制転覆への意志をまざまざと感じさせながら、サイバーテロ集団は正体を明かそうとしない。はかり知れぬ力を秘めた謎の組織による攻撃が、世界的な規模で被害を及ぼし始める。

同時に、ポールの私生活も危機に瀕《ひん》していた。彼はエリート校出身の官僚で、自宅は勤務先の経済・財務省庁舎に徒歩で通えるパリの一等地にある。人もうらやむ暮らしのはずが、同じく高級官僚である妻プリュダンスとの関係は冷え切っており、アパルトマン内の「生活空間」は「ノーマンズランド」と化している。夫婦の日常は「絶望が当然のことと思えるような段階」にまで達していた。そんななか、父エドゥアールが脳卒中で倒れる。ポールは父の入院したリヨンの病院に駆けつけ、妹のセシルと久しぶりに会う。やがてセシルの夫エルヴェや、弟のオーレリアンおよびその妻子も見舞いにやってくる。久々の「家族再会」だが、それはさらに深刻なトラブルの発端となった。

こうして描き出されるのは、これまでのウエルベック作品以上に死と病《やまい》に色濃く染め上げられた世界だ。冒頭の一行目から「死への通路」なる表現が用いられている。比喩《ひゆ》的には「死刑囚監獄」

をさす表現だが、読者はこの「通路」が作品のすみずみまで張りめぐらされていくのを目の当たりにするだろう。すべては救いがたく滅びの過程にあるという考えは、ウエルベック作品の通奏低音をなしてきたが、その思想がいよいよ突き詰めた形で提出されている。

暗鬱《あんうつ》なトーンにもかかわらず、小説自体は「読み出したら止まらない」（『リベラシオン』）、「真のページターナー」（『フィガロ・マガジン』）と評されるほどの抜群のリーダビリティを備えているのだから、これはもうウエルベックの名人芸と言いたくなる。

実際、政界の裏面を描く際も、介護医療の現場を伝えるときも、きびきびと正確な記述が小気味よく、作者ならではのぎょっとするような皮肉や攻撃的、露悪的なコメントも随所に挟み込まれて、飽きさせることがない。妹のセシルが家族で一人だけ、娘時代から敬虔《けいけん》なカトリック信者であるという設定も、意外なほど効果をあげている。現代に生きる人間にとって真の救いは存在しうるのか、存在するとしたらそれはどこにあるのかを、ウエルベックは物語のさまざまな局面をとおして読者に問いかけ、考えさせる。キリスト教と縁遠い日本の読者にも、この作品の問題提起は大いに刺激的であり、示唆《しさ》に富むはずだ。妹とは違って信仰をもたないポールの姿が示すとおり、昨今のフランス人の大半は教会のミサに参列する習慣を完全に失っている。世論調査によれば、無信仰を自認する国民の比率は世界第四位の多さだという（二〇一二年、WIN／ギャラップ・インターナショナル調査）。ちなみに第一位は中国、第二位は日本である。ポールの懐疑や逡巡《しゅんじゅん》、嘆きが我々にとって他人事でなく思えるのも当然かもしれない。

文明論的、あるいは形而上的な議論を含むとともに、ごく卑近な人間のありさまの描出にかけても、ウエルベックの筆致はいよいよ冴《さ》えている。最初のクライマックスは第2部、一家で過ごす大みそかの夜の、遺産の扱いをめぐる戦いだ。おとなしく存在感の希薄なオーレリアンに対し、その妻であるインディーの猛女ぶりがすさまじい。ポールも仮借ない対決姿勢で迎え撃つ。作者はあまりにインディーを悪者にしすぎとも思えるが、彼女のうちに強烈なリアリティが宿っていることは確かだ。

中盤、大統領選挙の過程においては政治コンサルタント、ソレーヌ・シニャルの言動が、大臣もたじたじのパワーを放っている。『地図と領土』で主人公の芸術家ジェドのプレス担当として重要な働きをみせたマリリンを想起させる。ウエルベックは〝業界〟で活躍する女たちの肖像をとおしてメディアや政治の現状を炙《あぶ》り出すすべに長《た》けている。

それとは対照的に、セシルや、父の後妻マドレーヌは、昔ながらの女性の役割を疑わずに夫に尽くす良妻のイメージを提示する。現代の常識からすれば必ずしも女性の理想像とは言いにくいかもしれない。だがウエルベックが彼女らに寄せる愛惜の念は明らかに感じ取れる。フランスにイスラーム政権が誕生するという設定がスキャンダラスな話題を呼んだ『服従』では、生活のあらゆる面において夫を満足させる妻という、言うなれば反動的な男の夢が、イスラームに仮託して描かれていた。本作品で賛美されている女性たち——ブリュノと親しくなる、かなり年下のイラン系女性ラクサネーや、中盤以降変貌するポールの妻プリュダンスを含めて——は、その流れを受けつぎながら、「果てしない絶望」にとらわれがちな男たちにとっての希望のありかを垣間見せている。

男と女の愛、特に夫婦の肉体的な絆《きずな》への抜きがたい執着は、終盤に至って、壮絶な展開を見せる。「ひょっとしたら、実際のところ人生はひどく単純なものなのかもしれない」。その単純さへの回帰を、ポールは成しとげることができるのか。十一月下旬からスタートした物語が円環を描くようにして十月末に結末を迎えるとき、戦慄と感慨を覚えずにはいられない。ここに作者は一つの運命をたしかに描き切ったのだ。

物語を構成する要素について、いくつか補足しておこう。まず、経済・財務省について。フランスの財政管理および経済政策の実施を所管する省であり、その大臣職は首相に次ぐ重みをもつとされる。パリ第十二区のベルシーにある現在の庁舎は、あたかも戦艦か要塞のような威容をセーヌ川に向かって突き出している。そのトップに君臨する大臣といわば昵懇《じっこん》の間柄であるポールは、官僚として特別な立場にあり、フランス政界の最前線を知る人物と言っていい。

ところがそのポールには、奇妙なほど現実感覚が欠けていることが最初からうかがえる。何しろポールの物語は彼が見た夢の紹介から始まるのであり、以下、折にふれて挿入される夢の記述は十指に余る。一国の政策に直接関わっているこの中年男の精神は「何とも不確かなゾーン」にさまよい出ているのだ。

「おそらくコルベール以来最も偉大な経済大臣」とされるブリュノのモデルとなったのは、エマニュエル・マクロンの大統領就任以来、経済・財務大臣を務めているブリュノ・ルメールだ。ルメールはウエルベックと友人同士であることを認めており、本書の刊行前に、ベルシーでの催しの席上、作家から聞いた話として内容の一端を紹介しニュースになった。「フランス社会を突き動かしている深い潮流を最もよく理解している人物」（「フランスアンフォ」）というのが、ルメールによるウエルベック評である。

巻末の「謝辞」にルメールの名前はないが、ウエルベックは経済・財務省の業務および政界事情を描くにあたり、大臣に直接取材することもできただろう。一方、ベルシーとともにこの小説の重要な舞台となる各種病院に関しては、協力者の名前が謝辞に連ねられている。エドゥアールの病後をめぐって焦点化されるのが、現代フランスにおける老人の扱いであり、とりわけEHPAD――直訳すれば「要介護高齢者滞在施設」となる施設名の略号――の現状が突きつける、自立できなくなった老人の尊厳の問題だ。EHPADは高齢化社会の抱える矛盾や困難が露呈する場所である。さらには『地図と領土』ですでに提起されていた安楽死の問題も絡んでくる。本書には安楽死反対運動を繰り広げる地下組織が登場して重要な役割を演じ、国際テロをめぐっては「ディープ・エコロジー」や「エコファシズム」、「反テクノロジー」を標榜《ひょうぼう》する団体の存在にも言及されている。それら過激な実力行使を辞さない集団の不穏な影は、たんにこけおどし的な効果を生み出すのではなく、二十一世紀の社会を蝕む「ニヒリズム」の深淵とその誘惑を実感させてくれるのである。

「謝辞」でウエルベックは、フランスの作家よ、もっと取材を行うべしと呼びかけている。いわゆるオートフィクションの隆盛や、「自分のへそを覗き込む《ノンブリリスト》」としばしば揶揄《やゆ》されるその自己中心的傾向を横目で睨みながらの発言だろう。同時にそれは、リアリズム小説の偉大な伝統への連帯の表明でもある。裁判記録を参照し、事実という「基礎杭《ピロティ》」の上に作品を成り立たせようとしたスタンダール以来、バルザックやゾラは社会の現実に広く取材しながら、そこで生きる人間の深部に迫る、雄渾《ゆうこん》な小説世界を創り上げた。ウエルベックが現代においてそうした伝統を刷新する小説家であることを、この作品は証し立てている。

最後に、作者自身に関して最小限のデータを記しておこう。ウエルベックの本名はミシェル・トマ。フランス領レユニオン島の生まれである。デビュー当初は一九五八年生まれと著書の裏表紙に書かれていたが、実際は五六年生まれであることがのちに判明した。父は登山ガイド、母は麻酔科医。両親は息子の誕生後まもなく離婚し、ミシェルはまずアルジェリアにいる母方の祖父母のもとに預けられ、のちにはフランスの父方の祖母のもとで育つ（ウエルベックという筆名は父方の祖母の結婚前の姓に由来する）。高校卒業後、パリの国立高等農業学校、そしてリヨンの国立ルイ＝リュミエール映画高等専門学校で学んだ。無職の一時期を経て、IT企業ユニログ社、次いで農務省情報管理部門に勤務する。一九九一年にエッセイ『H・P・ラヴクラフト　世界と人生に抗って』、および詩集『幸福の追求』を刊行。そして小説『闘争領域の拡大』で認められ、続く『素粒子』がベストセラーとなって作家としての地位を確立した。私生活では二度の結婚と離婚を経て、二〇一八年、二十歳年下の中国人女性と結婚式を挙げ話題を呼んだ。彼女は『服従』の舞台となったパリ第三大学でウエルベックについて博士論文を準備する学生だったという。

　これまでの小説作品は以下のとおり。すべてが邦訳されている。

『闘争領域の拡大』一九九四年（中村佳子訳、角川書店、二〇〇四年／河出文庫、二〇一八年）

『素粒子』一九九八年（拙訳、筑摩書房、二〇〇一年／ちくま文庫、二〇〇六年）

『ランサローテ島』二〇〇〇年（拙訳、河出書房新社、二〇一四年）＊小説にウエルベック自身の撮影による写真集を付したもの

『プラットフォーム』二〇〇一年（中村佳子訳、角川書店、二〇〇二年／河出文庫、二〇一五年）

『ある島の可能性』二〇〇五年（中村佳子訳、角川書店、二〇〇七年／河出文庫、二〇一六年）

『地図と領土』二〇一〇年（拙訳、筑摩書房、二〇一三年／ちくま文庫、二〇一五年）＊ゴンクー

ル賞受賞作
『服従』二〇一五年（大塚桃訳、河出書房新社、二〇一五年／河出文庫、二〇一七年）
『セロトニン』二〇一九年（関口涼子訳、河出書房新社、二〇一九年／河出文庫、二〇二二年）
　また、三冊のエッセイの邦訳も刊行されている。
『H・P・ラヴクラフト　世界と人生に抗って』一九九一年（星埜守之訳、国書刊行会、二〇一七年）
『ショーペンハウアーとともに』二〇一七年（澤田直訳、国書刊行会、二〇一九年）
『ウエルベック発言集』二〇二〇年（西山雄二・八木悠允・関大聡・安達孝信訳、白水社、二〇二二年）

　詩人としてのウエルベックの仕事も注目に値するが、詩集の翻訳作業が進行中と仄聞《そくぶん》する。その完成を待ちたい。

　ウエルベック研究はいまやフランスのみならず世界的に活発化しており、研究書の刊行が相次いでいる。日本でも最近、次のような成果が刊行された。

「Limitrophe」第三号「特集ミシェル・ウエルベック」（八木悠允責任編集）、東京都立大学人文科学研究科・西山雄二研究室紀要、二〇二三年三月。


　本作品がフランスで刊行された直後に邦訳の企画を提案してくださったのは河出書房新社の島田和俊さんである。アクチュアルな要素をたっぷり含んだ作品をできるだけ早く日本の読者にお届けしたいと考え、旧知の齋藤可津子、木内尭の両氏に共訳をお願いしたところ、快く引き受けてくださった。お二人のご尽力がなければ完成は当分先になっただろう。第1部・第2部（および「謝辞」）を野崎、第3部・第4部を齋藤、第5部・第6部・第7部を木内が担当し、お互いの訳稿を交換して綿密な検討を行った。固有名詞の表記についてはAudibleのジェレミー・ロペスによる朗読を参考にした。

なお本文中、ポールの父親の年齢について等、多少記述が食い違う部分が見られるが、作者があまり気にかけていないのだろうからそのままにしておいた（フランスの小説ではそうした年数をめぐる不整合がけっこうよくあるような気がする）。

ウエルベックの小説として最も長いこの力作を、読者が夢中で読んでくださることを願いつつ。

二〇二三年初夏

野崎歓

追記　本訳書がほぼ完成したころに、ウエルベックの『我が人生の数か月』と題する新刊がフランスで出た（Michel Houellebecq, *Quelques mois dans ma vie*, Flammarion, 2023）。去年の秋以来、彼を「地獄」に突き落とした二件のスキャンダル（一つはイスラームをめぐる発言、もう一つはポルノグラフィックな映画の撮影に関連した騒動）についての自己弁護の書である。百十ページほどの短いエッセーだが、赤裸々にして激越な記述が衝撃的だ。

著者略歴

ミシェル・ウエルベック

Michel Houellebecq

1956 年生まれ。1998 年、長篇『素粒子』が大ベストセラーとなり、世界各国で翻訳・映画化される。現代社会における自由の幻想への痛烈な批判と、欲望と現実の間で引き裂かれる人間の矛盾を真正面から描きつづける現代ヨーロッパを代表する作家。小説に『ランサローテ島』(2000)、『プラットフォーム』(01)、『ある島の可能性』(05)、『地図と領土』(10、ゴンクール賞受賞)、『服従』(15)、『セロトニン』(19)など。エッセイに、『H・P・ラヴクラフト　世界と人生に抗って』(1991)、『ショーペンハウアーとともに』(2017)など。

訳者略歴

野崎歓(のざき・かん)

1959 年新潟県生まれ。フランス文学者。放送大学教養学部教授。東京大学名誉教授。著書に、『フランス小説の扉』、『五感で味わうフランス文学』、『異邦の香り――ネルヴァル「東方紀行」論』(読売文学賞)、『水の匂いがするようだ――井伏鱒二のほうへ』、『無垢の歌――大江健三郎と子供たちの物語』など多数。訳書に、トゥーサン『浴室』、サン゠テグジュペリ『ちいさな王子』、スタンダール『赤と黒』、ヴィアン『うたかたの日々』『北京の秋』、ウエルベック『素粒子』『地図と領土』、ネルヴァル『火の娘たち』など。

齋藤可津子(さいとう・かつこ)

1974 年生まれ。翻訳家。一橋大学大学院言語社会研究科博士課程中退。訳書に、コロンバニ『三つ編み』『あなたの教室』、デパント『アポカリプス・ベイビー』、アベカシス『30 年目の待ち合わせ』、アミゴレナ『内なるゲットー』など。

木内尭(きのうち・たかし)

1983 年生まれ。東京大学大学院博士課程単位取得退学、パリ第八大学博士課程修了。現在、名古屋外国語大学准教授。共著書に『フローベール 文学と〈現代性〉の行方』、共訳書に『作家たちの手紙』。

滅ぼす　下

2023 年 7 月 20 日　初版印刷
2023 年 7 月 30 日　初版発行

著　者　ミシェル・ウエルベック
訳　者　野崎歓／齋藤可津子／木内尭
装　画　引地渉
装　丁　鈴木成一デザイン室
発行者　小野寺優
発行所　株式会社河出書房新社
〒151-0051 東京都渋谷区千駄ヶ谷 2-32-2
電話　(03) 3404-1201〔営業〕(03) 3404-8611〔編集〕
https://www.kawade.co.jp/
印　刷　株式会社亨有堂印刷所
製　本　小泉製本株式会社

Printed in Japan
ISBN978-4-309-20888-6